DEUXIÈME ÉDITION

XAVIER DE MONTÉPIN

SA MAJESTÉ

L'ARGENT

II

LES FILLES SANS DOT

PARIS. — E. DENTU, ÉDITEUR, PALAIS-ROYAL

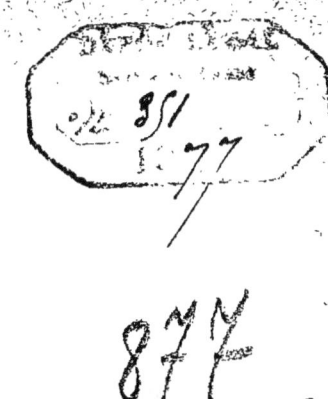

SA MAJESTÉ

L'ARGENT

—

II

LES FILLES SANS DOT

LIBRAIRIE DE E. DENTU, ÉDITEUR

OUVRAGES DU MÊME AUTEUR

Collection grand in-18 jésus à 3 francs le volume

SOUS PRESSE :

F. Aureau. — Imprimerie de Lagny.

XAVIER DE MONTÉPIN

SA MAJESTÉ
L'ARGENT

II

LES FILLES SANS DOT

PARIS

E. DENTU, ÉDITEUR

LIBRAIRE DE LA SOCIÉTÉ DES GENS DE LETTRES

PALAIS-ROYAL, 15-17-19, GALERIE-D'ORLÉANS

—

1877

S·A
MAJESTÉ L'ARGENT

LES FILLES SANS DOT

LE MARIAGE DE LAZARINE

XXVI

Nous savons déjà combien était fondé le pressentiment du jeune homme.

— Monsieur Védel, — fit Jules Leroux, — permettez moi de vous enlever un moment votre collaborateur... — j'ai quelque chose à lui dire...

— Hector est à vos ordres, comme j'y suis moi-même...— répliqua l'artiste.

L'ex-banquier salua Védel et continua :

— Vous avez entendu, monsieur Bégourde?

— Parfaitement, monsieur Leroux.

II.   1

— Vous plaît-il de me suivre?

— Comment donc !...vous m'en voyez enchanté, je vous assure...

— Alors, je vous attends...

— Me voici...

Hector dégringola de son échelle, mais sa physionomie contrite n'exprimait en aucune façon l'enchantement qu'il venait d'affirmer.

Le père de Lazarine ouvrit la porte de la galerie.

— Passez le premier... — dit-il.

— Où allons-nous, monsieur Leroux ?

—Dans le parc, monsieur Bégourde, — nous y serons très-bien pour causer.

Les deux hommes, sans prononcer une parole, gagnèrent l'allée couverte où la marquise et le jeune peintre se rencontraient le soir.

Là, Jules Leroux fit halte.

— Ici personne ne peut nous entendre,— reprit-il. — j'irai droit au but... — Vous vous souvenez certainement de ce qui s'est passé entre nous il y a dix-huit mois...

Hector balbutia :

— Je me souviens que vous avez été bien sévère, monsieur Leroux...

— Pas même autant que vous le méritiez, monsieur Bégourde ! — Vous vous étiez conduit comme un drôle...

Le rapin, fort pâle jusqu'à ce moment, devint très-rouge et se cabra.

— Monsieur ! — s'écria-t-il, — monsieur !

—Parlez moins haut ! — interrompit l'ex-banquier.

— Toute comédie de dignité blessée serait inutile avec moi !... — Je maintiens le mot dont je me suis servi !... — Le garçon sans sou ni maille, d'un passé douteux et d'un avenir problématique, qui se permet de parler d'amour à une enfant de seize ans dont le père a des millions, — (j'en avais à cette époque) — est un drôle ! — Je vous défie de me démentir ! vous savez trop que j'ai raison !

Hector, humilié profondément, baissa la tête.

— Je vous ai mis à la porte, — poursuivit Jules Leroux; — c'était mon droit et mon devoir, et j'espérais ne plus avoir à m'occuper de vous... — Comment se fait-il que je vous retrouve ici ?

—M. Védel m'a proposé de l'accompagner, et je suis venu... — murmura le jeune homme. — Où voyez-vous du mal à cela ?

— Saviez-vous que ma fille fût la marquise de la Tour-du-Roy ?

— Je vous donne ma parole d'honneur que je l'ignorais...

— Soit ! Mais en arrivant, vous l'avez reconnue ?

— Ça, oui.

— Et vous avez eu l'air de ne la point connaître ?

— Naturellement!— Mademoiselle Lazarine, — je veux dire madame la marquise, — me donnait l'exemple et paraissait ne m'avoir jamais vu...

—En présence de mon gendre et de M. Védel, je m'explique ce double jeu... mais vous vous êtes rencontrés seuls et vous avez causé...

— Pas une seule fois!— J'affirme qu'entre madame la marquise et moi aucune parole n'a été échangée...

— Je veux bien vous croire, et d'ailleurs ce n'est pas de cela qu'il est question... — Vous ne pouvez rester ici, vous le comprenez...

— Mais non! — Pourquoi? — Je ne fais aucun mal...

— Votre présence compromet ma fille... — Inutile de répondre et de discuter... — Monsieur Bégourde, il faut partir...

— Et quand cela?

— Aujourd'hui même.

— Quel prétexte donner à ce brusque départ?

— Ça vous regarde! — Cherchez et trouvez. — On affirme que les artistes ont l'imagination vive... — Prouvez-le!

— Bref, c'est un ordre que vous me donnez, monsieur Leroux?

— Absolument, monsieur Bégourde!

— Et, si je refuse d'obéir?

— Je préviendrai simplement M. de la Tour-du-Roy

qu'au boulevard Haussmann vous osiez lever les yeux sur celle qui est devenue sa femme... — Le reste sera son affaire...

Hector se posa, une main sur la hanche, avec la physionomie batailleuse d'un duelliste émérite et s'écria :

— Si M. le marquis se juge offensé, il me trouvera prêt à lui rendre raison.

Jules Leroux haussa les épaules.

— Décidément, vous perdez la tête, monsieur Bégourde ! — répliqua-t-il. — La supposition d'un duel entre mon gendre et vous est une fantaisie qui touche à la folie!... Le marquis de la Tour-du-Roy vous ferait bel et bien mettre dehors, pour s'éviter la peine de vous expulser lui-même...

Bégourde se cabra pour la seconde fois.

— Monsieur Leroux, — répliqua-t-il d'un ton ampoulé, — nous ne sommes plus au temps féodal où les laquais d'un grand seigneur osaient porter la main sur quiconque n'avait pas de blason !... — Un artiste aujourd'hui, monsieur Leroux, est l'égal de n'importe qui !... — Nous avons fait une demi-douzaine de révolutions tout exprès pour cela !... — Je suis un citoyen...

— De Charenton ! — acheva l'ex-banquier. — C'est mon avis... — Vous direz ces belles choses aux valets de mon gendre, quand ils viendront avec des étrivières... — Adieu, monsieur Bégourde !

Et Jules Leroux fit mine de s'éloigner.

Le jeune homme, bien convaincu que si véritablement il provoquait un conflit, ce conflit ne tournerait pas à son avantage, ne laissa point son interlocuteur quitter la place mais, tout en le retenant, prit un biais pour sauvegarder tant bien que mal son amour-propre.

— Je cède, — fit-il, — non que je redoute les conséquences d'un refus, mais pour éviter de mêler à ces fâcheux débats le nom d'une personne à l'endroit de laquelle je professe le plus profond respect.

A la bonne heure, monsieur Bégourde, — répliqua le père de Lazarine, — je vous sais gré de ces paroles raisonnables, les premières que vous ayez prononcées depuis le début de notre entretien... — Vous agissez tout à fait en galant homme !... — Une voiture de mon gendre vous conduira tantôt à Orléans, où vous prendrez le train pour Paris...

— Je vous demande la permission d'achever avant de partir un panneau commencé depuis trois jours...

— Combien vous faut-il de temps pour cela ?...

— Deux heures à peine... et, tout en peignant j'expliquerai tant bien que mal mon brusque départ à Laurent Védel...

— Accordé ! — Il est à ma montre midi et demi...

— la voiture qui vous emmènera sera prête à quatre heures... — Et maintenant, monsieur Bégourde, autre chose...

— Quoi encore ?

— Plus rien de fâcheux... — Mon gendre, qui ne soupçonne rien d'un passé ridicule mais à qui j'ai fait comprendre que pour des raisons à moi connues votre présence en cette maison n'était point convenable, m'a chargé de ceci pour vous...

Et Jules Leroux, tirant de la poche de son gilet des billets de banque tortillés comme des allumettes de papier, les tendit à Hector qui, sans les prendre, demanda :

— Qu'est-ce que c'est que ça?

— C'est deux mille francs...

— A quel titre M. le marquis me fait-il remettre cette somme?

— A titre de payement ou d'indemnité, peu importe... — C'est d'ailleurs, m'a-t-il dit, la rémunération fixée par M. Védel pour vos travaux...

Hector secoua la tête et repoussa les billets de banque.

— Pardon, monsieur Leroux, — fit-il, — nous ne sommes point d'accord... il y a erreur...

— Vous trouvez la somme insuffisante?

— Je la trouve beaucoup trop forte.

— Mais puisque c'était convenu.

— Il était convenu que je toucherais deux mille francs pour un mois de travail... N'ayant travaillé que huit jours j'ai gagné cinq cents francs et pas un fichtre avec...

— Vous oubliez l'indemnité?...

— Quelle indemnité? — Vous figurez-vous par hasard que je vais accepter de l'argent pour me laisser flanquer à la porte sans souffler mot? — Ah! bien, c'est pour le coup que je serais un drôle! — Vous avez une jolie opinion de moi! Grand merci, monsieur Leroux!...

— Cependant, monsieur Bégourde...

— N'insistez pas! — interrompit le rapin. — Tout ce que vous diriez, paroles perdues!... — Il m'est dû cinq cents francs... donnez-moi cinq cents francs.

— Les voici.

— Vous faut-il un reçu?

— Inutile.

— Très bien... — Je cours achever mon panneau... — Nous ne nous reverrons probablement jamais : donc adieu, monsieur Leroux, et croyez-moi votre serviteur...

Puis Bégourde, tournant sur ses talons, regagna le château, laissant l'ex-banquier très-surpris de cette attitude inattendue et formulant sa surprise en ces termes :

— Assurément, c'est un polisson, màis enfin il vaut mieux qu'il n'en a l'air...

Jules Leroux rejoignit son gendre, qui n'avait point quitté le salon et qui lui demanda :

— Eh bien?

— C'est fait, tout s'est passé le mieux du monde.

— Il part?

— A quatre heures, avec son bagage, dans une voiture que vous donnerez l'ordre d'atteler.

— L'avez-vous convaincu sans peine?

— Avec beaucoup de peine au contraire, mais l'essentiel est d'avoir réussi. — Reprenez ces quinze cents francs... — Impossible de les lui faire accepter. — Au fond, le gaillard a du cœur... — Et maintenant s'il vous plaît, mon cher marquis, songeons à la partie d'échecs dont vous m'avez promis le régal.

Le beau-père et le gendre étaient installés depuis une heure devant l'échiquier, quand M. de la Tour-du-Roy reçut l'avis qu'un de ses gardes venait d'être assassiné par des braconniers dans une forêt située à quatre lieues du château, dans la direction d'Orléans.

La gendarmerie du chef-lieu de canton verbalisait.

— Ma présence est nécessaire! —s'écria le marquis en laissant la partie interrompue. — Vite un cheval!

— Voulez-vous m'accompagner? — ajouta-t-il en s'adressant à Jules Leroux.

Ce dernier déclina la proposition.

1.

— Je tiendrai compagnie à Lazarine, qui sans doute
ne tardera pas à quitter sa chambre, — répliqua-t-il,
— et je désire présider moi-même au départ du jeune
Bégourde...

— Vous retrouverai-je ici ?

— J'en doute fort... — Votre absence se prolongera peut-être, et je compte reprendre à cinq heures
le chemin des Vertes-Feuilles où mes filles m'at-
tendent pour dîner...

M. de la Tour-du-Roy serra la main de son beau
père en lui recommandant de revenir bientôt avec
Jeanne et Renée, puis il se mit en selle et partit au
galop.

Lazarine, depuis l'une des fenêtres de son appartement, l'avait vu s'éloigner... — elle descendit presque aussitôt.

— Ah ! mon père, — murmura-t-elle, — dans quel
effroyable embarras vous nous avez mis tous !...

— Parbleu ! — répondit l'ex-banquier, — j'ai fait
une bêtise, je le sais bien... — il aurait mieux valu
me taire... mais en somme je regrette peu mon
imprudence, car je viens de te rendre un signalé
service...

— A moi ?... — s'écria la jeune femme. — A
moi ?... un service ?...

— Énorme !... indiscutable !... — Un peu plus tôt
ou un peu plus tard, ma mignonne, tu te serais com-

promise avec ce Bégourde... A coup sûr le marquis t'adore, mais je vois à son air que s'il avait le moindre soupçon il serait un mari farouche !... Grâce à moi le danger n'existe plus... J'ai coupé le mal dans sa racine...

— De quelle façon ?...

— Le susdit Bégourde, à quatre heures de relevée, prend son vol vers d'autres climats ! — Mais qu'as-tu donc ? — On croirait que tu vas te trouver mal...

Lazarine, en effet, devenait pâle.

XXVII

— Voyons, qu'as-tu donc? — répéta Jules Leroux en tapotant les mains de sa fille. — Sapristi! sapristi!... tu m'inquiètes!...— Au moins, réponds-moi!...

— Ce n'est rien... — murmura Lazarine d'une voix faible, — un malaise subit, sans gravité, et qui se dissipe déjà...

En effet les joues de la jeune femme recouvraient en partie leurs teintes roses.

Le ci-devant millionnaire attendit quelques instants, et, quand madame de la Tour-du-Roy lui parut tout à fait remise, il reprit en hochant la tête

— La coïncidence singulière de ce commencement de syncope avec l'annonce du départ de Bégourde me paraît un fâcheux symptôme!... — Est-ce que par hasard ce bohème infime aurait produit sur ton cœur une impression quelconque?

Lazarine devint aussi rouge qu'elle avait été pâle.

— Ah! mon père, — balbutia-t-elle en cachant son visage dans ses mains, — ne croyez pas cela!...

— Je te sais intelligente et surtout positive, — continua Jules Leroux; — je te suppose donc incapable de prendre sottement au sérieux un caprice aussi mal placé... Mais on est à la campagne, isolée dans un grand château, jeune femme d'un mari moins jeune... On s'ennuie, et, pour se distraire, on se compromet sans réfléchir et l'on s'en va le soir à de courts rendez-vous bien romanesques et bien platoniques... — Je ne songe point à t'interroger, mais si tu voulais être franche...

L'ex-banquier s'interrompit, attendant une dénégation et se réservant de n'y point croire.

La marquise, baissant toujours la tête, ne protesta pas.

Ce silence était un aveu; aussi Jules Leroux poursuivit, paternellement, avec toute sa naïve corruption de vieux viveur:

— Je ne t'ai jamais fait de morale, ma chère enfant, rends-moi cette justice; — je ne commencerai pas aujourd'hui, et d'ailleurs tes affaires conjugales ne me regardent aucunement; mais tu es ma fille bien-aimée, et je vais te donner un bon conseil: Bégourde était sur ton chemin une pierre d'achoppement dangereuse. — Il s'imposait par l'ancienneté. — Te voilà, grâce à moi, débarrassée de lui ; — il ne doit plus exister pour toi. — S'il tentait quelque jour de franchir l'abîme qui sépare la marquise de la Tour-du-Roy, archi-millionnaire, d'un rapin obscur et famélique ; s'il essayait de rentrer dans ta vie, sois sans pitié, crois-moi ! Jette-le carrément à la porte en lui disant : — *Je ne vous connais pas !* — Ton mari n'a point de soupçons et ne peut en avoir, mais enfin sa défiance est éveillée, — Il suffirait de fort peu de chose pour provoquer une explosion terrible. — Si par aventure le marquis te demandait comment tu n'as point reconnu Bégourde quand il est arrivé céans avec Laurent Védel, réponds-lui sans hésiter que tu croyais de bonne foi ne l'avoir jamais vu, et que si réellement tu l'as rencontré jadis tu ne t'en souviens pas, n'ayant accordé nulle attention à ce minuscule personnage, sans nom et sans valeur. — Je conclus : — En ta qualité de fille d'Ève il est possible que tôt ou tard tu ne puisses chasser l'envie de goûter au fruit défendu. — Goûtes-y donc, puisqu'il paraît certain que les femmes ne sauraient s'en passer, mais mérite au moins l'indulgence en le choisissant bien. — Entre la pomme plébéienne et l'aristocratique ananas, n'hésite point ! — Laisse la pomme aux appétits vulgaires et mords à belles dents l'ananas... — Ton mari t'en saura gré...

— Croyez-vous cela, mon père ? — demanda Lazarine, qui ne put s'empêcher de rire en entendant ce dernier trait.

— Ma foi, oui... — répondit l'ex-banquier en riant aussi. — Étant donné le régal clandestin, qu'à coup sûr il n'approuverait pas, il pardonnerait plus volontiers l'ananas que la pomme ...

La conversation continua, mais rien de ce qui se dit ensuite entre le père et la fille ne nous paraît de nature à intéresser nos lecteurs.

A quatre heures moins quelques minutes un bruit de grelots et un roulement de voiture se firent entendre.

Jules Leroux s'approcha de la fenêtre et vit dans la cour un petit breack-omnibus découvert, attelé de vigoureux percherons et attendant Bégourde et son bagage.

Presque aussitôt parut un valet chargé de la valise de l'artiste, puis l'artiste lui-même se montra, en compagnie de Laurent Védel auquel il avait trouvé moyen d'expliquer son départ d'une façon presque vraisemblable.

Laurent Védel serra cordialement la main de son élève.

Hector Bégourde s'installa dans le petit breack à

côté de sa valise et promena sur la façade du château
un long et mélancolique regard, tandis que le cocher
rendait la main.

Les percherons filèrent.

— Bon voyage! — murmura Jules Leroux, — ou
plutôt, que le diable t'emporte!...

Il revint à Lazarine.

— Je voulais voir, j'ai vu! — lui dit-il. — Rien à
craindre désormais d'un ennemi en pleine retraite...
— Donne l'ordre, je te prie, d'amener mon cheval...
— C'est ton ancien poney... Je le monte presque tous
les jours, et je suis enchanté de ses calmes allures...

On amena le poney dont Lazarine daigna caresser,
de sa main patricienne, la crinière longue et touffue.

L'ex-banquier embrassa sa fille et s'éloigna au petit
trot.

La jeune femme, involontairement oppressée, regagna son appartement.

Comme elle franchissait le seuil de sa chambre, une
lettre posée bien en vue sur la brocatelle bleue gar-
nissant la tablette de la cheminée frappa son regard.

L'enveloppe portait cette adresse, d'une écriture
déguisée :

Madame la marquise de la Tour-du-Roy.

Et, plus bas, ces deux mots doublement soulignés :
ABSOLUMENT PERSONNELLE.

Lazarine, croyant à quelque demande de secours,

déchira l'enveloppe avec indifférence mais, ayant
déplié le papier qu'elle contenait, elle tressaillit violemment et ses sourcils noirs se froncèrent.

La lettre était signée : HECTOR.

— Il m'écrit !... il ose m'écrire !... — murmura la
marquise. — Quelle audace et quelle imprudence !...
— C'est de la folie toute pure ! — Comment aurais-je
expliqué cette lettre à mon mari, s'il avait pénétré
dans ma chambre avant moi?...

Mais la jeune femme réfléchit qu'en réalité ce
danger n'était pas fort à craindre car Bégourde, en
apportant son épître, savait certainement que M. de
la Tour-du-Roy ne se trouvait pas au château.

Elle se calma donc et parcourut sans colère ce
billet ampoulé, pour lequel nous réclamons l'indulgence de nos lecteurs, Hector n'étant point homme
de style :

« Madame la marquise, ou plutôt Lazarine, Lazarine adorée, car vous m'avez accordé le droit de vous
donner ce nom si doux en ne repoussant point la plus
ardente flamme qui s'alluma jamais dans une âme
d'artiste et d'amant, ceci est le cri de mon cœur
désespéré...

» Lazarine, on m'exile de votre château, on me
bannit de votre présence, on me condamne à une
torture de tous les instants, car vivre sans vous voir
ce n'est pas vivre !... Hors de votre présence l'air

manque à ma poitrine... Mon sang s'arrête dans mes veines glacées... Et celui qui m'impose un si cruel supplice, celui qui piétine sur mon existence en lambeaux est un homme auquel je dois obéissance et respect, car il est votre père...

» Je pars, Lazarine, ou plutôt j'ai l'air de partir, car votre repos et votre tranquillité me sont mille fois plus chers que mon propre bonheur; mais il est des sacrifices qu'on ne saurait raisonnablement exiger d'un malheureux jeune homme que l'amour consume et dévore... — M'éloigner tout à fait sans vous avoir revue, sans avoir murmuré à vos genoux un adieu qui sera peut-être éternel, est un de ces impossibles sacrifices...

» Je reviendrai ce soir, Lazarine... — Je franchirai les clôtures de votre parc quand la nuit descendra du ciel, étendant sur les amants bien épris les voiles protecteurs de son obscurité discrète... — Je me glisserai dans cette allée sombre qui fut témoin de mes serments et de mes espérances...

» Là vous viendrez me retrouver, n'est-ce pas? ne fût-ce que quelques minutes, et vous me laisserez vous jurer pour la dernière fois un impérissable et fidèle amour, qui triomphera de l'absence et du temps et ne finira pas même avec ma vie ! Je l'emporterai certainement dans le monde inconnu où je ne tarderai point à descendre malgré ma jeunesse, car lorsqu'on est blessé au cœur, et sans espoir, la jeunesse n'y fait rien... on s'en va tout de même!...

» A ce soir, Lazarine idolâtrée!... à ce soir, la plus belle des marquises!... — j'espère et j'attends...

» Votre

» HECTOR. »

Madame de la Tour-du-Roy relut deux fois de suite cette prose étonnante ; — la première fois avec un sourire, et la seconde avec une petite moue.

— Ce garçon était drôle autrefois, — murmura-t-elle, — c'est même ce qui me plaisait en lui!... — Il ne ressemblait pas à tout le monde... — Pourquoi donc écrit-il d'une façon si bête?...

Ayant formulé cette réflexion, que Bégourde aurait eu le droit de trouver blessante, la jeune femme alluma l'une des bougies de ses candélabres, présenta la lettre à la flamme et, la jetant dans une petite coupe de vermeil, la regarda se consumer, ce qui fut l'affaire d'un instant.

Après avoir anéanti la lettre, elle brûla l'enveloppe et jeta les cendres au vent par la fenêtre ouverte.

Ensuite elle se laissa tomber sur son siége et se demanda, très-perplexe :

— Maintenant, ce soir, quel parti prendre ? — Dois-je aller au dernier rendez-vous qu'il demande?... — Le danger de cette suprême entrevue ne serait pas bien grand... — Pourquoi ne point accorder un échange d'adieux? Je suis sûre de moi et, si jamais Hector voulait s'imposer de nouveau, je suivrais sans pitié le conseil de mon père et je répondrais à l'importun : — *Je ne vous connais pas!...* — Enfin, irai-je ou n'irai-je point ?... La question est embarrassante... — Bah! j'ai le temps d'y réfléchir... Lorsque la nuit sera venue je verrai ce que je dois faire...

* * *

Rejoignons M. de la Tour-du-Roy que nous avons laissé quittant Jules Leroux et galopant sur la route d'Orléans, vers la forêt où venait d'être assassiné l'un de ses gardes.

Deux coups de fusil avaient atteint le malheureux, l'un à la tête, l'autre à l'épaule.

L'arme homicide étant chargée de gros plomb, les blessures, quoique nombreuses et graves, ne paraissaient point mortelles.

Le garde reprenait connaissance au moment de l'arrivée du marquis, et le médecin appelé en toute hâte put affirmer à ce dernier qu'un dénouement funeste lui semblait improbable.

Interrogé par le brigardier de gendarmerie, le blessé désigna l'homme qu'il avait cru reconnaître et s'évanouit de nouveau.

Deux gendarmes, improvisant un brancard, le transportèrent à son logis, tandis que le reste de la force armée s'éloignait pour arrêter le malfaiteur sur lequel, avant même la déclaration de sa victime, les soupçons planaient déjà.

Robert laissa une somme relativement importante à la femme éplorée du garde, recommanda au médecin de mutiplier ses visites et, remontant à cheval reprit vers cinq heures le chemin du château.

Il avait à peine parcouru quelques kilomètres quand il vit venir de loin le petit omnibus que les deux percherons enlevaient à toute vitesse avec un grand tapage de grelots, et bientôt il lui fut possible de constater, non sans un vif étonnement, que l'omnibus ne contenait personne.

Le cocher ralentit l'allure de ses postiers en reconnaissant son maître, et sur un geste de ce dernier s'arrêta tout à fait.

— Où donc allez-vous, Baptiste ? — demanda Robert.

— A Orléans, monsieur le marquis.

— Qui vous y envoie?

— Le valet de chambre est venu me dire que monsieur le marquis m'ordonnait d'être prêt pour quatre heures précises, et de conduire au chemin de fer le jeune peintre et son bagage.

— Alors, comment êtes-vous seul ?

— Le bagage est dans la voiture.

— Et le jeune peintre ? Qu'avez-vous fait du jeune peintre ?

— A quatre kilomètres du château, il est descendu.

— Il fallait l'attendre.

— Je le lui proposais. Il m'a prié de n'en rien faire, de porter sa valise à la gare et de ne plus m'occuper de lui... « — *Rien ne me presse,* — a-t-il ajouté, — *je veux me dégourdir les jambes en faisant la route à pied, et comme je suis bon marcheur j'arriverai toujours avant la nuit...* » Je ne pouvais pas le forcer à rester dans la voiture...— J'ai filé... — Monsieur le marquis le rencontrera certainement dans une petite heure...

— C'est bien... — Continuez...

Baptiste salua ; l'attelage reprit son trot rapide et s'éloigna dans un nuage de poussière.

XXVIII

M. de la Tour-du-Roy, pendant quelques secondes demeura immobile au milieu de la route.

L'expression bouleversée de sa figure indiquait clairement que de sombres pensées hantaient en ce moment son esprit.

Cette expression n'était pas menteuse.

La défiance vague que nous avons vue naître grandissait, prenait un corps, se changeait en soupçon...

L'étrange conduite d'Hector Bégourde feignant de partir et ne partant pas, éclairait d'une lueur funeste, tout ce que le marquis avait appris depuis le matin.

Il lui paraissait prouvé désormais qu'Hector et Lazarine se connaissaient depuis dix-huit mois.

Pourquoi donc avaient-ils joué, d'un commun accord, la comédie d'être des étrangers l'un pour l'autre ?...

Jules Leroux, insistant de façon si pressante pour le départ immédiat de Bégourde, en savait certainement plus long qu'il n'en avait voulu dire...

Quelle énigme de honte voilaient ses réticences ?

Enfin, l'action du jeune homme restant dans les environs du château au lieu de regagner Paris, démontrait une entente entre lui et la châtelaine... — S'il se cachait, c'était pour la revoir ; — à coup sûr, le soir même, un rendez-vous les réunirait.

La conclusion de ces choses suspectes souleva dans l'âme du marquis un ouragan de colère folle.

Il éperonna brusquement son cheval qui bondit, et il le mit à une allure enragée, sans le surveiller, sans le soutenir, n'ayant ni conscience, ni souci des dangers que faisait courir au cavalier et à la monture cette vitesse de locomotive.

Et, tout en galopant comme le spectre de la ballade de Burger, M. de la Tour-du-Roy répétait, presque à voix haute :

— Je les tuerai !... je les tuerai !...

Cette surexcitation mentale qui ressemblait presque à du délire, fut de courte durée.

Un calme relatif lui succéda et permit au marquis la réflexion. — Il remit au pas son cheval couvert d'écume, et il murmura :

— Pour faire justice, il faut les surprendre ! — Pour les surprendre, il faut lutter avec eux! Lutter d'astuce et de fourberie !... — Ils me donnent l'exemple de la ruse... j'apprendrai la ruse !... — Ils se cachent... je me cacherai...

Robert regarda sa montre.

Elle marquait six heures et demie du soir.

— J'ai le temps... — se dit-il.

En ce moment il se trouvait à huit kilomètres du château.

De grands bois dont il était propriétaire s'étendaient à droite et à gauche, à perte de vue.

Il quitta la route départementale et s'engagea dans un sentier couvert qui le conduisit en dix minutes au pavillon d'un garde.

— Lébineau ! — appela-t-il en s'arrêtant près de la porte.

Un petit garçon d'une douzaine d'années, d'une physionomie intelligente, sortit du pavillon et cria:

— Maman... maman... c'est M. le marquis...

Aussitôt une femme encore jeune et presque jolie, portant dans ses bras un enfant à la mamelle, se montra sur le seuil.

— Ah ! monsieur le marquis, — fit-elle avec une profonde révérence, — mon mari sera bien chagrin..

— Lébineau est absent ?

— En tournée, monsieur le marquis, et il ne rentrera que cette nuit, bien tard... — Monsieur le marquis voulait lui parler ?... Est-ce au moins quelque chose que je puisse lui répéter ?

— Ne vous préoccupez point de cela, bonne Ursule... Je n'ai rien de pressant à dire à votre mari... Avez-vous du papier au pavillon ?

— Oui, monsieur le marquis, et de l'encre aussi, et des plumes... enfin tout ce qu'il faut pour écrire.

— Comment donc que Lébineau ferait ses rapports et dresserait ses procès-verbaux, si quelque chose lui manquait ?

M. de la Tour-du-Roy descendit de cheval, mit là bride aux mains du petit garçon, très-orgueilleux de cette marque de confiance, puis il franchit le seuil d'un intérieur brillant d'une propreté hollandaise, s'assit devant une petite table de chêne noir bien ciré, et écrivit une courte lettre.

Dans cette lettre destinée à Lazarine Robert disait en style de télégramme, sans entrer dans le moindre détail, que l'affaire du garde-chasse blessé le retiendrait longtemps ; qu'en conséquence il fallait dîner sans l'attendre et ne point s'inquiéter si son absence se prolongeait une partie de la nuit.

Lorsque M. de la Tour-du-Roy eut écrit l'adresse de ce billet laconique, il demanda :

— Petit Pierre a des jambes solides, n'est-ce pas, bonne Ursule ?

— Des jambes de chevreuil, monsieur le marquis... — répliqua la femme du garde, — il défierait
un lièvre à la course.

— Il sait le chemin du château ?...

— Aussi bien que son *Credo*... — il y est allé plus
de cinquante fois avec son père...

— Combien mettrait-il de temps pour courir jusque-là ?

—Dame ! une heure à peu près en ne se pressant
guère...

— Voulez-vous me le prêter pour deux heures ?...

—Il est aux ordres de monsieur le marquis... et
c'est bien de l'honneur pour nous...

— Merci, bonne Ursule...

M. de la Tour-du-Roy sortit du pavillon, reprit la
bride à petit Pierre, lui donna la lettre accompagnée
d'une pièce de cent sous, et lui dit :

—Tu vas aller toujours courant au château, mon
enfant... — Connais-tu le valet de chambre Dominique ?

— Oui, monsieur le marquis...

—Tu demanderas à lui parler et tu lui recomman-
deras de ma part de remettre immédiatement cette
lettre à madame la marquise...

— Et après ?...

— Après ?... — Tu reviendras... — Il n'y a pas
autre chose à faire.

— Ça suffit, monsieur le marquis...

L'enfant glissa la lettre dans sa poche, noua la
pièce de cent sous dans un des angles de son mouchoir, et détala comme un cerf qui sent la meute lu
souffler au poil.

Le marquis se remit en selle; il allait s'éloigner
mais il se ravisa.

— Ursule, — reprit-il, — Lébineau a des revolvers
n'est-ce pas?

— Oui... oui... il en a deux... comme tous les gardes
de monsieur le marquis...—Il les emporte rarement...
— Ils sont accrochés près du buffet... Monsieur le
marquis aurait pu les voir tout à l'heure.

— Sont-ils chargés?...

— Je ne m'y connais pas... mais je sais qu'il y a
des cartouches à la maison.

— Je serai tard cette nuit dans les bois... il faut
être prudent... on ne sait ce qui peut arriver... Donnez-moi l'un des revolvers, bonne Ursule...

— Tout de suite, monsieur le marquis...

La femme du garde rentra et ressortit, apportant
une arme de moyenne grandeur, en acier bruni, à
crosse d'ébène, très-simple mais d'une excellente
fabrication.

M. de la Tour-du-Roy s'assura que les six cartouches métalliques étaient à leur place, et mit le revolver dans la poche de côté de son veston.

— Merci et au revoir, — fit-il.

— A l'honneur de revoir monsieur le marquis, — répondit Ursule ; puis elle ajouta avec une visible hésitation : — Mais... mais... est-ce que monsieur le marquis se sent mal à son aise?

— Pourquoi me demandez-vous cela?

— Parce que monsieur le marquis est très-pâle... — Je crois qu'il ferait bien, avant de s'en aller, de boire un peu d'eau-de-vie...

Robert secoua la tête.

— Nous en avons qui est fameuse ! — reprit la femme du garde. — Ce n'est pas étonnant, elle vient du château... — L'intendant nous en a donné deux bouteilles à l'occasion du mariage de monsieur le marquis, et nous la gardons pour les fêtes carillonnées en souvenir d'un si beau jour...

— Un beau jour, en effet !... — répéta Robert d'une voix sourde. — Un bien beau jour !... — Adieu, Ursule... je n'ai besoin de rien...

Puis, éperonnant de nouveau son cheval, il partit au galop.

— C'est drôle tout de même, ces grands personnages... — murmura dame Ursule en le suivant des yeux. — On jurerait que M. le marquis a la tête à l'envers...

M. de la Tour-du-Roy erra dans la forêt jusqu'au

moment où l'obscurité complète eut remplacé le crépuscule.

Il reprit alors rapidement le chemin du château, ouvrit une des portes de service de la muraille d'enceinte avec un passe-partout dont il ne se séparait jamais, entra dans le parc, attacha son cheval au milieu d'un taillis, et se dirigea vers l'avenue couverte où trois ou quatre fois, le soir, Lazarine était venue rejoindre le jeune artiste.

Pourquoi le marquis, — ne sachant rien de positif, —allait-il là et non ailleurs? — se demandera-t-on peut-être. — Notre réponse est bien simple.

Il allait là et non ailleurs parce que l'impulsion toute instinctive qui le poussait de ce côté était en même temps très-logique.

L'avenue couverte, avec le doux mystère de ses ombrages épais et séparés du logis uniquement par la largeur de la pelouse, devait attirer des amoureux à qui le temps était mesuré.

Plus près du château ils auraient été trop en vue, et, pour trouver l'équivalent du vert tunnel de l'allée couverte, il fallait chercher trop loin.

M. de la Tour-de-Roy se souvenait d'ailleurs des fugues soudaines de Lazarine après le repas du soir, à l'instant précis où Hector lui-même disparaissait du salon ou de la terrasse.

Ces fugues ne se prolongeaient point. — Au bout

d'une demi-heure au plus, la marquise était de retour ; — il semblait donc très-vraisemblable qu'elle venait de l'allée couverte.

Robert s'embusqua dans le taillis dont Bégourde connaissait si bien l'épaisseur, et s'armant de patience, commandant à son cœur d'apaiser ses battements, à ses nerfs de ne point tressaillir, il attendit.

Huit heures du soir sonnèrent au loin.

Le ciel était d'une pureté de cristal ; — des myriades d'étoiles scintillaient dans la nuit comme une poussière de diamants ; — les capiteuses émanations des fleurs d'automne saturaient l'atmosphère tiède, et faisaient flotter dans l'air comme un souffle de volupté.

M. de la Tour-du-Roy apercevait de loin la façade noire du château. — Les fenêtres de la salle à manger et celles de la salle de billard laissaient tomber sur les orangers de la terrasse des reflets lumineux. — Le reste se noyait dans l'ombre.

Un pas rapide et léger effleura tout à coup le sable de l'avenue ; — aussitôt après passa devant le marquis une forme à peine distincte, dans laquelle il crut reconnaître la silhouette d'Hector Bégourde.

— Ainsi donc, — se dit-il, — je ne m'étais pas trompé... — C'est bien ici qu'ils se rencontrent !...

Sa main droite pressa fiévreusement, sous son veston, la crosse d'ébène du revolver.

Au bout de quelques secondes le bruit des pas cessa, puis un craquement de branches agitées, un frissonnement de feuilles froissées, apprirent à Robert que le rôdeur nocturne cherchait comme lui un asile dans les profondeurs du fourré.

Le silence redevint complet.

La demie sonna, puis neuf heures.

Plusieurs fenêtres s'éclairèrent alors au premier étage, et parmi ces fenêtres M. de la Tour-du-Roy reconnut celles de l'appartement de sa femme.

— C'est inexplicable! — pensa-t-il. — Elle est seule... elle se croit libre... que se passe-t-il donc et qui peut la retenir?

Robert se demandait cela, et en même temps une vive sensation de joie inondait tout son être.

Il se reprenait à espérer que jusqu'à ce moment ses soupçons reposaient sur de fausses apparences.

Les lumières du rez-de-chaussée s'éteignirent; pour la seconde fois un pas rapide foula le sable.

— La voici!... — pensa le marquis, tombant du haut de ses espérances.

Et sa main crispée pressa de nouveau le revolver.

XXXI

Cette fois encore M. de la Tour-du-Roy se trompait.

Le bruit qui se rapprochait était net, résolu et, selon toute vraisemblance, produit par des chaussures masculines.

Bientôt le doute devint impossible : le promeneur fumait et le feu de son cigare, avivé par une aspiration puissante, éclaira vaguement pendant une seconde le visage de Laurent Védel.

L'artiste fit cinq ou six cents pas sous la voûte de l'allée couverte, puis, tournant sur lui-même, reprit le chemin du château et ne revint plus.

Robert attendit encore.

L'horloge sonna dix heures.

Les branches et les feuilles du taillis, violemment

secouées, frissonnèrent. — Hector Bégourde, que la blancheur de son pantalon trahissait, reparut dans l'avenue.

En passant devant le marquis le bohème murmura :

—Allons, elle se moquait de moi !... Que le diable emporte les femmes ! on ne m'y prendra plus !...

Et, se jetant dans une allée latérale qui conduisait aux clôtures du parc, il s'éloigna rapidement.

Les paroles de Bégourde, arrivant aux oreilles de M. de la Tour-du-Roy, produisirent l'effet d'un baume rafraîchissant versé sur une blessure cuisante.

Le soulagement fut instantané. — Le calme remplaça la fièvre. — L'angoisse qui serrait le cœur disparut.

La colère de l'amoureux désappointé justifiait implicitement la marquise et ne laissait aucun prétexte à des accusations sérieuses.

Lazarine se moquait d'Hector !... — Hector luimême venait de le dire.

Donc la jeune femme avait pu être coquette, imprudente, — (sa grande jeunesse commandait l'indulgence) — elle n'avait point été coupable...

Le marquis, allégé du pesant fardeau qui l'écrasait depuis bien des heures, n'eut pas même l'idée de poursuivre Bégourde et d'exiger de lui une explication.

Que lui importait désormais ce bohème évincé

qu'il ne retrouverait plus sur sa route?...— et,d'ailleurs comment le punir d'avoir osé lever les yeux sur
Lazarine?... — Lui tirer les oreilles ? — cela ferait du
bruit. — Le mener sur le terrain ? — l'énorme différence d'âge et de position sociale rendrait absurde
et ridicule un duel, qui d'ailleurs compromettrait
infailliblement la marquise...

Mieux valait avoir l'air de ne point soupçonner
cette aventure sans dénouement.

M. de la Tour-du-Roy alla reprendre son cheval,
le conduisit aux écuries comme s'il ne faisait que
d'arriver, puis il regagna le château.

Le valet de chambre était aux aguets et lui ouvrit
la porte du vestibule.

— Dominique,— demanda Robert,— on a apporté
une lettre de moi, n'est-ce pas?

— Oui, monsieur le marquis, vers sept heures...
— Pierre, le petit garçon du garde Lébineau, me l'a
remise en mains propres et je n'ai pas perdu une
minute pour la remettre moi-même à madame la
marquise... — On a dîné aussitôt après... — Monsieur
le marquis soupera-t-il ? — Le couvert est mis et le
cuisinier attend...

— Je suis fatigué et ne me mettrai point à table...
— Servez-moi sur un guéridon, dans mon cabinet
de toilette, de la viande froide et du vin de Bordeaux...
— Cela suffira...

M. de la Tour-du-Roy monta chez lui.

Son appartement touchait à celui de la marquise ; une porte déguisée par des tapisseries mettait en communication directe la chambre à coucher du mari et celle de la femme.

Robert voulut ouvrir cette porte. — Elle était fermée en dedans.

Il frappa doucement.

— Est-ce vous, Robert? — demanda la voix de Lazarine. — Figurez-vous, mon ami, que je suis au lit et que j'ai poussé le verrou...

— Dois-je vous laisser dormir ?

— Oh ! pas le moins du monde ! Attendez, je me lève... me voici...

Le verrou glissa, la porte s'ouvrit et Lazarine, pieds nus, enveloppée du brouillard transparent de sa chemise, comme une nymphe mythologique vêtue de la vapeur des eaux, entoura le marquis de ses bras éclatants, lui mit ses lèvres sur les deux joues et courut se replonger dans son lit.

Sur la table de nuit une lampe à abat-jour éclairait un roman nouveau.

— Je m'ennuyais,— dit la jeune femme,— je me suis couchée, et, pour tuer le temps en vous attendant, je lisais.

— Alors la soirée vous a paru longue?...

— Au-delà du possible ! — ah ! je regrettais bien de ne pas avoir gardé mon père... — Aussitôt après l'arrivée de votre lettre nous avons dîné, M. Védel et moi... — Nous avons fait ensuite une partie de billard, mais j'étais mal en train... — Je manquais les carambolages les plus élémentaires, et ça me crispait... — J'ai donné congé à M. Védel et je suis montée.

— Le jeune Bégourde vous manquait peut-être ?... — demanda le marquis d'un air indifférent.

Lazarine attacha sur son mari ses yeux clairs, secoua la tête avec une petite moue dédaigneuse, en haussant un peu les épaules, et répliqua :

— Pourquoi m'aurait-il manqué, grand Dieu ? Le pauvre garçon n'est pas drôle !... — Non, non ! il ne me manquait point !...

Ceci fut dit d'un ton si simple et si parfaitement naturel que M. de la Tour-du-Roy se sentit rassuré de plus en plus et se reprocha, comme injurieuse, la très-naïve épreuve qu'il venait de tenter.

La marquise ne se doutait guère du péril auquel son heureuse étoile l'avait fort à propos soustraite.

Voici ce qui s'était passé :

Nous avions laissé la jeune femme hésitante après avoir reçu le ridicule billet d'Hector sollicitant un dernier rendez-vous.

II.   3

— Irai-je ou n'irai-je pas? — se demandait-elle.—
La question est embarrassante !

Puis elle concluait ainsi :

— Bah! j'ai le temps d'y réfléchir... — Lorsque la
nuit sera venue, je verrai ce que je dois faire...

La nuit vint. — L'heure du rendez-vous arriva.—
Lazarine, convaincue de l'absence de son mari, se
sentait absolument libre; aucune surveillance impor-
tune n'était à craindre... — Elle le croyait du moins...

Et cependant elle prit résolument le parti de laisser Hector se morfondre dans l'allée couverte où il
l'attendait.

C'est qu'à la dernière minute les sages conseils de
Jules Leroux, se retraçant à sa mémoire avec une netteté surprenante avaient amené cette conclusion :

— Mon père a raison, c'est une sotte intrigue!...
— Un si piètre amoureux ne me fait nul honneur !...
Tôt ou tard il faudra lui dire : — *Je ne vous connais
pas!*... — Le moyen d'éviter cette corvée future se
présente aujourd'hui... — En m'abstenant d'aller au
rendez-vous, j'efface un passé ridicule... — Mon absence est la fin de tout, car elle signifie: — *Je ne vous
connais plus!*...

Et voilà pourquoi Lazarine, au lieu de descendre
dans le parc où son mari se tenait à l'affût, fou de
jalousie et de colère, monta dans sa chambre et se
mit tranquillement au lit.

Tout était pour le mieux dans le meilleur des mondes !

*
* *

Quiconque a été jaloux une fois dans sa vie le sera toujours, au moins par intermittences.

La défiance peut se classer parmi les maladies absolument inguérissables.

Quand un esprit s'habitue au soupçon, il soupçonne quand même, avec ou sans motifs.

M. de la Tour-du-Roy, au sortir de la rude épreuve qu'il venait de traverser, se démontra sans le moindre effort que la candeur de Lazarine était indiscutable... — Ce fut pour lui une période absolument heureuse, mais très-courte.

Au bout de quelques jours il devint préoccupé et sombre de nouveau. — Il se souvenait, il réfléchissait, et ses souvenirs ne le rassuraient point.

L'abandon ultra-familier de la jeune marquise avec quelques-uns de ses danseurs pendant les fêtes du mariage cessait de lui paraître innocent. — Puis toute cette histoire de Bégourde, y compris l'intervention mal expliquée de Jules Leroux, lui semblait enveloppée d'un mystère qu'il désespérait d'éclaircir, mais qui l'inquiétait étrangement.

Il ne concluait point de là que Lazarine était infidèle, il ne la croyait point vicieuse ou corrompue, mais il la jugeait légère, prompte à l'entraînement, presque déshéritée surtout de ce sens moral qui pour la vertu féminine est la meilleure égide.

Cette opinion sévère et qui, nous le savons d'ailleurs, était juste, ne l'empêchait pas d'adorer sa femme ; — peut-être même l'adorait-il plus fiévreusement encore en se sentant menacé dans son bonheur.

Si violente que soit la passion, une sécurité trop complète en amortit les flammes.

Robert, en homme sage, résolut de prendre ses mesures et de protéger contre elle-même l'imprudente enfant qui ne savait pas se défendre.

En conséquence quand Lazarine, revenant à la charge, lui exprima de nouveau son impétueux désir de le voir acheter pour elle un hôtel à Paris et l'installer au centre des élégances mondaines, il répondit que rien ne pressait, qu'il serait temps d'aviser plus tard et que ses projets immédiats étaient d'une tout autre nature.

— Quel projets ? — demanda la marquise effrayée.

— Vous ne songez pas, j'imagine, à m'ensevelir sous la neige, cet hiver, à la Tour-du-Roy, ni même à Orléans où je mourrais d'ennui... — je n'aime la campagne qu'en été et je déteste les villes de province.

— Je ne vous imposerai, soyez-en sûre, ni ce châ-

teau, ni l'hôtel d'Orléans pendant la saison triste,
— répondit le marquis en souriant.

— Mais alors, que ferons-nous donc?

— Si vous le trouvez bon, ma mignonne, nous
passerons l'hiver en Italie.

L'Italie!

Ce nom magique rasséréna brusquement Lazarine qui n'avait jamais vu que Trouville et Dieppe.

A défaut de Paris qu'elle préférait à tout, un voyage
accompli dans des conditions de grand luxe lui paraissait un pis aller fort acceptable.

— En Italie?— répéta-t-elle, — à Florence? à
Venise?

—Sans compter Rome et Milan ... — répliqua le
marquis. — Nous irons un peu partout et nous ferons
dans chaque ville un séjour dont vous déciderez
seule la durée... — Cela vous plaira-t-il ainsi?

— Certes! — répondit la jeune femme,— et vous
êtes un mari charmant ... Quand partirons nous?

—Quand voulez-vous partir?

— Le plus tôt possible...

—Ce serait possible tout de suite, à la rigueur,
mais quelques préparatifs étant utiles nous ferons
bien, je crois, de remettre notre départ à la semaine
prochaine ...

— Va pour la semaine prochaine...

— Songez à vos bagages... — Emportez beaucoup

de toilettes... — Les invitations seront nombreuses
et nous ne pourrons les décliner toutes...— Une
de vos femmes de chambre et Dominique nous accom-
pagneront, et nous prendrons là-bas les autres
domestiques dont nous aurons besoin...

Les choses étant ainsi convenues, Lazarine se
donna corps et âme aux apprêts du voyage et ne
s'ennuya plus.

Robert écrivit à Jules Leroux pour l'engager à
passer vingt-quatre heures à la Tour-du-Roy avec
Renée et Jeanne.

Au jour indiqué l'ex-banquier arriva, flanqué de
ses filles.

Le marquis le mit au courant du projet dont la
réalisation était si proche.

— L'idée est excellente,—répondit Jules Leroux,
— et je l'approuve de toutes mes forces... Seulement ne craignez-vous pas que, loin de son pays
et de sa famille, Lazarine parfois ne se trouve isolée?

— Je ne la quitterai point...

— Vous savez comme moi qu'un tête-à-tête in-
interrompu devient monotone à la longue... — il
faudrait à Lazarine une compagne...

— Vous avez raison... Mais cette compagne, où la
trouver?

— Je vous offre ma seconde fille...

— Vous consentiriez donc à vous séparer d'elle?...

Sans hésiter, quoiqu'avec regret... — Quand il s'agit de mes enfants, aucun sacrifice ne me coûte... Est-ce entendu! Emmenez-vous Renée?

— Oui, cent fois oui, nous l'emmenons, et Lazarine sera bien heureuse!...

— Alors laissez-moi le plaisir de lui annoncer ce bonheur.

Jules Leroux prit à part la jeune marquise :

— Écoute, — lui dit-il, — je vais te proposer une corvée... sois bonne fille et accepte-la... — Tu n'aimes pas beaucoup Renée, qui n'est pas très-aimable, étant d'un naturel jaloux aigri par la fortune adverse, mais enfin c'est ta sœur... — L'ennui la consume aux Vertes-Feuilles... aucun mari possible n'apparaît à l'horizon... — C'est triste!... — Tu peux tout pour elle... — Emmène-la en Italie... Protége-la... patronne-la... produis-la dans le monde... marie-la... Si tu le veux, ce sera facile... — Tu es grande dame et Renée est belle... — double cause de succès certain... — Feras-tu cela, Lazarine?

Madame de la Tour-du-Roy réfléchit avant de répondre.

Non, à coup sûr, elle n'aimait pas sa sœur, et la pensée de l'avoir pour compagne ne la séduisait guère, mais il s'agissait d'écraser de sa protection la fille hautaine que toute supériorité révoltait, et l'orgueil de Lazarine trouvait dans cette protection même une jouissance âpre et malsaine.

Renée ne serait rien auprès d'elle ! — Renée dépendrait absolument d'elle ! — Renée n'existerait que par elle ! — Lazarine n'aurait pu rêver jamais une plus éclatante revanche des insolences d'autrefois !

Elle se décida vite et répondit :

— Oui, mon père, je ferai ce que vous souhaitez, mais à la condition cependant que mon mari n'y mettra point d'obstacle.

— Alors tout est convenu, — s'écrie Jules Leroux en se frottant les mains, — j'ai consulté mon gendre et mon gendre consent... — Je vais dire à Renée de te sauter au cou...

— Gardez-vous-en bien, mon père... — murmura la marquise avec un sourire. — Quand ma sœur m'embrasse, je sais qu'elle voudrait m'étrangler... Épargnez-lui cette tentation... et surtout le chagrin de n'y pouvoir céder...

XXX

Au commencement de la semaine suivante le marquis de la Tour-du-Roy, Lazarine et Renée, partirent pour l'Italie où nous ne tarderons pas à les rejoindre.

Jules Leroux, resté seul aux Vertes-Feuilles avec Jeanne, parut tout à coup transformé.

Du jour au lendemain il eût été difficile de reconnaître en lui l'homme abattu par ce qu'il appelait la déveine, découragé, mélancolique, négligeant sa personne, n'ayant nul souci de sa toilette.

Brusquement il avait repris sa physionomie d'autrefois, son allure d'égoïste heureux à qui tout réussit.

Rasé de près, ganté de frais, le chapeau légèrement incliné vers l'oreille droite, il se cambrait comme à l'époque heureuse où chaque jour on le

3.

voyait gravir les degrés de la Bourse, répondant aux coups de chapeaux des commis d'agents de change, des coulissiers, des remisiers, par un petit salut de la main à la fois bienveillant et digne.

C'est que Jules Leroux se rattachait bel et bien à la vie. — L'avenir ne se montrait plus à lui sous des couleurs uniformément sombres. — Il éprouvait la nostalgie de Paris et songeait d'une façon très-sérieuse à se retremper pendant quelques semaines dans les joies de la grande ville.

— Lazarine est splendidement mariée, — se disait-il — et la dot qu'un épouseur moins riche aurait exigée de moi reste tout entière en mes mains... — Le marquis de la Tour-du-Roy trouvera moyen, par orgueil, de marier Renée à quelque millionnaire insoucieux des cent mille francs qui seraient, dans sa fortune, ce qu'est une goutte d'eau dans la mer... — Enfin, Renée voyage avec sa sœur, et je n'ai présentement point à m'occuper d'elle... — Reste Jeanne... Mais Jeanne est un beau petit ange, sans besoins et sans désirs, enchantée de tout, approuvant tout, souriant à tout ! — Jamais enfant ne fut moins gênante !... — Donc voilà mes filles heureuses ou fort en train de le devenir ; j'ai bien le droit, ce me semble, de songer à moi quelque peu ! — Ce n'est pas à mon âge, que diable ! — (cinquante-six ans à peine) — qu'on peut renoncer pour toujours aux enchantements de la vie

et se cloîtrer comme un chartreux !... — Je m'alour-
dissais, parole d'honneur ! — J'ai besoin de revoir les
boulevards, de serrer la main à quelques vieux amis
— (sans oublier les jeunes amies) — de m'attabler
dans les cabarets à la mode et de digérer joyeuse-
ment les truffes et les foies gras dans un fauteuil d'orchestre des Variétés, des Bouffes ou du Palais-Royal...
— Je m'accorde un mois de congé !...

Cette résolution prise, Jules Leroux écrivit à son
tailleur pour lui donner des ordres, et au prince de
Castel-Vivant pour lui annoncer son arrivée et le prier
de retenir, à son intention, un petit appartement de
deux pièces au Grand-Hôtel.

Restait à prévenir Jeanne.

L'ex-banquier le fit sans retard.

— Chère mignonne, — lui demanda-t-il à brûle-
pourpoint, — tu ne t'ennuies point ici, n'est-ce
pas?...

— Tu sais bien, père, — répondit la jeune fille, —
que je ne m'ennuie nulle part... — Le mot ennui
n'existe pas dans mon vocabulaire et n'offre aucun
sens pour moi... — En outre j'adore la campagne,
et je me plais ici plus que partout ailleurs...

— Même depuis que Lazarine est partie, et que
Renée a suivi Lazarine?... — reprit Jules Leroux.

— Mon Dieu, oui... — Mes sœurs, tu le sais, me
sont chères... — Mais elles s'occupaient si peu de la

petite Cendrillon... — Je puis me passer d'elles... — d'ailleurs tu me restes, toi! c'est assez!..

— Et si je m'en allais aussi?

Jeanne regarda son père avec quelque étonnement.

— Si tu t'en allais?... — répéta-t-elle. — Est-ce que tu songes à me quitter?...

— Supposons que cela soit nécessaire.

— Dame! alors, je serais tout à fait seule!...

— Et la solitude te fait peur?...

— Elle m'inquiéterait un peu, je l'avoue, si ton absence devait se prolonger...

— Rassure-toi... — Mon voyage ne durera que quelques jours...

— Ton voyage!... — C'est donc sérieux?...

— Oui... — Des affaires pressantes m'appellent à Paris...

— Je croyais que tu n'avais plus d'affaires?

— On en a toujours, malgré soi...

— Eh bien! puisqu'il le faut, j'en prendrai mon parti... Mais ne m'abandonne pas longtemps..,

— Tout au plus trois semaines...

— Je tâcherai donc de n'être pas triste, et je t'attendrai en comptant les heures qui me sépareront de ton retour... ,

— Embrasse-moi, chère mignonne... tu es une angélique créature!... — Celui dont tu deviendras la femme sera un homme heureux!...

— Celui-là se présentera-t-il jamais ?— demanda Jeanne en riant.

— Pourquoi non?... le marquis de la Tour-du-Roy grand seigneur, immensément riche, n'a-t-il pas épousé Lazarine?

— Qu'est-ce que cela prouve?... — Lazarine méritait son bonheur par toutes sortes de brillantes qualités qui me manquent absolument... — Lazarine est un lis superbe... je suis une pauvre petite violette très-humble et très-timide... — Les lis dominent le parterre et s'imposent à l'admiration... — les violettes se cachent sous l'herbe... — Elles ont toutes les chances possibles de vivre et de mourir inaperçues... — D'ailleurs, père, faut-il te le dire? je n'envie point du tout la destinée de Lazarine...

— Aurais-tu donc des ambitions plus hautes? — demanda Jules Leroux fort surpris.

— Je n'ai nulle ambition ; je n'ai qu'un seul désir ou plutôt qu'une volonté: celle d'aimer mon mari, si je me marie, et je refuserais d'épouser un vieillard, fût-il prince et plus riche que la Banque de France...

— Lazarine aime le marquis...

— Oh ! j'en suis convaincue, mais, moi, je n'aurais su aimer le marquis de la Tour-du-Roy autrement que comme un père, et l'instinct de mon cœur me crie qu'il faut éprouver pour son mari une affection plus jeune et plus vive...

— Sainte candeur!... — murmura Jules Leroux en souriant.

— Enfin, père, quand me quitteras-tu? — reprit Jeanne en ramenant l'entretien à son point de départ.

— Dans deux ou trois jours... aussitôt que j'aurai reçu des réponses que j'attends.

Les réponses arrivèrent.

Le tailleur annonçait que les ordres de son client étaient exécutés.

Le prince félicitait son ami d'avoir sagement résolu de se désencarêmer un peu, et lui donnait le numéro du petit appartement retenu à son intention au Grand-Hôtel.

Jules Leroux, le lendemain matin, glissa dix billets de mille francs dans son portefeuille, puis embrassa Jeanne très-émue et dont l'émotion fut communicative au point de faire couler une larme sur le nez du viveur endurci.

Une jolie victoria, cadeau de Lazarine, le conduisit à Orléans, et avant de monter en chemin de fer il adressa ce télégramme à M. de Castel-Vivant :

J'arrive aujourd'hui. — Dînerons ensemble. — Invitez Tata, si possible. — A défaut de Tata, Nana.

*
* *

Dans l'un des premiers chapitres de ce véridique récit nous avons dit que Jeanne se trouvait absolu-

ment heureuse depuis que son père et ses sœurs ha-
bitaient les Vertes-Feuilles pour cause de catastrophes
financières.

Elle adorait le calme, la campagne, les grands arbres, les fleurs et les oiseaux.

Les après-midi employées dans le parc à lire ou à
dessiner lui paraissaient trop courtes.

Elle s'était faite l'intendant ou plutôt la femme de
charge du logis, dirigeant tout dans la maison avec
la plus stricte économie.

À peine depuis quinze jours aux Vertes-Feuilles,
elle connaissait et soulageait déjà les pauvres et les
malades qui l'appelaient *le bon ange*.

Jeanne, — disions-nous, encore — (surnommée
Cendrillon par ses sœurs) — était la plus gracieuse
et la plus mignonne créature qu'il fût possible
d'imaginer.

A l'époque du mariage de Lazarine elle avait seize
ans et demi, un visage rosé de chérubin souriant, de
grands yeux candides, sérieux et doux, dans lesquels
l'azur profond du ciel semblait se refléter.

Ils étaient bien tristes, ces beaux yeux, au moment
où la jeune fille, debout sur la plus haute marche du
perron, suivait du regard la voiture emmenant son
père à Orléans.

Quand cette voiture eut dépassé la grille du parc et
cessa d'être en vue, Jeanne, poussant un soupir, essuya

du revers de sa main mignonne ses paupières humides.

— Seule ! — murmura-t-elle, — me voilà seule !...
— C'est la première fois !... — Mais dans quinze jours
mon père reviendra... — Il me l'a bien promis... —
Quinze jours passent vite...

La jeune fille était tête nue, et les rayons d'un soleil
brûlant tombaient d'aplomb sur la façade du petit
château.

Une sorte de buée lumineuse semblait se dégager
des pelouses et tremblotait dans l'atmosphère comme
aux jours les plus chauds de l'été.

Jeanne rentra, s'assit dans le salon près d'une fenêtre, tira de sa poche une bourse de filet à l'ancienne
mode, et la secouant un peu fit scintiller et cliqueter
sous les mailles les pièces d'or qu'elle contenait.

— Il m'a laissé beaucoup d'argent, ce bon père, —
murmura-t-elle, —trop d'argent !—cinq cents francs !
— une somme pareille, pour moi toute seule et pour
quelques jours ! quelle folie ! — Je ne la dépenserai
certes pas ! je ne dépenserai rien... et je ne ferai point
d'économies cependant... tout sera pour mes pauvres...

Sans se préoccuper de l'écrasante chaleur, la plus
jeune fille de Jules Leroux attacha sur sa belle chevelure blonde son grand chapeau de paille orné d'un
bouquet de fleurs des champs, mit dans sa poche une
vingtaine de francs en menue monnaie, prit une om-

brelle de toile de la même couleur que sa robe et se disposa à sortir.

Sous le vestibule elle rencontra Joseph, le valet de chambre rustique.

— Mam'zelle Jeanne, — fit-il, — Monique m'envoie vous demander si toutefois, pendant que votre papa est parti, vous voulez manger matin et soir, aux mêmes heures, comme d'habitude?

— Dites à Monique que je lui donnerai peu de besogne, — répliqua la jeune fille en souriant. — Rien ne sera moins régulier que mes repas pendant l'absence de mon père. — Je mangerai à n'importe quelle heure et sans me mettre à table. — Il me suffira de fort peu de chose... du pain, du lait, des fruits... — Un morceau de viande froide durera toute une semaine... Il est donc inutile de faire de la cuisine... — Vous avez compris?

— Oui, mam'zelle Jeanne, j'ai bien compris!... heureusement pour moi je ne suis pas une bête!

Et le lourdaud s'en alla furieux, en marmottant entre ses dents:

— Point de cuisine! — En voilà une idée! — Oh! les maîtres. — Si ça plaît à mam'zelle Jeanne de se laisser périr de faim, ça la regarde! c'est son affaire!! — Mais ça ne me convient ni peu ni beaucoup de travailler le ventre creux! — Ah! mais non! pas de ça, Lisette!! — Monique tombera d'accord avec moi

pour fricoter des bons morceaux, sinon je lâche la
baraque, et raide ! — Ça ne fait déjà pas tant d'honneur à un domestique de servir chez un ci-devant
banquetier, en banqueroute à ce qu'on prétend...

Jeanne ne soupçonnant en aucune façon l'ouragan
de colère qu'elle venait de soulever dans l'étroite
cervelle du valet gourmand, quitta le château pour
aller faire sa tournée habituelle dans les chaumières
de ses protégés.

A peine hors du parc elle rencontra le curé du
village.

Le digne prêtre vint à la jeune fille avec empressement.

Jules Leroux, Lazarine et Renée n'affichaient aucune impiété, mais faisaient profession, en matière
religieuse, d'une indifférence absolue.

L'ex-banquier, en arrivant aux Vertes-Feuilles,
avait déposé par convenance une carte au presbytère
et n'y était pas retourné.

Ni le père, ni ses filles aînées, ne mettaient les pieds
à l'église.

Jeanne au contraire, pieuse par instinct, allait à la
messe tous les dimanches, et de plus elle entretenait
avec le bon curé d'assez fréquentes relations... —
Il lui indiquait les malades à visiter, les infortunes à
secourir ; il se faisait en un mot le guide et le conseil-
ler de la touchante et inépuisable charité du *bon ange*.

Les ressources, — bien médiocres, — de la jeune fille restreignaient forcément le chiffre de ses aumônes, mais elle donnait avec tant de grâce, que les pauvres se trouvaient presque riches quand une humble aumône, accompagnée de consolantes paroles, était tombée de sa main dans leur main.

— Bonjour, monsieur le curé... — dit l'enfant au prêtre avec un sourire.

— Bonjour, mademoiselle Jeanne ... — je n'ai pas besoin de demander où vous allez... je sais d'avance où votre bon cœur vous conduit...

— Je vais voir mes amis les pauvres... — m'accompagnerez-vous, monsieur le curé ?

— Je n'aurai pas ce plaisir aujourd'hui, mais je vais vous apprendre une heureuse nouvelle...

XXXI

— Une heureuse nouvelle? — répéta Jeanne. — Heureuse pour moi, monsieur le curé?

— Heureuse du moins pour ceux à qui vous portez un si vif intérêt et que vous appelez vos amis les pauvres... — répondit le prêtre.

— Et, cette nouvelle?... — Je suis très-curieuse, monsieur le curé, donc, je vous en prie, parlez vite...

— Depuis la mort de l'excellent docteur Gendron, que nous avons eu la douleur de perdre il y a dix-huit mois et de qui je vous ai parlé plus d'une fois, mademoiselle, il faut aller jusqu'au chef-lieu de canton, à trois lieues d'ici, vous le savez, pour trouver un médecin, et le docteur Verdier, un habile homme dont je ne veux dire aucun mal, ne se dérange pas volontiers quand il existe dans son esprit quelque doute au sujet du payement de ses honoraires...

— Je sais cela, — murmura la jeune fille, — et j'en gémis souvent...

— Eh ! bien, mademoiselle Jeanne, cette situation se modifie favorablement.

— Comment cela ?

— Le docteur Gendron, veuf et sans enfants, a laissé par testament à des parents éloignés la modeste fortune, résultat de quarante années de travaux, et la petite maison, jolie et coquette, ma foi ! qu'il avait fait bâtir à Rancey, à cinq kilomètres des Vertes-Feuilles, et qu'il habitait... — Cette maison mise en vente toute meublée ne trouvait pas d'acquéreur, quoique le prix demandé par les héritiers fût des plus modiques : huit mille francs, mobilier compris. — Or elle en a coûté plus de quinze mille au bon docteur, et le jardin fruitier planté par lui est en plein rapport aujourd'hui...

— Enfin, cette maison ?

— Elle est vendue, et j'ai reçu hier la visite du nouveau propriétaire.

— Je devine, — interrompit Jeanne, — que ce nouveau propriétaire est un médecin.

— Vous devinez juste, mademoiselle... — Ce médecin est un jeune homme de vingt-cinq ou vingt-six ans..
— Il a suivi les cours de la faculté de Paris, se nomme Maxime Giraud et vit avec sa mère qu'il adore...

— Le docteur Giraud a fait sur moi la meilleure impression... — Je ne crois pas me tromper en affirmant que c'est un cœur d'or... — Il semble instruit et très-intelligent... — Il possède, non de la fortune, m'at-il dit, mais une modeste aisance suffisant pour assurer à sa mère et à lui, quoi qu'il arrive, le pain du lendemain... — Son désir est naturellement de se créer une clientèle et d'obtenir la juste rémunération de son travail et de ses fatigues, mais à côté de cette ambition légitime le jeune docteur en nourrit une autre qu'il est bien sûr de réaliser sans peine... — il se propose de mettre son temps et sa science au service de tous ceux qui souffrent, sans se préoccuper de savoir s'ils pourront le payer... il veut être, en un mot, le médecin des pauvres de ce pays...

Jeanne frappa ses deux petites mains l'une contre l'autre avec une joie tout enfantine.

— Mais c'est très-bien, cela, monsieur le curé ! — s'écria-t-elle, — c'est admirable !...

— Admirable en effet, mademoiselle ; et j'admire, mais je ne m'étonne point... — Le docteur Gendron était ainsi... — M. Maxime Giraud s'est mis à mon entière disposition en me priant de m'adresser à lui et de le faire appeler, fût-ce au milieu de la nuit, chaque fois qu'un malade ou qu'un blessé réclamerait des soins immédiats... — il m'a de plus demandé la liste des vieillards alités et des infirmes de touâge auxquels je porte intérêt et qui sont disséminés dans les campagnes voisines des Vertes-Feuilles et de Rancey...

— Vous lui avez donné cette liste, monsieur le curé?

— Sans doute, mademoiselle. — C'est la vôtre, du moins pour le territoire des Vertes-Feuilles, et vous ne tarderez guère à trouver le docteur Maxime Giraud au chevet de quelque malade.

— Vous croyez? — s'écria Jeanne.

— Ce n'est pas douteux... Un peu plus tôt ou un peu plus tard cela doit arriver. Ce sera demain peut-être, et peut-être même aujourd'hui.

— Alors, j'ai bien envie de rentrer.... — murmura la jeune fille.

— Pourquoi donc?...

— L'idée d'une rencontre avec un inconnu m'inquiète et m'intimide beaucoup.

— Chassez cette inquiétude, mademoiselle... — Le docteur n'a rien d'effrayant, je vous assure... — Il vous suffira de le voir et de lui parler pour vous trouver à votre aise auprès de lui comme auprès d'une ancienne connaissance... — Entre vous et ce jeune homme, d'ailleurs, existe à l'avance un trait d'union bien fort!... Vous marchez tous les deux vers le même but, conduits par ce guide divin qui se nomme la charité!

— Ce mot me rassure... je n'ai plus peur...

— Et vous avez raison car Maxime Giraud, j'en suis certain, vous sera sympathique.

Quelques paroles furent encore échangées entre le bon prêtre et Jeanne Leroux, puis cette dernière se remit en marche vers les chaumières de ses protégés, non plus inquiète, elle venait de le dire, mais très-préoccupée d'une entrevue possible avec le docteur nouveau venu.

Cette entrevue n'eut lieu ni ce jour-là, ni le lendemain.

Maxime Giraud s'occupait, en compagnie de sa mère, des derniers détails de leur installation dans la petite maison de Rancey, et le temps lui manquait pour commencer les courses projetées.

Au nombre des malades auxquels Jeanne portait un intérêt tout particulier, se trouvait une veuve encore jeune, mère de deux petit garçons.

Cette veuve que la mort de son mari, un bûcheron grand travailleur, réduisait à la misère, avait vécu d'abord tant bien que mal en fabriquant des corbeilles d'osier qu'on vendait pour son compte au marché d'Orléans.

Elle faisait elle-même sa cueillette au point du jour dans les oseraies humides, travaillant ensuite jusqu'au soir, et passant souvent à la besogne une partie des nuits.

Ces excès d'un dur labeur, le manque de sommeil, la privation d'une nourriture suffisante, affaiblirent rapidement la pauvre femme dont la santé d'ailleurs n'avait jamais été bien solide.

Geneviève, — elle se nommait ainsi, — lutta contre le mal avec héroïsme, jusqu'au jour où désespérée elle se sentit vaincue.

N'ayant désormais dans les veines qu'un sang décoloré par l'anémie et brûlé par la fièvre, percluse de douleurs rhumatismales, incapable d'employer utilement ses mains amaigries et tremblantes, elle s'étendit sur son grabat et se dit qu'elle serait heureuse de mourir si elle ne devait pas, en quittant ce monde, laisser derrière elle ses enfants abandonnés...

Les deux petits garçons, dont l'un avait neuf ans et l'autre sept, nourrirent alors leur mère qui les avait nourris jusque-là.

Ils mendièrent; — à leur âge, on le comprend, tout travail était impossible.

Chaque matin, n'ayant pour protéger leur tête contre la pluie ou contre le soleil que leurs épais cheveux en broussailles; les pieds nus dans la poussière ou dans la boue; une besace de forte toile sur l'épaule, ils partaient, prenant chacun une direction différente et, tant que la journée durait, s'arrêtant aux portes des maisons et dans les cours des fermes, murmurant un *Pater* et demandant l'aumône.

II. 4

A peu d'exceptions près, — et les exceptions for-
tifient les règles, — les paysans ne sont point de
nature généreuse.

Durs pour eux-mêmes, s'imposant des privations
de toute nature, enfouissant de vieux écus dans des
pots de grès pour acheter des lopins de terre, se
refusant toutes les jouissances que l'argent peut
donner, vivant enfin comme s'ils étaient misérables,
ils ne s'émeuvent pas au spectacle de la misère des
autres.

Quand les deux petits garçons revenaient le soir,
après dix heures de marche, ils n'avaient point cependant les mains tout à fait vides.

Quelques centimes, quelques liards, voire même
quelques sous vert-de-grisés ballottaient au fond de
leurs poches, et leurs besaces renfermaient des
croûtes de pain noir, généralement si dures qu'il
fallait les faire tremper dans l'eau tiède pour les
amollir avant de pouvoir y mordre.

Si déplorable que fût cette nourriture, elle empêchait Geneviève de mourir tout à fait de faim, et
quand les sous, les liards et les centimes formaient
une somme suffisante, l'un des enfants allait au caba-
ret le plus proche acheter un peu de vin pour sa
mère.

Cette horrible détresse se cachait dans l'endroit le
plus riant qu'il fût possible d'imaginer. — Le coin

de terre sur lequel s'élevait la masure devait fournir
un délicieux sujet d'étude aux pinceaux d'un aqua-
relliste.

Le défunt mari de Geneviève, nous l'avons dit, était
bûcheron.

Dix années auparavant il avait obtenu du propriétaire des grands bois qu'il exploitait, l'autorisation
de se bâtir une maisonnette sur la marge de l'un de
ces bois.

Construite avec des troncs d'arbres non dégrossis,
revêtus de leur écorce et que cimentait un mélange
de terre glaise et de paille, cette maisonnette couverte
en chaume s'élevait à deux kilomètres des Vertes-
Feuilles, entre la route et la lisière du bois.

Un bouquet d'arbres séculaires projetait son ombre
sur le toit moussu et couvert de ravenelles.

Des lierres avaient poussé sur les flancs du frêle
édifice que leur étreinte consolidait. — Tout à l'en-
tour, dans ce qui avait été jadis un petit enclos cultivé, des plantes parasites remplaçaient les choux,
les carottes et les navets, et formaient un fouillis
de végétation bizarre d'une merveilleuse exubérance.

Quand un rayon de soleil tombait sur cette masure
habillée de lierre comme la ruine d'un manoir dé-
chu et sur cette flore sauvage luxuriante, l'ensemble
de ces choses si pauvres formait un tableau tout composé et d'une grâce exquise.

Si les dehors de la masure étaient riants, rien au monde ne se pouvait imaginer de plus désolé que l'intérieur.

Les deux fenêtres trop petites, garnies de vitres à à peine transparentes, verdâtres, avec des épaisseurs semblables à des culs de bouteilles, ne laissaient pénétrer, en plein midi, qu'une clarté blafarde dans l'unique pièce.

En face de la porte, contre la paroi du fond, un lit ou plutôt un grabat, construit comme les murailles elles-mêmes en bois non dégrossi, supportait une paillasse éventrée, sans matelas et sans draps.

C'était la couche de Geneviève.

Au pied de cette couche, sur la terre battue et poudreuse tenant lieu de plancher, se voyaient deux bottes de paille et un entassement de haillons.

Les enfants passaient la nuit sur cette paille et sous ces haillons.

Au milieu de la pièce, un petit poêle de fonte dont le tuyau sortait par le toit.

Une huche vide, une table boiteuse, deux ou trois escabeaux, constituaient le mobilier.

Des ficelles tendues soutenaient quelques loques.

De hideuses toiles d'araignées pendaient à toutes les solives.

Qu'on imagine, sur le lit que nous venons de décrire, la malheureuse Geneviève tremblant de fièvre sous une vieille couverture de cheval trouée en vingt endroits, et l'on aura une idée à peu près exacte de cet intérieur sinistre, tel qu'il était avant l'arrivée de Jules Leroux et de ses filles aux Vertes-Feuilles.

Depuis ce moment, depuis que Jeanne jouait le rôle de bon ange des pauvres du pays, les choses avaient un peu changé d'apparence.

La jeune fille s'intéressant beaucoup à Geneviève dont l'infortune lui semblait imméritée, consacrait au soulagement de la pauvre femme une notable part des faibles sommes dont elle pouvait disposer.

— Sa charité ingénieuse lui donnait le moyen quasi-miraculeux de faire beaucoup de bien avec peu de ressources...

La chère créature aurait réussi, nous l'affirmons, à faire quelque chose avec rien.

L'effroyable saleté, le désordre inouï de la maison, furent remplacés par une propreté et par un ordre relatifs.

Chaque semaine, moyennant une rétribution modique, une payasanne vint balayer le sol et enlever les toiles d'araignées.

Geneviève put reposer sur un matelas ses membres amaigris, et coucher dans des draps de toile bise.

Elle eut du bouillon, un peu de viande et quelques gouttes de vin tous les jours. — Les deux enfants,

4.

n'ayant plus besoin de mendier, restèrent au logis près de leur mère.

Cette amélioration si réelle du régime de la veuve ne semblait pas amener cependant de sérieux résultats, et Jeanne se désolait en voyant sa protégée faible et pâle comme auparavant. — Sans doute le mal, maître absolu de ce corps épuisé, ne pouvait plus se combattre utilement...

Triste, mais non découragée, Jeanne ne continuait pas moins la lutte.

Le troisième jour après son entretien avec le curé des Vertes-Feuilles, la jeune fille, dans l'après-midi, alla faire à la veuve sa visite presque quotidienne.

Un des enfants qui jouait sur le bord de la route se précipita dans la chaumière en criant :

— Maman... maman... Voici la bonne demoiselle...

Jeanne, un sourire aux lèvres, se dirigea vers la porte ouverte ; mais au moment de franchir le seuil elle s'arrêta, émue, hésitante.

Près du lit de Geneviève un jeune homme était debout, tenant entre ses mains l'un des poignets de la malade et appuyant deux de ses doigts sur la veine...

XXXII

Le jeune homme debout auprès du lit de Geneviève, et dont la présence inattendue avait arrêté Jeanne sur le seuil, était de taille moyenne, très-brun, sans aucune beauté, mais sa figure irrégulière inspirait à première vue la sympathie.

L'intelligence rayonnait sur son front bombé qu'ombrageait une chevelure noire très-épaisse dont les racines dessinaient nettement cinq pointes.

Les yeux, noirs comme les cheveux, un peu voilés par de longues paupières d'un ton de bistre, exprimaient une bienveillance infinie.

La bouche aux lèvres fortes disait la bonté. — Le menton carré, modifiant l'expression générale de la physionomie, offrait un indice de résolution et de force.

L'inconnu s'était tourné vers la porte en entendant la voix du petit garçon.

Il laissa retomber doucement la main de Geneviève, fit quelques pas au-devant de la nouvelle venue, la salua avec un respect profond et lui dit d'une voix dont les cordes graves résonnaient d'une façon presque métallique :

— Mademoiselle Jeanne Leroux, je suppose?...

— Oui, monsieur... — répliqua la jeune fille, en sentant son embarras se dissiper comme par enchantement; puis elle ajouta :

— Monsieur le docteur Giraud, n'est-ce pas?...

— Oui, mademoiselle...— fit à son tour le médecin.

— Je m'attendais à cette rencontre, — poursuivit-il, — je la désirais, car je sais tout le bien que vous faites dans ce pays, et j'espère que vous ne me refuserez point la joie de prendre ma part dans vos œuvres de charité... — J'aurais eu l'honneur, déjà, de me présenter au château des Vertes-Feuilles, mais ayant appris par l'excellent curé l'absence de M. votre père, j'ai craint que ma visite ne vous parût pas convenable, et je me suis abstenu...

Jeanne s'inclina.

— Eh bien, monsieur, — demanda-t-elle ensuite, — que pensez-vous de notre pauvre Geneviève?

Maxime Giraud sourit.

Le mot *notre*, employé par la jeune fille, lui

octroyait sans conteste cette part de collaboration qu'il venait de solliciter.

— Je vais vous dire tout haut et devant la malade ce que je pense, — répliqua-t-il, — car je n'ai rien d'alarmant à vous apprendre... — Geneviève et moi nous avons causé déjà... — Je sais tout ce qui la concerne... — Le chagrin, l'excès de travail, les privations ont singulièrement affaibli sa constitution déjà faible, mais vos bons soins ont commencé une cure dont les résultats sont appréciables pour moi quoiqu'ils vous échappent peut-être... — Le reste me regarde... — Des toniques puissants, et surtout des ferrugineux, achèveront votre œuvre en restituant au sang appauvri les éléments qui lui font défaut...

— Et Geneviève sera guérie ?

— Je l'espère...

— Alors, monsieur, vous allez m'écrire une ordonnance n'est-ce pas ?

— A quoi vous servira cette ordonnance ?

— Mais à faire prendre chez le pharmacien du bourg les substances que vous jugerez nécessaires...

— J'ai l'honneur de vous répéter, mademoiselle, que ceci me regarde... Un pauvre médecin de campagne doit avoir sous la main les médicaments simples et peu coûteux dont l'usage est fréquent... Ma petite pharmacie, si incomplète qu'elle soit d'ailleurs, peut suffire amplement dans les cas qui n'ont rien de grave... Continuez ce que vous avez fait jusqu'à ce jour... ce sera beaucoup... je me charge du reste.

— Comment vous remercier, monsieur?

— Me remercier? — répéta Maxime Giraud, — et de quoi? — C'est moi qui suis reconnaissant, mademoiselle, de la part que vous voulez bien m'accorder.

Jeanne s'inclina de nouveau sans répondre.

— M. le curé avait cent fois raison, — se dit-elle, — ce jeune homme possède un cœur d'or... Il me semble déjà que c'est un vieil ami.

— Maintenant, mademoiselle, — reprit le docteur, — je vous demande la permission de me retirer... Les visites qui me restent à faire sont nombreuses... J'ai hâte de connaître tous vos protégés, dont le curé des Vertes-Feuilles m'a donné la liste... J'apporterai demain à Geneviève les remèdes élémentaires que je crois de nature à la remettre promptement sur pied, et je lui en expliquerai les doses et l'emploi... Aucune erreur ne sera possible... Bon courage, Geneviève, et bon espoir... Adieu, mademoiselle.

— Au revoir, monsieur le docteur.

Maxime Giraud salua Jeanne et sortit.

Quand il eut quitté la chaumière la malade s'écria, en joignant ses mains amaigries :

— Ah! le digne et charitable monsieur ! — Un

ange comme vous, mam'zelle Jeanne, et un médecin comme lui, s'intéressant à moi tous les deux! — Le bon Dieu est bien bon et n'abandonne pas le pauvre monde!

Jeanne très-émue mit sur le lit la moitié de la monnaie qu'elle avait apportée.

— Pour moi tant d'argent à la fois! — fit avec étonnement Geneviève, à qui dix francs semblaient une grosse somme.

— Envoyez vos enfants chercher une petite provision de vin... — répondit la jeune fille, — et ne la ménagez pas... — Je la renouvellerai dès qu'il le faudra... — Vous avez entendu le docteur... Je veux que vous guérissiez vite, et quand vous serez tout à fait remise je tâcherai de vous trouver quelque travail facile qui vous fera vivre sans trop de fatigue.

— Vivre! — murmura la malade, — oui, je veux vivre par reconnaissance!... — vivre pour vous aimer... vivre pour vous servir à genoux...

— Du calme, Geneviève...

— Est-ce que c'est possible, mam'zelle, d'avoir du calme quand le cœur déborde?... — Je me voyais perdue... je me sentais mourir... et je mourais avec désespoir, laissant derrière moi deux orphelins... deux affamés... roulant les grands chemins... traînant la besace... sans soutien contre les tentations de la faim et les conseils des mauvaises gens... men-

diants d'abord et, qu isait, voleurs peut-être un jour...
— Vous êtes venue... — vous m'avez sauvée... — je
pourrai vivre... — je verrai mes garçons grandir...
j'en ferai d'honnêtes gens, des bons sujets, des tra-
vailleurs comme était leur père... — Ah! mam'zelle
Jeanne, qu'on me demande de donner ma vie pour
vous!... — on verra si j'hésite...

Tandis que la pauvre femme parlait ainsi, des
larmes abondantes jaillirent de ses yeux et ruis-
selèrent sur ses joues.

— Geneviève, — s'écria Jeanne, — pourquoi donc
pleurez-vous ainsi?

— Oh! ça fait du bien, ces larmes-là!... — je n'ai
point de chagrin, allez!... je suis heureuse!... je suis
presque forte...

Les deux enfants s'étaient approchés du lit.

L'aîné, prenant entre ses deux bras la tête de sa
mère dont il voyait l'émotion sans en bien comprendre la cause, couvrait de gros baisers ses joues
pâles et ses yeux humides.

Le plus petit avait saisi l'une des mains de Jeanne
et sur cette main il appuyait ses lèvres...

*
* *

Il nous paraît indispensable de dire quelques mots
du passé de Maxime Giraud et d'expliquer rapidement
les motifs de son installation avec sa mère au village
de Rancey.

Madame Giraud était veuve d'un capitaine d'infanterie en retraite, sans fortune, mort dix ans auparavant.

Au moment de cette mort elle possédait de son chef environ quatre mille livres de rente, auxquelles se joignit la moitié de la pension de retraite de son mari.

L'officier souhaitait que son fils suivît la carrière des armes et entrât à l'École de Saint-Cyr ; — le jeune homme se prêtait au désir paternel, sans résistance mais sans enthousiasme.

Sa vocation était ailleurs, il le sentait bien.

Ses instincts le poussaient vers l'étude des sciences médicales, pour lesquelles son père témoignait un injuste dédain.

La mort de l'ex-capitaine modifia du tout au tout la situation.

Maxime atteignait sa seizième année, c'est-à-dire l'âge où l'on commence à donner à sa vie la direction qu'elle doit suivre.

Au lieu de travailler pour Saint-Cyr, le jeune homme travailla pour la faculté de médecine.

Ses études furent très-sérieuses et très-fortes. — Il passa ses examens d'une façon brillante, fit son stage comme élève interne des hôpitaux de Paris, conquit son diplôme de docteur, et pour exercer la médecine il ne lui manqua plus que des malades.

Madame Giraud, fière de son fils, convaincue que le plus bel avenir lui était réservé et qu'il ne tarderait point à prendre sa place parmi ceux qu'on appelle les *princes de la science,* vint le retrouver à Paris après avoir vendu une petite propriété qu'elle possédait dans le Jura, et résolut de vivre avec lui dans un appartement du faubourg Poissonnière.

La plus grande partie du prix de vente du petit domaine fut employée à meubler cet appartement d'une façon confortable. — Il ne s'agissait point de jeter de la poudre aux yeux, mais de ne pas éloigner la clientèle par des apparences trop modestes

Le loyer de deux mille francs dévorait à lui seul la moitié du revenu. Subsister avec le reste semblait impossible, et l'était en effet, mais madame Giraud et son fils comptaient sur les clients futurs pour établir un équilibre nécessaire.

La déception ne se fit point attendre.

Les clients restèrent à l'état de mythe et Maxime, plein de respect pour lui-même, n'essaya point de les attirer en ayant recours au charlatanisme dont quelques-uns de ses confrères lui donnaient le bruyant exemple.

Alors commença pour le nouveau docteur l'existence écœurante à laquelle sont voués fatalement la plupart des médecins qui débutent. — Se sentir capable et rester obscur ; voir les malades se presser dans l'antichambre de certaines nullités devenues célèbres par la toute-puissance de la réclame, et n'entendre jamais résonner à sa porte le moindre coup de sonnette ; ces choses font à l'amour-propre de cuisantes blessures, — sans parler des embarras pécuniaires, suites inévitables d'une si triste chance.

Ces embarras, nous le savons, étaient moins à craindre pour Maxime que pour beaucoup d'autres.

Madame Giraud vendit quelques rentes.

Grâce à cet expédient désastreux il fut possible de suppléer à l'absence des recettes, et l'on attendit encore, en espérant toujours.

Cette attente et cette espérance se prolongèrent pendant trois années.

La situation s'améliorait un peu, mais d'une façon tout à fait insuffisante. — Quelques petits commerçants du quartier réclamaient de loin en loin les soins de Maxime et, le traitant comme un médicastre de troisième ordre, se croyaient généreux en payant ses visites un prix dérisoire.

Le moment arriva où la mère et le fils ne purent conserver aucune illusion.

La lourdeur d'un loyer cependant bien modeste, la cherté de la vie à Paris, ne permettaient point de joindre les deux bouts. — S'obstiner à continuer la guerre à ses dépens, c'est-à-dire à manger le capital.

conduirait dans un temps donné à une détresse inévitable...

Il fallait aviser sans retard et prendre un parti,
mais lequel?...

Le hasard vint en aide au jeune homme.

Un journal de médecine tombé sous ses yeux ren-
fermait à la quatrième page une note du maire de
Rancey (Loiret), demandant pour son village un docteur, auquel une clientèle honorable était assurée sans
concurrence. — Une jolie maison bien meublée, en
parfait état, et pourvue d'un jardin fruitier en plein
rapport se trouvait disponible,— ajoutait cette note,
— par suite de la mort du médecin qui l'occupait. —
On pouvait acquérir la dite maison pour la modique,
somme de huit mille francs, inférieure de plus de
moitié à sa valeur réelle.

Maxime porta le journal à madame Giraud, lui fit
lire les quelques lignes que nous venons d'analyser
et lui demanda ;

— Que penses-tu de cela, mère?

— En province tout est bon marché,— répondit la
veuve. — Il est certain que nous pourrions vivre là-
bas rien qu'avec nos petites rentes... — Mais ne te
semblera-t-il pas bien dur, à toi dont les ambitions
légitimes étaient si hautes, de t'ensevelir dans un
village?

— En aucune façon.

— Bien vrai?

— Je te l'affirme.

— Alors, va voir le pays et visiter la maison. Si l'un et l'autre te conviennent, tant mieux. Au moins nous serons tranquilles, et je me trouverai bien partout pourvu que nous y soyons ensemble.

Le lendemain Maxime partit pour Orléans.

Une voiture particulière le conduisit à Rancey.

Pays, village, maison, tout lui sembla charmant. — Le maire lui donna les meilleurs renseignements sur sa clientèle à venir, en ajoutant que le manque de médecin constituait une calamité publique dans un rayon de plus de trois lieues.

Le jeune homme revint enchanté.

Madame Giraud, heureuse de le voir content, vendit les sept huitièmes du mobilier de Paris inutile désormais.

La maison fut achetée et payée comptant, puis la mère et le fils s'installèrent à Rancey.

Les années de déception avait coûté cher... — Néanmoins il restait à la veuve, et par conséquent à Maxime, trois mille cinq cents livres de rente.

XXXIII

Avoir rêvé la célébrité, et peut-être aussi la fortune conquise par le travail et par le talent, et se trouver en définitive humble médecin de campagne, c'était tomber de bien haut et cependant Maxime Giraud ne se sentait point malheureux.

Le jeune homme avait tant souffert pendant les années de séjour à Paris ; les déceptions avaient été si nombreuses, les inquiétudes si poignantes, qu'un grand apaisement se faisait en lui à la pensée d'un avenir désormais immuable, sinon brillant du moins tranquille.

Les jours succéderaient aux jours, monotones sans doute et se ressemblant tous, mais n'amenant avec eux ni luttes ni soucis.

— J'aime la science pour la science, — se disait Maxime. — Je travaillerai quand même, et beaucoup... — Paris n'est pas l'unique théâtre sur lequel il soit possible de se distinguer... — Je noterai mes observations... — Le hasard m'enverra peut-être des cas singuliers à étudier... — Qui sait si quelque jour un livre médité longuement, mûri dans le recueillement et l'étude, ne tirera pas mon nom de l'obscurité à laquelle aujourd'hui rien ne semble devoir le soustraire?

Aux qualités sérieuses dont nous avons constaté l'existence, le jeune homme joignait une âme généreuse, un cœur prompt à la compassion.

Il résolut de se faire la vivante providence des déshérités de ce monde, condamnés par la misère à des souffrances sans soulagement.

— Presque pauvre moi-même, — pensait-il, — je prodiguerai à de plus pauvres que moi les soins que beaucoup de mes confrères marchandent à leurs riches clients... — Ce sera mon unique luxe...

En conséquence, avant même que son installation fût complète, il alla visiter le curé de Rancey, celui des Vertes-Feuilles et les desservants des deux ou trois autres villages les plus rapprochés, et leur demanda des indications sur les malades autour de qui la misère produisait l'abandon.

Le curé des Vertes-Feuilles, en lui donnant la liste qu'il désirait, lui parla longuement de mademoiselle Leroux, — *le bon ange.*

Nous savons le reste.

A partir de la première entrevue au chevet de Geneviève, Maxime et Jeanne se rencontrèrent chaque après-midi dans les chaumières des alentours.

Candide comme une enfant, la fille de l'ex-banquier trouvait tout naturel de donner rendez-vous au docteur chez les infirmes pour lesquels elle réclamait ses soins.

— Je serai là à telle heure, — lui disait-elle, — et je vous attendrai.

A l'heure convenue, il arrivait.

Avant la fin de la semaine une intimité idéalement pure s'était établie entre les deux jeunes gens.

Jeanne éprouvait pour Maxime une affection de sœur, une confiance sans limites.

Parfois, en se rendant chacun de leur côté à l'endroit désigné, ils se rencontraient en route et marchaient l'un près de l'autre, d'un pas ralenti, en causant.

Personne ne s'étonnait de les voir ensemble sur les grands chemins. — Leurs continuels tête-à-tête ne donnaient lieu à aucune supposition malveillante. — Chacun savait que la plus touchante charité les réunissait ainsi et les conduisait à des œuvres de dévouement.

Les paysans les saluaient avec un respect affectueux.

Jeanne questionnait naïvement le docteur sur son

passé. — Elle lui parlait souvent de sa mère.

Toutes les fois qu'il était question de madame Giraud, Maxime répondait en des termes exprimant la plus profonde tendresse. — Il la peignait comme la meilleure des mères et la plus parfaite des femmes.

— Ah! — s'écria la jeune fille un jour, — je voudrais la connaître!...

Maxime tressaillit.

— Je ne vous étonnerai point, mademoiselle, — répondit-il, — en vous affirmant que vous êtes le sujet habituel de mes causeries avec ma mère... — Ce que vous venez de me dire à propos d'elle, bien souvent elle me l'a dit à propos de vous... Son désir de vous voir est très-vif...

— Comment faire? — demanda Jeanne.

— Voulez-vous que je la conduise au château des Vertes-Feuilles?

— Non! non! — répliqua vivement la jeune fille. — Je ne souffrirai point que madame Giraud se dérange pour moi... Mais ne puis-je aller à Rancey?

— Qui vous en empêcherait?

— Eh bien, c'est convenu... J'irai...

— Quand?

— Dès demain si vous voulez. — Nous visiterons à la ferme de l'Oseraie, vers une heure de l'après-midi, ce pauvre enfant que vous avez sauvé du croup...— il y a tout au plus à un quart de lieue de

5.

l'Oseraie à Ranceý... — vous m'y mènerez et vous me présenterez à madame votre mère.

— Elle sera bien heureuse! — s'écria Maxime dont le visage brun pâlit et s'empourpra tour à tour.

Le lendemain à l'heure convenue, après une courte visite au petit convalescent dont l'état n'inspirait plus d'inquiétude, Jeanne, au lieu de reprendre comme de coutume le chemin des Vertes-Feuilles, se dirigea, en compagnie du docteur, vers Rancey qu'elle ne connaissait pas encore.

Rancey est un village plus important que les Vertes-Feuilles. — Il ne compte pas moins de cinq cent cinquante à six cents habitants.

Situé dans un pays très-plat, ses alentours manquent de pittoresque, mais il rachète ce désavantage par le grand nombre de petits jardins bien plantés qui le métamorphosent en un véritable nid de verdure.

La maison du docteur se trouvait dans le plus bel endroit du village, juste en face de l'église et tout près de la mairie, sur la place où quatre rangées de tilleuls vigoureux formaient une promenade ombreuse.

C'était là que les boutiques foraines et les jeux de toutes sortes s'installaient à l'époque de la fête du pays.

— Nous sommes arrivés mademoiselle, — dit

Maxime en s'arrêtant, — voilà le logis de ma mère.

Il avait vraiment bonne apparence, ce logis, et prouvait chez feu le docteur Gendron une certaine entente du confortable bourgeois.

Une grille soutenue par deux pilastres de pierre de taille donnait accès dans une cour assez vaste où se voyaient une pelouse arrondie, des corbeilles de fleurs, quelques massifs et quelques arbres.

Entre cette cour et le jardin fruitier s'élevait la maison, haute d'un seul étage sur rez-de-chaussée, offrant huit fenêtres de façade, bien bâtie, couverte en ardoises, pourvue de persiennes peintes en gris et d'un perron de quatre marches accédant au couloir qui servait de vestibule et divisait l'habitation en deux parties égales.

Dans la partie de droite se trouvaient la salle à manger, l'office et la cuisine. — Dans la partie de gauche, le salon et le cabinet de travail du médecin.

Madame Giraud guettait sans doute l'arrivée des jeunes gens, car elle sortit de la maison au moment où Maxime ouvrait la grille, descendit les degrés et marcha vivement à la rencontre de Jeanne Leroux.

La veuve de l'officier était une excellente femme dans la plus large acception du mot. Il suffisait de la voir pour n'en pas douter.

Elle atteignait sa cinquante-cinquième année et

paraissait en avoir soixante. — Elle n'avait en outre jamais été belle ; mais l'exquise bonté peinte sur son visage, la cordialité de son regard, la franchise de ses manières, e penrmettaient point de la trouver vieille et laide.

Vêtue comme une petite bourgeoise de province d'une robe de mérinos noir sans ornements et d'un tablier de soie ; coiffé d'un bonnet très-simple posée sur sa chevelure encore épaisse mais déjà presque blanche, elle indiquait par ce costume (rigoureusement propre d'ailleurs) l'absence de toute prétention.

Elle ne jouait point la femme du monde ; elle était ménagère et ne voulait pas être autre chose.

Jeanne n'eut besoin que d'un coup d'œil jeté sur elle pour la trouver absolument à son gré.

— Ma mère, — dit Maxime avec une émotion dont la cause nous sera révélée bientôt, — je vous présente mademoiselle Jeanne Leroux, que vous désiriez si vivement connaître... — mademoiselle Jeanne, ma mère...

— Soyez la bien accueillie, mademoiselle, — fit madame Giraud. — C'est de tout mon cœur que je vous souhaite cette bienvenue... — Je suis heureuse de vous voir... très-heureuse...

En même temps elle tendait la main à la jeune fille.

— Oh! madame, — s'écria cette dernière avec la

naïve expansion qui formait le fond de son caractère,
— permettez-moi de vous embrasser...

Et, sans attendre la réponse de madame Giraud,
elle lui jeta les bras autour du cou et lui posa sur les
deux joues deux gros baisers sonores.

— Chère petite, — murmura tout bas la veuve,
profondément touchée de cette caresse inattendue,
— comme on a bien raison de dire que vous êtes un
ange de grâce, de beauté, de bonté! Dieu vous a
donné tout!

Elle reprit d'une voix plus haute :

— Maintenant, mademoiselle, venez visiter notre
humble demeure. Elle nous plaisait déjà dans sa mo-
destie... Lorsque vous l'aurez traversée, y laissant
quelque chose de votre charme tout-puissant, elle
nous plaira bien plus encore...

Maxime, les yeux humides, souriait silencieuse-
ment en écoutant sa mère.

Madame Giraud prit Jeanne par le bras, lui fit
gravir les marches du perron et l'introduisit dans la
salle à manger, jolie pièce assez vaste, tendue d'un
papier verni imitant le chêne clair et s'accordant
bien avec les meubles achetés par le docteur Gendron, un buffet-étagère, une table et huit chaises
cannées.

Une suspension munie de son abat-jour vert, un
cartel suspendu au mur, et deux lithographies enca-

drées de palissandre complétaient l'ameublement.

Sur la table était préparée une collation composée d'une brioche, de crème fraîche et de fruits.

— Il y a loin des Vertes-Feuilles à Rancey, — dit madame Giraud, — et la chaleur est lourde encore, quoique l'automne soit déjà bien avancé... J'espère, mademoiselle, que vous ne refuserez point de faire honneur à ce goûter sans prétention... j'ai pétri moi-même la brioche, et les fruits viennent du jardin.

— Non certes, je ne refuserai pas, — répliqua Jeanne avec sa franche gaieté d'enfant ; — je n'osais le dire, figurez-vous, mais je mourais de faim et de soif !... Oh ! oui, je ferai honneur aux bonnes choses préparées pour moi ! grand honneur ! — Vous allez voir...

Et la jeune fille, riant aux éclats, enfonça dans la brioche dorée ses petites dents d'ivoire, barbouilla de crème ses lèvres roses et, dédaigneuse du couteau, mordit à même une belle poire.

— Tout cela est exquis ! — s'écria-t-elle entre deux bouchées. — Ah ! chère madame, que vous avez eu là une idée ingénieuse et charmante !

Madame Giraud rayonnait de joie.

Maxime regardait Jeanne avec attendrissement.

La collation finie, on visita le rez-de-chaussée du logis ; le salon bien ciré, avec son meuble banal en acajou et velours cramoisi, sa pendule en bronze doré, d'un modèle à l'usage des médecins de province imité du fameux tableau : *Hippocrate refusant les présents d'Artaxercès*, et, dans des cadres *riches*, deux gravures à l'aqua-tinta — (Jazet d'après Vernet), — les *Contrebandiers surpris dans la montagne par les Dragons du Pape*, et la *Confession du brigand italien*.

Le choix de la pendule et des gravures trahissait la candeur bourgeoise de feu le docteur Gendron et la nature de ses instincts artistiques.

Après le salon vint le tour du cabinet de travail, avec son mobilier sévère, son fauteuil revêtu de basane verte et ses deux grands corps de bibliothèque pleins d'ouvrages spéciaux fort bien reliés et acquis avec l'immeuble.

Jeanne prit plaisir à déchiffrer, sur les dos de maroquin rouge ou de chagrin noir, les titres de ces précieux livres contenant les trésors de la science et donnant le moyen de prolonger tant d'existences et de soulager tant de douleurs.

Il ne restait plus à parcourir que le jardin fruitier situé derrière la maison, jardin de plus de deux mille mètres, bien exposé, bien cultivé, entouré de murailles couvertes de pêchers, d'abricotiers et de treilles, disposées *secundum artem* et d'un excellent rapport.

Tandis que madame Giraud, élevée à la campagne et fort experte en horticulture, expliquait et dé-

montrait à Jeanne les ressources et les richesses de
ce jardin dont elle comptait tirer, l'année suivante,
des produits merveilleux, Maxime, un canif à la main,
coupait sur leurs tiges des roses d'automne, — les
dernières, — un peu pâles, mais parfumées encore,
et de ces roses faisait un bouquet...

XXXIV

Lorsque Jeanne fut au moment de partir, Maxime, timidement, lui présenta ses roses.

La jeune fille accepta le bouquet sans hésiter, le sourire aux lèvres. — Elle ne baissa point ses grands yeux candides. — Aucune rougeur passagère ne vint rehausser l'éclat de son teint.

— Merci, cher docteur, — dit-elle, — ces fleurs embaument... Nous n'en avons plus d'aussi belles aux Vertes-Feuilles...

— Vous me permettrez de vous reconduire, n'est-ce pas, mademoiselle ? — demanda Maxime.

— Certainement non... — répliqua Jeanne. — A quoi bon ? Vous savez bien que j'ai l'habitude de courir les grands chemins toute seule.

— Jamais vous ne vous éloignez autant de chez vous.

— Eh ! bien, puisque vous le désirez, accompagnez-moi donc, mais jusqu'à la ferme de l'Oseraie... pas plus loin !... — Je serai là sur le territoire de mon village et je vous renverrai impitoyablement à madame votre mère...

Jeanne embrassa madame Giraud comme elle l'avait fait en arrivant, la remercia de son gracieux accueil, lui promit de revenir, la pria de lui rendre sa visite aux Vertes-Feuilles, et les deux jeunes gens s'éloignèrent.

Quand au bout d'une heure Maxime rentra, il était ému, agité, presque sombre.

Ses premières paroles furent celles-ci :

— Mère, comment trouves-tu mademoiselle Jeanne ?

— C'est une adorable enfant ! — répondit avec enthousiasme la veuve du capitaine. — Si simple, si belle et si charitable ! — Les gens qui vivent autour d'elle ont bien raison de l'appeler le bon ange !

En disant ce qui précède madame Giraud regarda Maxime, et frappée de l'altération de son visage, lui demanda :

— Mais qu'as-tu donc? tu sembles triste!...

— Je suis profondément inquiet...

— Pourquoi ?

— J'ai peur que le hasard qui nous a fait choisir ce

pays entre mille autres ne soit un hasard funeste...

— Je ne te comprends pas... — tu te plaisais beaucoup à Rancey... tu me le disais du moins... — D'où
vient ce changement? — Est-il donc arrivé quelque
chose que j'ignore?...

— Mère, pour la première fois, ce soir, j'ai lu comme
en un livre ouvert ce qui se passe dans mon âme...
je suis sous le coup d'un malheur...

— Un malheur te menace, toi, mon enfant!... —
s'écria la veuve épouvantée, — lequel?

— Le plus grand de tous, car il est sans remède...

— Ne dis pas cela ! — Je saurai bien l'écarter de
toi ! — Une mère peut toujours défendre son fils !

— Tu n'y peux rien... ni toi, ni personne ! Il faudrait me défendre contre moi-même, et je suis vaincu
d'avance car je sens la lutte impossible...

— Explique-toi, je t'en supplie...

— Mère, tu viens de le dire, mademoiselle Leroux
est une enfant adorable...

Maxime s'interrompit.

— Eh bien? — fit madame Giraud.

— Eh bien, je l'adore... — murmura le docteur
avec découragement.

— Où est le mal? — Moi aussi, quoique je la con-
naisse bien peu, je l'aime comme si elle était ma
fille...

— Mais moi je n'éprouve pas pour elle une tendresse

de frère... — s'écria Maxime. — Entends-tu, mère?..· Comprends-tu?... Je l'aime d'amour!... Je l'aime follement!!!

Madame Giraud respira.

— Ce n'est que cela? — répliqua-t-elle. — Et moi qui, d'après tes paroles, redoutais une catastrophe!... — Ah! mon pauvre enfant, quelle frayeur tu m'as faite!... Je ne vois pas du tout qu'il y ait lieu de te désoler... ·

— Mais j'aime sans espoir!...

— Qu'en sais-tu?...

— Elle ne m'aimera jamais!...

— Qui te l'a dit?... — Tu as l'expérience des choses savantes, mais non celle des choses de la vie!... — Tu as étudié la médecine et nullement le cœur des jeunes filles... — Quel âge a mademoiselle Leroux? Dix-sept ans à peine, je suppose...

— Seize ans et demi...

— C'est une enfant!... — A seize ans et demi l'amour est un mot vague et qui n'offre aucun sens... — Tu es jeune aussi, tu as le temps d'attendre... — Laisse passer quelques mois, et les premiers battements d'un cœur qui s'éveille seront peut-être pour toi...

Maxime secoua la tête.

— Regarde-moi donc, mère chérie... — répliqua-t-il. — Tu oublies trop que je ne suis pas beau.

— Je te trouve superbe!

— Parce que tu es ma mère!...

— Je m'illusionne peut-être un peu... mais enfin je suis sûre que ton visage exprime la bonté, et que tes yeux sont éloquents et doux... — Crois-moi, Maxime, si mademoiselle Leroux doit t'aimer, elle t'aimera tel que tu es...

— Et quand bien même, contre toute vraisemblance, ce que vous dites se réaliserait, à quoi cela me mènerait-il?...

— Mais à épouser cette chère enfant, ce me semble...

— Je n'oserais seulement pas demander sa main...

— C'est de la folie toute pure! — A quel propos cette humilité? —Ton père, officier décoré et, le plus honnête homme du monde, valait M. Leroux! — Notre nom n'a pas une tache... — La profession que tu exerces est honorable entre les plus honorables... — Où vois-tu donc l'obstacle?

— M. Leroux est riche...

— Je le croyais ruiné...

— Soit! mais les débris de sa richesse d'autrefois constituent aujourd'hui encore une fortune imposante à côté du peu que nous possédons... — L'aveu de mon amour ressemblerait à une spéculation... Et puis, songe donc que Jeanne a grandi dans la maison d'un millionnaire, où ses caprices d'enfant ont été prévenus...

— Elle est aussi simple que nous...

— A cause de sa nature angélique, mais elle n'en a pas moins des habitudes de luxe intérieur en désaccord complet avec notre aisance plus que modeste.

— Quand on aime son mari, on ne regrette rien...

— Ce n'est pas tout... — la sœur aînée de Jeanne a fait tout récemment un mariage splendide...

— Si cela peut se dire d'une jeune fille épousan un vieillard! — interrompit madame Giraud.

— Ce vieillard porte un grand nom ; il possède le plus beau château de la province ; il a trois ou quatre cent mille livres de rente... — M. Leroux rêve certainement pour ses deux autres filles des unions non moins brillantes...

— Tous les jours on rêve des choses qui ne se réalisent jamais...

— Quoi qu'il en soit, crois-tu qu'il serait bien flatté d'avoir pour gendre et de donner pour beau-frère au marquis de la Tour-du-Roy un obscur médecin de campagne, sans fortune, et qu'il a le droit de croire sans talent, puisque ce médecin n'a pas su réussir à Paris... — Tu vois bien, pauvre mère, que j'ai raison de n'espérer rien et de regarder mon amour comme le pire des malheurs qui pouvaient fondre sur moi...

— Si tu le jugeais tel, il fallait le combattre...

—Eh! je ne savais pas!... — C'est à mon insu que le charme de Jeanne agissait sur mon cœur ! — C'est à mon insu que la passion s'emparait de tout mon être ! — Je croyais éprouver des sentiments de sympathie profonde, d'admiration, de respect sans bornes!... — Je me suis éveillé brusquement, et j ai vu... j'ai compris... — Tout cela c'était de l'amour !

— Et, maintenant, que vas-tu faire? — Lutter sans doute?

— A quoi bon? — Je te répète que je suis vaincu...

— Tu peux du moins t'éloigner de cette enfant... cesser de la voir...

— Ce serait me priver de mon unique bonheur, et je n'en aurais pas le courage... — Je ne changerai rien à ma vie... — Je laisserai grandir ma tendresse en la cachant au plus profond de mon âme... — Je veillerai si bien sur moi que Jeanne ne pourra soupçonner ce que j'éprouve, et, comme les martyrs mourant joyeux pour leur foi, je trouverai dans ma souffrance une volupté suprême en me disant que je souffre pour elle...

— Fais donc ta volonté, cher fils... — Mais crois-moi, malgré tout, espère !

Les choses se passèrent ainsi que Maxime venait de le dire.

Chaque jour il rencontra Jeanne comme par le passé, emportant de ces entrevues quotidiennes un

redoublement de passion, mais trouvant dans sa
loyauté la force de ne trahir, ni par une parole, ni
par un regard, le secret de son amour...

★
★ ★

Jules Leroux en quittant les Vertes-Feuilles, — nos
lecteurs s'en souviennent peut-être, — avait annoncé
que son absence durerait trois semaines tout au plus.

Les trois semaines écoulées, il écrivit à Jeanne
qu'une circonstance imprévue dont il n'indiquait
point la nature retardait son arrivée, — mais de quelques jours seulement.

Au bout d'une quinzaine, nouvelle lettre, non de
l'ex-banquier cette fois, mais de son compagnon de
plaisir, le prince de Castel-Vivant.

Le court billet de Godefroy disait ceci :

« Charmante petite amie,

» N'ayez nulle inquiétude en voyant ma longue et
roide écriture au lieu de l'anglaise élégante de votre
excellent père. — Il est un peu souffrant, votre excellent père, mais très-peu, et me demande de lui servir
de secrétaire, ce que je fais avec grand plaisir, puisque j'y trouve une occasion de me rappeler à votre
gracieux souvenir.

» Ce malaise passager, dont le bon air des Vertes-
Feuilles aura raison sans la moindre peine, force mon

ami bien cher à quitter Paris brusquement, quoique les affaires sérieuses auxquelles il consacrait tout son temps ne soient pas encore terminées.

» Nous partirons demain matin par le train de dix heures ; je dis : *nous*, parce que je ne veux pas laisser mon ami voyager seul, dans l'état de faiblesse relative où je le vois.

» Donnez des ordres, s'il vous plaît, charmante petite amie, pour que la voiture se trouve à la gare d'Orléans quelques minutes avant l'arrivée du train.

» J'aurai la joie d'être votre hôte pendant une semaine. — Mon ami Jules l'exige de façon impérieuse, et je ne sais rien lui refuser.

» Il me charge de vous embrasser paternellement de sa part, agréable commission dont je m'acquitte de mon mieux, et je vous demande la permission de baiser pour mon propre compte, avec un tendre respect, vos deux mains mignonnes, les plus jolies qui soient au monde.

» Votre vieil ami,

» GODEFROY DE CASTEL-VIVANT. »

Quoique le ton de cette lettre fût badin plutôt qui triste, la jeune fille n'en éprouva pas moins une vive inquiétude mêlée d'un peu d'effroi.

Le prince parlait il est vrai d'un malaise passager ; mais il constatait en même temps une si grande fai-

blesse qu'on ne pouvait sans imprudence laisser Jules Leroux voyager seul.

Jeanne ne se dissimulait nullement d'ailleurs l'extrême légèreté de Godefroy. — Qui sait si ce vieil enfant ne s'illusionnait pas sur la gravité de l'état de son ami.

Bref, le reste de la journée et toute la matinée du lendemain parurent interminables à la jeune fille, et ce fut avec une angoisse toujours grandissante qu'elle attendit le retour de la voiture envoyée à Orléans pour ramener son père et le prince.

Enfin cette voiture arriva, fit halte devant le perron, et le premier regard de Jeanne lui donna la preuve que la réalité dépassait ses plus tristes pressentiments.

L'ex-banquier, couché plutôt qu'assis dans le fond de la victoria et soutenu par les couvertures de voyage entassées sous ses épaules en guise d'oreillers, était méconnaissable au point d'arracher à sa fille une exclamation d'effroi.

Ses joues flasques, avachies, offraient une carnation plombée ; son regard atone semblait ne pas voir ; sa lèvre inférieure pendait, agitée d'un petit tremblement. L'ensemble de sa physionomie avait une expression d'idiotisme.

Le prince, décidé comme de coutume à ne jamais vieillir, souriait d'un air de contentement.

— Nous voici, chère petite ! — dit-il en sautant de la victoria avec une légèreté juvénile et en embrassant Jeanne sur le front. — Nous arrivons à bon port sans incident fâcheux, et votre excellent père a supporté le voyage à ravir... — Allons, Jules, mon excellent bon, vous êtes chez vous... Descendez, s'il vou plait...

L'excellent bon ne parut pas comprendre d'une façon bien nette qu'il se trouvait chez lui et qu'il fallait descendre.

Godefroy de Castel-Vivant le prit par les épaules, le contraignit doucement à se mettre debout, le fit sortir de la voiture et gravir, non sans peine, les marches du perron.

— Mon père, mon bon père, — s'écria Jeanne dont les yeux étaient pleins de larmes, — on croirait que vous ne me reconnaissez pas !... — Embrassez-moi, je vous en supplie... Dites-moi que vous me reconnaissez...

Une lueur d'intelligence brilla dans les prunelles dilatées de Jules Leroux. — Quelque chose qui ressemblait à un sourire contracta sa lèvre pendante. — Il bégaya :

— Je te reconnais parfaitement... tu es une bonne fille... tu es ma petite Cendrillon...

Et, se penchant vers Jeanne qui lui tendait les bras, il mit sur sa joue pâle un baiser sans chaleur.

XXXV

Cinq minutes après, l'ex-banquier ayant gravi l'escalier non sans peine, grâce à l'aide de Jeanne et de Godefroy qui le soutenaient à droite et à gauche, était étendu dans un des fauteuils de sa chambre à coucher, chaudement couvert quoique la température extérieure fût loin d'être froide, et les épaules soutenues par une moelleuse pile d'oreillers.

Sa tête se penchait sur sa poitrine ; sa lèvre inférieure pendait plus que jamais ; son visage avait repris une navrante expression d'imbécillité.

— La ! — murmura le prince en regardant son ami avec une satisfaction non équivoque, — voilà cet excellent bon parfaitement installé... — Tout ira présentement le mieux du monde...

Et il se frotta les mains.

Jeanne, beaucoup moins rassurée que ne semblait l'être M. de Castel-Vivant, avait le cœur très-gros et luttait à grand'peine contre l'envie de pleurer.

Elle prit Godefroy par le bras et l'emmena dans l'embrasure d'une croisée.

— Que puis-je faire pour vous être agréable, chère mignonne? — demanda le ci-devant jeune homme avec sa galanterie habituelle.

— Vous pouvez me parler franchement.

— Vertugadin! je ne demande pas mieux... — De quoi s'agit-il?

— Dites-moi ce qu'a mon père...

— Un peu de fatigue... — Il ne s'est point assez ménagé... il s'est occupé d'une façon trop assidue et trop ardente des affaires qui le retenaient à Paris... — Il porte en ce moment la peine de ces petits excès, mais, je vous le répète, rien n'est moins inquiétant...

— Est-ce bien la vérité, cela?...

— Foi de gentilhomme, ma mignonne amie!...

— Mais, — reprit la jeune fille, — il fut un temps qui n'est pas loin de nous, où mon père consacrait sa vie à de grandes affaires, plus importantes sans aucun doute que celles qui l'absorbent aujourd'hui... — Et pourtant je ne l'ai jamais vu ainsi... — Pourquoi?

— Pour une raison bien simple... — répondit le prince sans hésiter.

— Laquelle?

6.

— Il a perdu l'habitude du travail... — Et puis il doit se ménager à son âge, — ajouta Godefroy avec un indéfinissable sourire. — Car ne vous y trompez pas, chère mignonne, votre excellent père est moins jeune que moi, beaucoup moins jeune, quoique j'aie, s'il faut en croire mon acte de naissance, pas mal d'années de plus que lui !...

— Allons-nous donc le laisser ainsi? — Ne pouvons-nous essayer quelque chose pour le soulager?... —Dois-je envoyer chercher un médecin?...

— Inutile ! — répliqua Godefroy. — Nous avons notre petite ordonnance, et vous allez voir comme elle est simple... — Vous avez du xérès ou du madère, ici, n'est-ce pas?

— On en avait acheté un panier pour le déjeuner du mariage... il doit en rester quelques bouteilles...

—Eh bien, faites battre des jaunes d'œufs dans du vin de Madère ou de Xérès avec addition de cannelle en poudre et de sucre, et que votre excellent père, toutes les deux heures, absorbe une dose de ce mélange. — Corroborez cette médication par l'usage assidu d'un consommé très-fort, — (une cueillerée tous les quarts d'heure), — et vous m'en direz des nouvelles... — Avant quarante-huit heures mon ami sera debout !....

Jeanne s'empressa de quitter la chambre pour procéder à la confection du breuvage tonique et pour donner l'ordre à la cuisinière de préparer un pot-au-feu corsé où le suc de deux vieilles poules se joindrait à celui d'une importante pièce de bœuf.

Nos lecteurs devinent sans peine ce que M. de Castel-Vivant ne pouvait expliquer à Jeanne.

L'ex-banquier, pris d'un soudain retour de jeunesse, s'était jeté à corps perdu, sans la moindre modération, dans les plaisirs dont il était sevré complétement depuis quelques mois et auxquels il se figurait avoir renoncé.

Pour parler comme Lazarine et Renée à l'époque où les deux sœurs s'assimilaient volontiers le langage des jolis gommeux de leur escadron volant, Jules Leroux, pendant six semaines, avait *mené une vie de polichinelle*, cascadant plus que de raison avec une demi-douzaine de ces demoiselles maquillées dont c'est le métier d'être drôles.

De là, — toujours style des jolis gommeux, — ce *décatissement* inouï, accompagné de phénomènes comateux, indices trop significatifs d'une congestion à son début.

Ceci n'étonnera personne d'ailleurs, si l'on veut bien se rappeler la véridique histoire de certain mari, cité par Brillat-Savarin dans la *Physiologie du goût* et qui, victime d'une femme jalouse et voulant réduire à néant par des preuves sans réplique une accusation d'infidélité, se mit en vingt-quatre heures dans un état pareil à celui que Jules Leroux n'avait atteint qu'au bout de six semaines.

Le docteur, consulté par Godefroy, s'était écrié après examen :

— Le sujet ne me paraît point en danger et peut supporter le voyage... —Donc, emmenez-le vite... — L'air de Paris, en ce moment, ne vaut rien pour un tel gaillard... — La campagne et la solitude, voilà ce qu'il lui faut... — Tâchez surtout d'éloigner de lui tout cotillon suspect !...— Une rechute serait grave, et je ne répondrais de rien...

Puis le médecin avait indiqué le régime réparateur dont Jeanne surveillait les apprêts, et dont les résultats dépassèrent toute attente, car Jules Leroux, après une nuit calme, se trouva beaucoup mieux le lendemain matin, au physique et au moral.

L'intelligence revenait au cerveau, l'œil commençait à voir, la lèvre reprenait sa position normale, les membres obéissaient à la volonté.

L'ex-banquier put quitter sa chambre dans l'après-midi, descendre l'escalier sans l'aide de personne, et s'asseoir au grand air dans un fauteuil rustique, entre Jeanne et Godefroy qui lui tenaient fidèle compagnie.

L'heure du dîner venue, il se trouva si bien qu'il voulut assister au repas et qu'il prit dans la salle à manger sa place habituelle.

Mais voici que brusquement au milieu du repas, sans qu'aucun symptôme inquiétant eût pu faire prévoir une crise, la langue de Jules Leroux n'articula plus que des sons rauques; son visage plombé devint d'un rouge sombre; ses yeux s'injectèrent; il porta les deux mains à son front, et, perdant l'équilibre, il glissa de sa chaise et roula sur le plancher comme une masse inerte.

Jeanne, poussant un cri aigu, se laissa tomber à genoux à côté du corps de son père, s'efforçant, mais en vain, de le ranimer par ses appels et par ses caresses.

Godefroy, plein de stupeur et d'épouvante, jeta de l'eau fraîche au visage de son ami et lui plaça sous les narines un mouchoir imbibé de vinaigre, sans obtenir le moindre résultat.

— Impossible de s'illusionner... — murmura-t-il, — c'est une attaque!... — Il faudrait un médecin tout de suite...

Jeanne l'entendit et fit preuve d'un courage surhumain.

Imposant silence à sa douleur, commandant à ses cris de s'arrêter dans sa gorge, à ses larmes de ne plus couler, elle se leva et agita le cordon de la sonnette si violemment qu'elle le brisa.

Le domestique accourut effaré.

La jeune fille lui donna l'ordre de seller, sans

perdre une minute, le poney de son père et le cheval
de la victoria, puis revenant au prince, elle dit :

— Vous avez raison, il faut un médecin et nous
pourrons, si vous voulez, en avoir un dans une
heure...

— Disposez de moi... — répliqua Godefroy, — que
dois-je faire ?

— Savez-vous où est Rancey ?

— Vaguement...

Jeanne le conduisit à la fenêtre et lui montra dans
le lointain, de l'autre côté des futaies, le clocher du
village...

— C'est là... — reprit-elle. — A Rancey, il y a un
médecin !.. — Vous allez monter à cheval, vous
prendrez en main le poney et vous irez à toute vitesse
chercher le docteur... — Il se nomme Maxime Giraud... il reviendra avec vous sur le poney... —
Allez, cher prince ! pour l'amour de Dieu, pour l'a-
mour de mon père, allez vite !...

M. de Castel-Vivant, sans même répondre, prit
son chapeau, s'élança au dehors, se mit en selle,
saisit la bride du poney qui avait eu l'honneur jadis
de servir de monture à Lazarine, et partit au galop.

En moins d'une demi-heure de cette allure im-
pétueuse il arrivait au but de sa course, et le premier paysan qu'il rencontra dans la grande rue de

Rancey lui indiqua la maison qui nous est connue, en ajoutant :

— Le médecin est là... il vient de rentrer.

Sans mettre pied à terre, Godefroy cria devant cette maison :

— Docteur ! Eh ! docteur !

Maxime, étonné de ces appels, sortit, suivi de sa mère.

— Vous êtes le docteur Giraud ? — demanda le prince.

— Oui, monsieur... — Que voulez-vous de moi ?

— Vous emmener...

— Où ?

— Au château des Vertes-Feuilles.

Maxime chancela.

— Mademoiselle Jeanne ?... — balbutia-t-il.

— Non, mais son père... foudroyé par une congestion... Pas une minute à perdre... sa vie dépend de votre rapide arrivée...

— Je prends ma trousse et je suis à vous...

Le jeune homme rentra dans la maison, reparut presque aussitôt et enfourcha le poney, dont Godefroy lâcha la bride en talonnant sa propre monture.

C'était un pauvre cavalier que Maxime, et pour la première fois de sa vie il lui fallait suivre à fond de train un sportsman émérite.

Mais Jules Leroux se trouvait en péril, son salut pouvait résulter de la promptitude des secours, et Jeanne accorderait au sauveur de son père une éternelle reconnaissance.

Soutenu par cette pensée, le docteur fit des prodiges.

Vingt fois il perdit les étriers, vingt fois il lui fallut se raccrocher à ce que les professeurs d'équitation appellent en riant la *troisième rêne*, c'est-à-dire la crinière du poney; il allait d'avant en arrière sur la selle, déplacé par les bonds impétueux de sa monture, sans cesse prêt à tomber, mais se maintenant tant bien que mal.

Tout à coup le poney s'arrêta brusquement.

Maxime faillit passer par-dessus sa tête.

On était arrivé aux Vertes-Feuilles et le jeune homme ne s'en doutait pas, tant l'impérieuse nécessité de garder l'équilibre l'absorbait tout entier.

— Nous y sommes ! — s'écria le prince en regardant sa montre. — Et mon absence n'aura duré que cinquante-cinq minutes!... — C'est marcher comme la vapeur!

Les domestiques avaient transporté l'ex-banquier dans sa chambre à coucher, où il gisait étendu sur le lit et ressemblant beaucoup plus à un trépassé qu'à un vivant.

Jeanne, le visage inondé de larmes, courut au

docteur, et par un mouvement irréfléchi lui saisit les deux mains, en balbutiant :

— Je n'ai d'espoir qu'en vous... — Sauvez-le !... sauvez-le !...

— Comptez sur moi, mademoiselle, — répondit Maxime. — Tout ce qu'il sera possible de faire, je le ferai... — Vous le savez bien...

Il s'approcha de Jules Leroux, dévêtit rapidement le haut du corps, appuya son oreille sur la poitrine, à l'endroit du cœur, et ses doigts sur le pouls.

— Eh bien ? — demanda la jeune fille d'une voix faible comme un souffle.

— J'entends battre le cœur... — Rien n'est désespéré... — Une cuvette et des bandes, vite ! je vais saigner monsieur votre père...

Au bout de deux minutes, tout était prêt. — Maxime piqua la veine.

Quelques instants d'inexprimable angoisse suivirent l'opération. — Le sang ne venait pas...

Enfin une gouttelette d'un rouge sombre parut à l'orifice de la veine entr'ouverte et coula le long du bras ; un filet pourpre jaillit ensuite avec force. — Jules Leroux poussa un soupir et fit un léger mouvement ; une profonde aspiration souleva sa poitrine ; en même temps les tons violacés de son visage s'éclaircissaient.

II. 7

— Eh bien ?— murmura la jeune fille pour la seconde fois.

—Il est sauvé! répliqua le docteur.

Jeanne se laissa tomber à genoux et, dans une ardente effusion de reconnaissance, elle éleva son cœur et ses yeux vers le ciel.

L'ex-banquier était bien réellement hors de péril. —La vie revenait peu à peu ; — il put balbutier quelques paroles ; puis, brisé par le choc terrible qui venait de l'assaillir, il se laissa retomber sur l'oreiller, ferma les yeux et s'endormit d'un profond sommeil.

Maxime et Jeanne passèrent la nuit à son chevet.

Le lendemain matin Jules Leroux, en se réveillant, vit en face de lui le visage inconnu du jeune médecin et demanda d'une voix faible encore :

— Que s'est-il passé ?...— Qui est monsieur ?...

Jeanne s'avança et répondit en embrassant son père :

—Vous avez été malade hier... bien malade... et monsieur est le docteur Maxime Giraud, notre voisin, qui vous a sauvé...

Jules Leroux tendit la main au jeune homme que sa fille venait de lui présenter, et lui dit en souriant :

— Je vous dois beaucoup, monsieur, puisque je vous dois la vie... — Croyez que si le service rendu est grand, ma reconnaissance ne sera pas moindre.

— Eh! monsieur, vous ne m'en devez aucune, — répliqua Maxime. — Je n'ai fait que mon devoir et je suis trop heureux d'avoir réussi...

L'ex-banquier, ne se souvenant de rien, voulut savoir par le menu ce qui s'était passé.

Jeanne et le docteur, auxquels le prince complétement reposé par une bonne nuit ne tarda pas à se joindre, lui donnèrent les détails qu'il désirait.

— Voyez un peu cependant à quoi tient l'existence! — dit philosophiquement le malade, après avoir écouté. — Si mon heureuse chance n'avait pas permis que M. Maxime Giraud vînt, il y a six semaines, se fixer à Rancey, je n'existerais plus! — Docteur, aussi longtemps que Dieu me prêtera vie je serai votre client; — je compte sur vous pour devenir centenaire! — Je vous nomme mon médecin en titre! — Est-ce entendu?

Maxime s'inclina en signe de respectueuse adhésion.

Une joie profonde remplissait son âme. — Son cœur battait à coups rapides.

Il avait désormais ses grandes entrées au château des Vertes-Feuilles. — Qui sait si Jules Leroux n'allait pas se prendre de sympathie pour lui? — Qui sait si madame Giraud n'avait pas eu raison en lui disant : — Espère!...

XXXVI

Nous avons annoncé que nous ne tarderions pas à rejoindre en Italie Robert de la Tour-du-Roy, sa femme et sa belle-sœur.

Le moment est venu de tenir cette promesse.

On était à la fin de février.

Le marquis, la marquise et Renée, parcourant depuis quatre mois la terre classique par excellence, avaient visité successivement Florence, Turin, Rome et Naples, passant dans chacune de ces villes quelques jours ou quelques semaines, selon le caprice de Lazarine, que son mari laissait absolument maîtresse de diriger les choses à son gré.

Partout les portes officielles et aristocratiques s'étaient ouvertes à deux battants devant les voyageurs. — L'élite de la société italienne leur avait prodigué les dîners de gala, les raouts et les bals.

Cette vie de fêtes continuelles, de mouvement incessant, de distractions sans cesse renaissantes, plaisait à Lazarine, sans parvenir toutefois à lui faire oublier Paris, la cité-reine, la seule ville au monde, — selon la coquette marquise, — où une femme hors de pair par sa beauté et par son esprit puisse trouver des admirateurs dignes d'elle.

Ce qui d'ailleurs ne l'empêchait point d'accueillir avec bienveillance les madrigaux hyperboliques de ses courtisans italiens.

Mais comme elle était la même pour tous et ne réservait pour aucun de plus tendres regards ou des sourires plus encourageants, M. de la Tour-du-Roy ne prenait nul ombrage de ces galanteries éphémères.

Renée, entourée et adulée non moins que sa sœur, se serait sentie parfaitement heureuse dans cette atmosphère étourdissante, si sa nature incurablement jalouse lui avait permis d'oublier qu'elle devait à Lazarine ses plaisirs, ses succès, et qu'elle aurait passé presque inaperçue dans ce monde aristocratique sans la brillante sœur qui projetait sur elle un peu de l'éclat de ses rayons.

— Que suis-je par moi-même ? — se disait-elle parfois avec une sourde colère. — A côté de la marquise de la Tour-du-Roy, Renée Leroux n'est qu'un reflet !

Il convient d'ajouter qu'aucun des patriciens et

des banquiers aux noms historiques qui papillonnaient autour d'elle, ne paraissait songer à demander sa main.

Ah! si quelque prince en ruines, Crésus édenté, branlant la tête au fond d'un vieux palais, avait voulu la faire princesse et millionnaire, c'est avec un farouche élan de joie qu'elle aurait consenti !

Sans hésiter une minute, elle aurait joué sa vie et prodigué son sang pour avoir une seule chance de dominer sa sœur par le titre et de l'égaler par la richesse.

Mais, hélas! nous le répétons, jeunes ou vieux, banquiers ou princes, les maris n'arrivaient pas, et Renée enveloppait dans sa rancune tous les habitants de l'Italie.

Lazarine, fatiguée de Milan, manifesta l'envie d'aller finir l'hiver à Venise.

Les malles furent bouclées aussitôt, et l'on partit dès le lendemain pour la ville étrange des lagunes, où le silence mélancolique des nuits et des jours n'est interrompu que par le tintement des cloches d'innombrables églises, par le murmure de l'eau courante, et par les chants des gondoliers tournant les rues liquides.

Le séjour dans la cité des doges devant selon toute apparence se prolonger cinq ou six semaines,

M. de la Tour-du-Roy ne voulut point installer sa femme dans une hôtellerie.

Il loua, sur le *Canal-Grande*, un palais plein de souvenirs, et rempli de copies de tableaux célèbres dont un patricien besoigneux avait jadis vendu les originaux à des juifs.

Puis il monta sa maison qui fut composée, outre les domestiques des deux sexes amenés de France, d'un cuisinier, de deux valets de louage, et enfin de quatre gondoliers pour le service des gondoles, également de louage, amarrées près de la plus basse marche de l'escalier de marbre, à des poteaux peints et armoriés.

Venise plut tout d'abord à Lazarine.

Elle passait une grande partie de ses journées en gondole, ne se lassant point de parcourir ces mystérieux canaux dont les noms éveillaient dans son esprit des souvenirs de romans illustrés et de vieux mélodrames savourés au boulevard.

Elle aimait la place Saint-Marc, la piazetta, le pont des Soupirs, le palais des doges...

Robert de la Tour-du-Roy la conduisait le soir avec Renée au théâtre, où ils entendaient quelque opéra merveilleusement interprété par des chanteurs en renom.

Au retour, on prenait des glaces sur le balcon immense construit à l'orientale, et d'où l'on voyait les fanaux des gondoles glisser sur le canal comme de petites étoiles tombées du ciel.

Les relations mondaines du marquis étaient moins nombreuses à Venise que dans les autres villes, et Lazarine ne paraissait point en prendre souci.

Mais, un beau matin, la jeune femme n'ayant plus rien à voir se prit à trouver l'existence un peu monotone, et sans doute elle allait parler de départ quand une diversion inattendue se produisit.

M. de la Tour-du-Roy, que Lazarine avait refusé d'accompagner, rentra d'une promenade solitaire et franchit le seuil de l'immense salon où se trouvaient les deux sœurs.

Renée jouait avec nonchalance une valse langoureuse sur un piano qui tenait mal l'accord.

La marquise, assise auprès d'une fenêtre ouverte, écoutait en bâillant.

Une émotion si vive se lisait sur le visage expressif de Robert que Lazarine lui demanda :

— Qu'est-ce que vous avez donc, mon ami?

— Je viens de faire une rencontre qui m'a remué... —répondit M. de la Tour-du-Roy.

— Une rencontre!... quelle rencontre?

— Ma gondole s'est croisée tout à l'heure, à l'angle du canal Orfano, avec une gondole lancée à toute vitesse... — Le promeneur qui s'y trouvait s'est pen-

ché et m'a salué au passage... — J'ai cru le reconnaître...

— Et c'était?...

— Un gentilhomme dont je vous ai raconté la terrible histoire et à qui je porte un grand intérêt... le
comte de Gordes...

Renée ne tapait plus sur le piano fêlé. — Elle s'approcha :

— Le comte de Gordes! — répéta-t-elle. — mais
c'est un nom du Loiret, cela...

— Sans doute, puisqu'il s'agit du propriétaire du
château de Gordes situé à égale distance des Vertes-
Feuilles et de la Tour-du-Roy.

— Vous avez cru le reconnaitre, — reprit Lazarine,
— est-ce que vous n'en êtes pas sûr?

— Pas absolument...

— M. de Gordes est donc très-changé?...

— Oui, si toutefois c'est bien lui, car il porte aujourd'hui toute sa barbe, et cela suffit pour dérou-
ter les souvenirs...

— Il fallait le suivre...

— Je l'ai voulu... Mais j'avais tourné l'angle du
canal... — Un embarras de gondoles m'a barré le passage pendant quelques secondes... — Bref, il était
trop tard...

— C'est dommage! — Vous ne sauriez vous figurer,

7.

mon ami, combien je suis désireuse de connaître les échos de roman...

Renée, blanche et pâle sous la **couronne** de ses cheveux noirs, s'était accoudée au dossier d'un antique fauteuil d'ébène sculpté. — Elle ressemblait ainsi à quelque belle dogaresse du temps où Venise était reine.

— Un héros de roman! — s'écria-t-elle, — et tout à l'heure vous avez parlé d'une histoire terrible!... La fièvre de la curiosité s'empare de moi... Mon cher beau-frère, mettez-moi vite au fait.

— Ma jolie sœur, — répondit Robert, — Lazarine sait cette histoire et peut vous la conter...

— Vous la savez beaucoup mieux que moi, mon ami, — répliqua Lazarine, — c'est donc à vous qu'il appartient de satisfaire Renée...

— Et la répétition d'un même récit ne vous ennuiera pas?

— En aucune façon... — Parlez sans crainte...

M. de la Tour-du-Roy céda de bonne grâce et refit presque mot pour mot la narration que nous avons mise sous les yeux de nos lecteurs.

— Terrible histoire, en effet,— murmura la jeune fille quand le marquis eut achevé, — mais c'est le dénouement surtout qu'il faudrait connaître... — Juliette est-elle restée folle?... — Raoul de Gordes a-t-il épousé la veuve du baron de Braines?...

— Lui seul pourrait nous l'apprendre...

— Tâchez donc de savoir si véritablement il se trouve à Venise, — reprit Lazarine, — et par conséquent si c'est lui que vous avez rencontré.

— Je m'informerai, mais j'ai peu d'espoir de réussir... — Venise est une grande ville... — A qui demander des renseignements sur un étranger perdu dans la foule et qui sans doute vit très-retiré? — Je vous promets pourtant d'aller dès demain au consulat de France.

Le marquis n'eut pas besoin de faire la démarche promise.

Vers dix heures du matin, le lendemain, au moment où il achevait sa toilette, son valet de chambre lui remit une carte encadrée de noir sur laquelle, au-dessous d'une couronne à neuf perles, se lisaient le nom de Raoul de Gordes, et plus bas ces quelques mots écrits au crayon : *Serait très-heureux de serrer la main du marquis de la Tour-du-Roy.*

— Ainsi, M. de Gordes est là? — demanda Robert

— J'ai fait entrer M. le comte au petit salon... — répondit le valet de chambre.

— Amenez-le bien vite ici.

Deux minutes plus tard, le voisin de campagne du marquis entrait dans la vaste chambre au plafond en coupole, et dont les murailles peintes à fresques par un rival de Tiépolo, sinon par Tiépolo lui-même, offraient aux regards des épisodes des victoires navales de la sérénissime République.

M. de la Tour-du-Roy, très-ému, au lieu de tendre froidement la main au nouveau venu, lui ouvrit ses bras.

Raoul de Gordes s'y précipita, et les deux hommes s'embrassèrent avec une touchante effusion.

— Ah! cher marquis, — s'écria le comte, — si vous saviez quel bien me fait cet affectueux accueil !

— Vous deviez le prévoir, ce me semble, — répliqua Robert ; — je suis fidèle à mes affections, vous le savez bien, et je vous ai toujours aimé.

En disant ce qui précède le marquis regardait son visiteur.

Nos lecteurs se souviennent-ils que M. de la Tour-du-Roy, interrogé par Lazarine au sujet du jeune comte, quelques mois auparavant, répondait à peu près ainsi :

— Je n'oserais affirmer que Raoul de Gordes soit beau, dans le sens absolu qu'on attache à ce mot, mais je crois difficile de rencontrer un gentleman plus sympathique... — Le comte est grand et mince, svelte et vigoureux à la fois, élégant de tournure et de manières... Une abondante chevelure, d'un châtain clair, naturellement bouclée, couronne un visage irrégulier, très-séduisant malgré son irrégularité, et d'une rare distinction. — Le nez est un peu fort

peut-être, et la bouche un peu grande sous les moustaches fines, mais les yeux illuminent la figure, et les
lèvres souriantes découvrent des dents admirables...
— L'expression générale est bienveillante et spirituelle...

Et il ajoutait :

— Voilà, chère Lazarine, la photographie de M. de
Gordes, sinon telle qu'elle serait aujourd'hui, du
moins telle qu'elle était il y a deux ans, quand le
départ du comte a brusquement rompu nos relations
de bon voisinage...

Or, le marquis trouvait Raoul singulièrement
changé.

Sans parler de la barbe qui rendait méconnaissable
la partie inférieure du visage en en déguisant les con-
tours, l'expression de ce visage n'était plus la même...

Les yeux, autrefois miroirs fidèles d'un esprit insouciant et joyeux, semblaient assombris maintenant
par une profonde mélancolie.

Les lèvres souriaient à peine et leur sourire offrait
quelque chose d'amer.

Une ride transversale se creusait sur le front, jadis
aussi poli qu'un marbre.

Enfin, le comte, dont la vingt-huitième année s'a-
chevait à peine, semblait de deux ou trois ans plus
âgé.

Il portait un costume entièrement noir.

— M'aviez-vous reconnu hier ? — demanda-t-il en s'apercevant de l'examen dont il était l'objet.

— Certes ! Mais je dois avouer que votre barbe me laissait un doute.

— J'ignorais votre présence à Venise... — reprit M. de Gordes. — Après notre rencontre fortuite je me suis immédiatement renseigné... — Avec un nom tel que le vôtre on ne saurait passer inaperçu nulle part, et j'ai facilement appris que vous veniez de louer le palais Cavello... — J'avais hâte de vous voir et de vous embrasser... — Me voici...

— Vous êtes cent fois le bienvenu, mon ami, — fit M. de la Tour-du-Roy en serrant les mains du jeune homme, — puis il ajouta : — De qui donc portez-vous le deuil ?

— De ma jeunesse et de mon amour... — répondit Raoul d'une voix sourde. — Désormais je suis seul au monde... Juliette est morte...

XXXVI

Un silence de quelques minutes suivit cette réponse.

Raoul de Gordes, la tête penchée sur sa poitrine, s'absorbait dans une douleur évidemment sincère et profonde.

M. de la Tour-du-Roy reprit le premier la parole.

— Puis-je m'entretenir avec vous de cette pauvre femme sans raviver votre blessure? — demanda-t-il.

— Non-seulement vous le pouvez, mais je vous en prie...— murmura le comte.— Ma vie s'écoule, triste et solitaire, au milieu d'étrangers et d'indifférents...— Je trouverai doux de parler d'elle avec vous qui l'avez connue...

— Depuis combien de temps est-elle morte?

— Depuis six mois.

— A Venise?

— Non, à Florence.

— Avait-elle recouvré la plénitude de sa raison ?

— Oui. La folie passagère résultant de la catastrophe que vous savez s'était dissipée graduellement, presque aussitôt après notre arrivée en Italie...

— Alors, vous étiez heureux ensemble ?

Raoul soupira, et l'expression de son visage devint plus douloureuse encore.

— Notre vie commune, — répliqua-t-il, — était une torture de tous les instants...

M. de la Tour-du-Roy le regarda avec stupeur.

— Aviez-vous donc cessé de vous aimer ? — s'écria-t-il.

— Mon ami, ne blasphémez pas !.. — J'adorais Juliette plus que jamais, et Juliette m'aimait autant qu'on puisse aimer !...

— Mais alors...

— Vous ne pouvez comprendre ? — interrompit Raoul, — c'est que vous ignorez ce que certaines situations anormales développent dans une âme féminine de sentiments heurtés, inconciliables en apparence et qui sont cependant logiques... — Oui, Juliette m'aimait de toutes ses forces, mais à mesure que se ravivait son intelligence obscurcie, la conscience de sa faute se développait en elle...— La malheureuse femme ne se pardonnait pas de m'aimer... Le remords se mêlait à son amour pour en faire un supplice...

et si parfois les entraînements de la jeunesse et de la passion imposaient silence à ce remords, elle expiait une heure d'abandon par des journées de larmes et des nuits de désespoir...

— Quelle réponse à ceux qui prétendent que la morale est un vain mot! — s'écria le marquis. — Pour la baronne et pour vous, mon pauvre enfant, le châtiment·des amours coupables ne se faisait guère attendre !

— Et quel châtiment ! — murmura M. de Gordes. — Certes, mes ennemis n'auraient pas eu la cruauté de m'en infliger un pareil... — Cependant j'espérais encore... — je comptais sur le temps... — Un jour une lettre de France m'apprit que Juliette était veuve. — J'attendis la première crise, et je dis doucement à ma triste compagne : — *Séchez vos larmes, ma bien-aimée...* — *la faute que vous vous reprochez avec tant d'amertume n'existe plus...* — Juliette fixa sur moi des yeux étranges, agrandis par une soudaine angoisse. — *Que voulez-vous dire?* — demanda-t-elle. — Je répondis : — *Vous avez le droit de m'aimer... Henri de Braines est mort...*

Raoul se tut et la ride tracée sur son front se creusa davantage.

— Continuez, je vous en prie ! — fit M. de la Tour-du-Roy dont le cœur se serrait.

Le comte de Gordes reprit :

— J'avais à peine prononcé ces mots que l'expression du visage de Juliette devint effrayante. — *Ah!* s'écria-t-elle d'une voix brisée en se tordant les mains, — *Vous dites que ma faute n'existe plus! — C'est vrai, car elle devient un crime! — Après la trahison, le meurtre, cela devait être! — Ce n'est pas votre épée qui a tué Henri de Braines, c'est mon infamie!... je suis son assassin!...*

— Quelle scène! — balbutia le marquis — et, vous aviez raison, quel châtiment!...

— J'essayai de calmer Juliette, — poursuivit Raoul, — et je n'y parvins à peu près qu'à la suite de longs efforts... — Elle ne voulait rien entendre, elle refusait même de m'écouter et répétait sans trêve, avec une sorte de délire : — *Je vous dis que c'est moi qui l'ai tué!*

» A partir de ce moment elle déclina d'une façon lente, mais continue, comme si l'une de ces maladies de consomption que la science ne guérit point venait de s'emparer d'elle, et pendant une année je pus compter les heures qui lui restaient à vivre, car je ne me faisais pas d'illusion... chaque jour le doigt de la mort prochaine mettait une plus profonde empreinte sur son visage résigné de jeune martyre...

» Trois mois avant la fin, l'idée traversa mon esprit que ce serait une consolation pour la chère créature d'effacer jusqu'à la trace d'un passé qui la conduisait au tombeau...

» Plus de dix mois s'étaient écoulés depuis le décès de M. de Braines. — Il suffisait d'accomplir au consulat de France les démarches légales pour que Juliette s'unît à moi devant Dieu et devant les hommes...

» — Mon enfant bien-aimée, — lui dis-je, — voulez-vous être ma femme ?...

» Elle secoua lentement la tête.

» — Non, je ne le veux pas... — répliqua-t-elle.

» — Pourquoi ?

» — Parce que je n'ai pas le droit de le vouloir !... — Est-ce que je suis digne de porter votre nom, moi qui n'ai pas su porter dignement le nom d'un autre ?... — Est-ce que la femme adultère du baron de Braines peut devenir la femme honorée de son amant le comte de Gordes ? — Ce serait voler l'estime des honnêtes gens, vous le savez bien !... — Dieu serait-il juste, Raoul, s'il me permettait d'être heureuse ?... — Je me suis fait volontairement une existence de honte, et de mépris de moi-même et des autres... — Je subirai la honte et le mépris jusqu'au bout... — Merci de votre pitié, Raoul, et de votre offre généreuse... — je n'accepte que la pitié...

» J'insistai, je suppliai... — Ce fut en vain... — Juliette fut inflexible... »

— Pauvre femme !... — murmura le marquis, — c'était une âme noble... c'était un grand cœur... —

Comment le Dieu de miséricorde ne lui pardonnerait-il pas une faute si courageusement expiée ?...

— Dieu lui a pardonné déjà... — répondit Raoul...

— Quand arriva l'heure suprême, elle me fit signe d'approcher, de me pencher vers elle et, d'une voix déjà presque éteinte, elle murmura à mon oreille :

» — Mon ami, c'est la fin... allez me chercher un prêtre...

» J'obéis...

» Une heure après le prêtre s'éloignait, emportant avec lui la faute et les remords.

» Juliette me tendit la main...

» Un angélique sourire entr'ouvrit ses lèvres pâlies, d'où s'échappa le mot : *Adieu!* dans un souffle qui fut le dernier...

» L'âme purifiée et bénie de ma bien-aimée s'envolait...

» Juliette était morte, me laissant seul au monde... seul pour toujours... »

. . . . , ...

Un sanglot souleva la poitrine de Raoul de Gordes qui cacha dans ses deux mains son visage décomposé.

M. de la Tour-du-Roy avait les yeux humides.

Pour la seconde fois depuis le commencement de l'entretien il se fit un silence.

Au bout de quelques minutes le comte releva la tête et reprit la parole.

— Son corps est à Florence, — murmura-t-il, — sous un marbre qui garde son nom...

Il ajouta, en appuyant une main sur son cœur :

— Son image adorée, son cher souvenir sont là et n'en sortiront plus...

— Depuis six mois, — demanda le marquis, — qu'avez-vous fait?

— J'ai erré comme une âme en peine, tantôt ici et tantôt là, traînant partout ma blessure saignante, agitant dans le vide mon incurable ennui...

— Que comptez-vous faire?

— Je l'ignore... — je n'ai pas de projets...

— Rentrerez-vous en France?

— J'en doute... — à quoi bon retourner à Gordes?.. Je n'y trouverais que des souvenirs funestes...

— Mon ami, ne désespérez pas de la vie!...

— Est-il possible de ne pas désespérer quand on n'espère rien?

— Le temps cicatrise toutes les blessures... apaise toutes les douleurs... — il calmera la vôtre...

— Jamais!...

Après avoir prononcé ce mot : *Jamais!* avec une netteté d'affirmation qui ne souffrait pas de réplique, le comte de Gordes passa les deux mains sur son front comme pour écarter la pensée déchirante qui l'obsédait; puis, modifiant à force d'énergie l'expression de son visage, il poursuivit :

— Mais c'est assez et trop longtemps nous occuper de moi. — Parlons de vous, mon cher marquis, je vous en prie... — En apprenant hier que vous étiez l'hôte du palais Cavello, j'apprenais en même temps que la marquise de la Tour-du-Roy l'habitait avec vous... — Ainsi, vous êtes marié?...

— Depuis le mois de septembre dernier... — répondit Robert.

— Laissez-moi joindre mes félicitations à celles que vous avez déjà reçues et permettez-moi de vous demander si madame la marquise portait avant son mariage un nom connu dans notre province?

— La famille de ma femme est de simple bourgeoisie parisienne, — répliqua le vieux gentilhomme; — je n'ai pas fait un mariage de convenance, mais un mariage de sympathie. — La marquise de la Tour-du-Roy s'appelait mademoiselle Leroux, et Jules Leroux, son père, possède et habite en ce moment le château des Vertes-Feuilles, situé à égale distance de vos terres et des miennes.

— Jules Leroux; — répéta Raoul de Gordes, — un des plus riches banquiers de Paris... le rival heureux des Rothschild...

— Il a cessé de l'être... — Son étoile longtemps brillante s'est voilée tout à coup, emportant les millions avec elle...

— M. Leroux est ruiné ?

— Pas tout à fait, heureusement pour lui, mais beaucoup plus qu'aux trois quarts, heureusement pour moi... — dit le marquis avec un sourire.

— Comment cela ?... — Je ne comprends pas...

— Je suis plus riche qu'il ne faut pour deux, et, mon beau-père étant sans fortune, personne au monde ne peut supposer que l'amour n'ait pas été l'unique mobile de mon mariage .. — J'ai fait de propos délibéré ce que les sages nomment une folie.

— Une folie? — pourquoi?

— Parce que la marquise n'a pas vingt ans et qu'on s'accorde à la trouver fort belle... — Cela répond à tout... — Vous en jugerez bientôt d'ailleurs par vos propres yeux, car je compte vous présenter dès aujourd'hui à ma femme et à ma belle-sœur, une charmante fille de dix-huit ans...

Raoul de Gordes fit un mouvement brusque de refus.

— Me présenter ! — s'écria-t-il, — vous n'y songez pas, cher marquis !

— J'y songe absolument, au contraire.

— J'ai rompu avec le monde, vous les avez bien !...

— Il ne s'agit point du monde ... il s'agit de la famille d'un voisin de campagne, d'un vieil ami qui pourrait être votre père...

— Voyez donc la tristesse morne empreinte sur mes traits !... — Pourquoi montrer à de jeunes

femmes un sombre visage comme le mien?..., — Je ne
sais plus causer... je ne sais plus sourire... — Laissez-
moi dans mon isolement...

— Vous y rentrerez ensuite si bon vous semble,
mais je vous présenterai d'abord...

— Quel motif sérieux avez-vous pour insister
ainsi ?

— La marquise désire vous connaître.

— Comment sait-elle que j'existe? — Vous lui avez
donc parlé de moi ?

— Oui !

— Ici ou là-bas ?

— Là-bas, en face du château de Gordes... — Ici,
dans l'après-midi d'hier, après vous avoir rencontré...

— Et vous lui avez dit?...

— Tout ce que je savais moi-même... — Elle
éprouve pour vous un intérêt sans bornes et ne me
pardonnerait point de vous avoir revu sans vous
amener à elle...

Raoul réfléchit pendant un instant.

— Soit... — murmura-t-il ensuite, — je n'aurai
pas le mauvais goût de vous affliger par un refus...
— Je suis votre obligé en toutes choses et vous avez
le droit d'exiger... — Je viendrai donc, mais une
seule fois... puis je quitterai Venise...

— Vous serez le maître... Je m'engage à ne rien
faire pour vous retenir... Quand viendrez-vous?

— Aujourd'hui même, si vous le voulez, à trois heures.

— C'est entendu... Je vais rendre la marquise et et sa sœur heureuses en leur anonçant votre visite.

Le comte prit congé de M. de la Tour-du-Roy qui voulut le reconduire jusqu'à sa gondole et lui serra les mains en répétant :

— A trois heures ! n'oubliez pas !

XXXVIII

Une demi-heure après le départ de Raoul de Gordes le déjeuner réunit le marquis, Lazarine et Renée dans la vaste salle à manger où cinquante convives auraient pu prendre place.

C'était une pièce d'un grand style, dallée en marbre blanc et rose, ornée d'antiques tapisseries représentant la *Pêche miraculeuse*, les *Noces de Cana*, le miracle de la *Multiplication des pains*, et peuplée de statues qui portaient sur leurs têtes des corbeilles pleines d'épis, de fruits, de gibiers et de poissons.

— Chère mignonne, je ne m'étais pas trompé hier...
— dit M. de la Tour-du-Roy à Lazarine.

— C'est bien M. de Gordes que vous avez rencontré?
— demanda cette dernière.

— Oui.

— Vous en êtes sûr?

— Tout à fait sûr... — répondit Robert en souriant.

— Vous êtes allé au consulat de France?

— Non, mais j'ai reçu une visite ce matin...

— Laquelle?

— Celle du comte lui-même... Il sort de chez moi...

Les deux sœurs poussèrent à la fois un petit cri charmant, puis Lazarine reprit d'un ton de reproche :

— Comment, vous aviez M. de Gordes sous la main, et, sachant mon désir de le voir, vous ne l'avez point amené!! — C'est mal et je suis furieuse!...

— L'heure infiniment trop matinale était indue pour une présentation, — répliqua le marquis, — mais vous n'y perdrez rien...

— Le comte reviendra?...

— Aujourd'hui même, à trois heures, exprès pour vous être présenté...

— Tout est donc pour le mieux et je vous accusais à tort... — M. de Gordes vous a parlé sans doute de madame de Braines...

— Oui, et très-longuement.

— La pauvre femme a-t-elle recouvré la raison?... — Est-elle ici avec votre ami?...

— Raoul est seul... — Madame de Braines, dont la folie d'ailleurs avait été de courte durée, est morte à Florence il y a six mois...

Renée tressaillit.

— Morte ! — se dit-elle. — Le comte est libre !...
Lazarine reprit :

— L'aimait-il encore ?

— Comme au premier jour...

— Alors il est profondément triste ?

— Le spectacle de sa douleur m'a paru navrant...

— La baronne était veuve ; pourquoi ne l'a-t-il pas
épousée ?

— Il lui a offert son nom... Elle a répondu par un
refus.

— Elle avait donc cessé de l'aimer ?

— Elle l'adorait.

— Je ne comprends plus, je l'avoue...

— Vous allez comprendre...

M. de la Tour-du-Roy répéta, sans y rien changer,
le récit de Raoul.

Renée écoutait avidement ; on eût dit que sa destinée entière allait dépendre des paroles de son beau-
frère, et ses grands yeux offraient une expression
étrange.

— C'est très-dramatique !... — s'écria Lazarine
quand le marquis eut achevé, — je me figurais avec
candeur que des situations si terribles se trouvaient
seulement dans les romans et au théâtre...

— Vous voyez, chère amie, qu'on les trouve parfois dans la vie réelle.

— Mon frère, — demanda Renée, — la douleur de M. de Gordes vous paraît-elle incurable?...

— Il le dit, il le croit, et certainement il est sincère; mais je veux espérer qu'il se trompe et que sa vie n'est pas à tout jamais perdue... — Le comte a vingt-huit ans à peine... L'avenir d'un homme de cet âge est si long, et la jeunesse offre tant de ressources...

— Nous essayerons de le distraire... — fit Lazarine.

— Vous n'en aurez pas le temps... — répliqua Robert.

— Comment cela?

— J'ai oublié de vous dire que Raoul de Gordes, tout en cédant à mes instances, m'a prévenu que sa visite ne se renouvellerait point... — Il va quitter Venise...

Les sourcils noirs de Renée se plissèrent.

— Une seule visite! — se dit-elle. — Effacer un souvenir en une heure et triompher d'une morte... c'est impossible...

Elle pencha sa belle tête sur sa poitrine avec une expression de profond découragement, mais elle la releva presque aussitôt, en ajoutant tout bas :

— Qui sait?... — l'impossible parfois s'accomplit...
— Personne au monde ne pouvait prévoir le mariage de ma sœur, mais Lazarine avait son étoile... — J'ai peut-être la mienne...

8.

Après le déjeuner la marquise fit donner l'ordre à ses rameurs d'équiper la gondole et de se tenir prêts.

—Je vais faire un tour sur les canaux,— dit-elle, — je mettrai pied à terre à la place Saint-Marc et j'achèterai, dans une petite boutique tenue par un vieux juif à barbe blanche, certaines parures de corail rose qui, l'autre jour, m'ont paru jolies... — Je n'ai pas besoin d'ajouter qu'avant trois heures je serai de retour... — Viens-tu, Renée ?

La jeune fille répondit qu'elle ne sortirait pas, et la marquise quitta la salle à manger, laissant sa sœur, avec son mari.

Tous les deux passèrent au salon.

Renée semblait préoccupée et l'était en effet beaucoup.

— Il est curieux de voir combien tout ce qui ressemble au roman passionne les filles d'Eve ! — fit M. de la Tour-du-Roy en souriant. — Je parie, ma jolie sœur, que vous pensez à Raoul de Gordes...

— Pas tout à fait... — répliqua Rénée, — mais cependant vous ne vous trompez guère... — je pensais à cette femme tant aimée et tant regrettée... — je pensais à Juliette de Braines... — Vous la connaissiez, je crois ?

— Oui, je la connaissais... — Du moins je l'avais vue...

— Vous paraissait-elle vraiment digne d'inspirer un si grand amour?

— Je n'ose répondre à cette question... — La baronne fut bien coupable, mais sa mort héroïque a racheté sa faute...

— Vous m'avez mal comprise... — fit Renée avec une impatience contenue, — je laisse de côté le point de vue moral qui m'intéresse peu... — Je vous demande si madame de Braines était belle...

— Indiscutablement très-belle...

— Petite ou grande? brune ou blonde?

— Grande et brune... — Elle avait votre genre de beauté... — De votre taille à peu près, mince et bien faite comme vous, elle vous ressemblait par sa chevelure splendide et sombre, par ses yeux noirs aux paupières d'ambre, par l'exquise pâleur de son teint... — Elle vous ressemblait encore mieux par la distinction et par la grâce...

— O le plus charmant des beaux-frères, — s'écria Renée en riant, — votre galanterie vous égare !... Madame de Braines évidemment me distançait sous tous les rapports, puisqu'on l'aimait jusqu'à la folie et que personne ne songe à moi...

— Celui qui doit vous aimer, chère sœur, n'est pas encore venu, mais il viendra... gardez-vous d'en douter! — Vous avez dix-huit ans... l'amour a de la marge!

Renée, sans répondre, fit un geste de dénégation coquet, puis elle reprit :

— La baronne était belle, c'est convenu ; — unissait-elle l'esprit à la beauté ?

— Je ne crois pas... — répondit Robert. — Elle paraissait intelligente, mais non spirituelle... Dans tous les cas son esprit n'avait rien de brillant, et vous la dépassez, sous ce rapport, de cent coudées...

— Merci, mon frère, mais trop de compliments ! Je ne vous questionnerai plus !

Et Renée, s'asseyant au piano fêlé, reprit la valse langoureuse interrompue la veille.

— Que se passe-t-il donc aujourd'hui dans cette jolie tête ? — se demanda le marquis. — Est-ce que la chère enfant songerait à consoler Raoul ?—Si elle y réussissait, tant mieux pour lui... et tant mieux pour elle... Mais j'ai grand peur que Raoul ne soit inconsolable.

*
* *

A trois heures moins un quart, M. de la Tour-du-Roy se trouvait seul au salon, lisant les journaux de France que le courrier venait d'apporter.

La marquise, revenue depuis un instant avec ses emplettes de corail rose, parachevait dans son appartement une de ces toilettes un peu excentriques et superlativement tapageuses qu'elle aimait tant et qu'elle portait si bien.

Renée entra.

La jeune fille, contre sa coutume, était vêtue de noir. — Sa robe très-simple, mais très-ajustée, dessinait les rondeurs de son buste et les perfections de sa taille qu'elle semblait amincir encore. — Un peigne d'écaille blonde fixait au sommet de sa tête la masse de ses cheveux brillants, dont un savant désordre faisait valoir toute la richesse.

Ce costume sévère donnait à sa beauté patricienne quelque chose de chaste et de virginal, d'un charme puissant et d'un attrait irrésistible.

L'expression habituellement hautaine et parfois un peu dure de son visage s'était modifiée. — Un voile de mélancolie couvrait ses traits si fins. — Ses yeux aux prunelles sombres, d'où jaillissait souvent l'éclair de la moquerie ou du dédain, paraissaient doux et rêveurs.

M. de la Tour-du-Roy, abandonnant ses journaux, regarda Renée avec une admiration mêlée d'un peu de surprise.

— Eh bien! cher frère, — demanda-t-elle, — comment me trouvez-vous?...

— Belle comme un ange! — répondit Robert. — Non que vous le soyez plus qu'à l'ordinaire, ce qui

serait impossible, mais vous l'êtes d'une façon tont
à fait différente... — Qu'y a-t-il donc de changé en
vous?...

— Rien que je sache, — répliqua la jeune fille.

— Je le sais, moi, — pensa le marquis. — Mes sup-
positions étaient justes... — Renée songe très-sérieu-
sement à remplacer la morte dans le cœur de Raoul...
— Sa mise en scène est habile et je devine son plan
de bataille. — *Ce que femme veut, Dieu le veut!* Le pro-
verbe aura-t-il raison?...

La porte du salon s'ouvrit au moment où trois
heures sonnaient à la haute pendule de la cheminée et aux innombrables clochers de Venise
et le valet de chambre annonça :

— M. le comte de, Gordes.

Robert alla vivement à la rencontre du visiteur et lui
serra les mains.

Raoul tout en répondant à cette affectueuse étreinte,
sentait son regard attiré malgré lui vers la jeune fille
immobile auprès d'une fenêtre ouverte, et il éprouvait un trouble immense, une émotion indicible.

C'est que la ressemblance vague signalée par le
marquis entre Renée et la baronne de Braines existait réellement.

A coup sûr ce n'étaient point les mêmes traits,
mais c'était la même taille, la même chevelure, la
même pâleur. — La silhouette élégante du corps de

Renée rappelait d'une façon inouïe les formes exquise de Juliette.

L'imagination aidant, M. de Gordes croyait revoir vivante, en pleine jeunesse, en pleine fleur, la morte adorée qu'il pleurait.

Ses paupières battirent ; un nuage passa devant se yeux ; il devint livide et chancela.

— Qu'avez-vous ? — lui demanda le marquis très-inquiet.

Raoul, à qui le désordre de son esprit faisait momentanément oublier ses habitudes d'homme du monde, étendit sa main droite vers Renée et balbutia :

— Madame de la Tour-du-Roy, n'est-ce pas ?

— Non, — répondit Robert, — la marquise n'est point encore descendue... — et il ajouta : — Renée je vous présente mon ami le comte de Gordes... — Chèr comte, mademoiselle Renée Leroux, ma belle-sœur.

Pendant cette courte présentation Raoul était redevenu maître de lui-même.

Il s'inclina respectueusement devant la jeune fille et lui dit :

— Pardonnez-moi, mademoiselle, je vous en prie.. — j'ai dû vous paraître bizarre, et j'ai besoin d'un indulgence que vous ne me refuserez pas... — Je viens d'avoir un moment d'absence... — Votre beauté, votre grâce, et surtout une ressemblance inattendue, m'ont rappelé d'une façon vive et poignante une personne qui m'était chère et que la mort m'a prise !...

— En présence de cette vision du passé, ma tête s'est perdue... — Encore une fois, pardonnez-moi.

— Je n'ai rien à vous pardonner, monsieur... — répliqua Renée d'une voix basse et émue. — Mon beau-frère nous a dit, à ma sœur et à moi, que vous aviez cruellement souffert par le cœur... — On n'essaye point de soulager des souffrances comme celles-là... On ne peut que les comprendre et que les partager... — On n'essuye pas les larmes qui coulent... on y mêle les siennes...

La jeune fille, en disant ce qui précède, avait les yeux humides. — Elle tourna la tête à demi. — La lumière crue du ciel italien fit briller sur sa joue une perle liquide.

— Ah ! vous êtes bonne, mademoiselle ! — s'écria le comte. — Votre touchante sympathie est un baume sur ma blessure... — Voulez-vous me permettre de presser votre main ?...

— La voici...

Raoul de Gordes prit la petite main de Renée, et pendant une ou deux secondes il la sentit trembler entre les siennes...

XXXIX

M. de la Tour-du-Roy assistait avec quelque surprise à la petite scène que nous venons de photogra-
phier.

Il ne comprenait pas très-bien ce qui se passait.

D'une part il lui semblait impossible d'admettre
que Renée fût pourvue d'un talent de comédienne
suffisant pour jouer l'émotion de manière à tromper
les plus fins connaisseurs.

D'autre part il s'étonnait fort de découvrir à l'improviste chez la jeune fille des trésors de sensibilité qu'il ne soupçonnait point, lui supposant le cœur
un peu sec et la croyant, en général, plus égoïste qu'il
n'aurait fallu.

Placé dans cette alternative de s'avouer à lui-même

qu'en jugeant ainsi sa belle-sœur il était dans le faux, ou forcé de la reconnaître capable d'une hypocrisie profonde et précoce, il n'hésita point.

— Je me trompais absolument, — se dit-il, — et je suis heureux d'en avoir la preuve... — Renée vaut cent fois mieux que je ne le croyais.

L'arrivée de Lazarine coupa court aux réflexions de Robert.

La marquise, rayonnante de beauté, étourdissante de toilette, prit aussitôt la direction de l'entretien, comme c'était doublement son droit en qualité de grande dame et de maîtresse de maison, reléguant, par le fait seul de sa présence, sa sœur cadette au second plan.

Renée ne s'en inquiéta guère, malgré son orgueil habituel.

Grâce au favorable hasard qui lui avait permis de causer avec M. de Gordes avant l'entrée de Lazarine, elle se sentait maîtresse du terrain et tenait pour certain que ni les coquetteries mondaines ni le brillant caquetage de sa sœur n'effaceraient l'impression produite sur Raoul par des paroles émues et par une larme furtive.

Le visage charmant de la jeune fille exprimait plus que jamais la mélancolie, ses yeux profonds restaient rêveurs, tandis que madame de la Tour-du-Roy prodiguait ses sourires au comte et s'efforçait, avec une grâce à la fois exquise et maladroite, de l'arracher à ses souvenirs douloureux.

Jamais contraste ne fut plus frappant.

M. de Gordes écoutait Lazarine et lui répondait courtoisement, mais son esprit était ailleurs et ses regards revenaient sans cesse à Renée, silencieuse et recueillie.

— Quelle différence entre ces deux femmes, — pensait-il : — l'une éblouissante et frivole, spirituelle et glacée, ne connaîtra de l'amour ni les joies ni les angoisses ; — l'autre, âme céleste et cœur angélique, est née pour la tendresse et pour le dévouement... — La première m'étourdit de son babil d'enfant gâté... — la seconde me comprend et souffre avec moi...

Renée, furtivement, observait le visiteur.

— Voilà bien le mari que j'attendais ! — se disait-elle. — Le comte de Gordes est mon idéal ! — Gentilhomme et titré, jeune et beau, et plus riche que le marquis !... — Une fortune princière ! huit millions ! — Si je parviens à me faire aimer, quel triomphe ! — Écraser Lazarine et la rendre jalouse, quel rêve ! — Réussirai-je?... Il faut réussir ... Je réussirai !...

Hélas ! la déception ne se fit pas attendre...

Au bout d'une demi-heure Raoul de Gordes se leva.

— Je suis profondément touché, madame la marquise, — dit-il, — de la bienveillance de votre accueil.

— J'en garderai, croyez-le bien, un souvenir ineffa-
çable...

— Vous nous en donnerez la preuve en revenant
bientôt, — dit vivement Lazarine.

— C'est malheureusement impossible. — Vous retournez en France et je reste en Italie.

— Nous sommes à Venise pour quinze jours encore,
— reprit la marquise, — et pendant ces quinze jours
nous serons heureux de vous recevoir...

— Plaignez-moi, madame, — répliqua le comte, —
il ne m'est point permis de profiter d'une si précieuse
faveur... — Demain je ne serai plus à Venise...

Renée pâlit.

Son échafaudage s'écroulait. — Ses châteaux en
Espagne s'évanouissaient comme une fumée.

— Pourquoi partir si vite ?— fit M. de la Tour-du-
Roy.

— J'ai besoin de solitude...

— Je vous dis, moi, que la solitude est dangereuse
et que l'isolement tue!... — Restez auprès de nous,
Raoul... — Nous serons pour vous une famille...

— Merci de votre affection, mon cher et vieil ami,
merci de tout mon cœur, — murmura le jeune
homme en pressant les mains du marquis, — mais
vous m'avez promis ce matin de ne point insister
pour me retenir...

— C'est juste, et je n'insiste plus... — Où comptez-
vous aller en quittant Venise ?

— A Florence d'abord...

— Et ensuite?

— Sais-je ce que je deviendrai?

— Adieu donc, mon pauvre enfant, puisque vous ne voulez pas que ce soit au revoir...

Raoul de Gordes s'approcha de Renée, et lui dit d'une voix tremblante :

— Jamais je n'oublierai, mademoiselle, les paroles touchantes parties de votre cœur pour aller droit au mien... — Le souvenir de votre pitié sera, dans les angoisses de ma vie, ce qu'est un rayon de soleil dans les brumes d'un long jour d'hiver...

La jeune fille s'inclina sans répondre.

Le comte salua Lazarine et sa sœur, et se retira, accompagné jusqu'à sa gondole par M. de la Tour-du-Roy.

— J'ai bien peur, — fit ce dernier en rentrant au salon, — que ce pauvre comte ne donne à sa vie manquée un dénouement funeste et prochain...

— Quel dénouement? — demanda Renée.

— Celui qui, dans notre malheureuse époque, devient vulgaire tant on en abuse... — une balle de pistolet au milieu du front.

— Il se tuerait! — s'écria la jeune fille.

— Je vous répète que j'en ai peur... — Le découragement sans limites et le dégoût de toutes choses conduisent fatalement au suicide...

La pâleur de Renée devint livide.

Lazarine haussa les épaules.

— Le suicide ! — répéta-t-elle. — Se tuer à l'âge de M. de Gordes, avec son nom, son titre et sa fortune !... — Se tuer parce qu'on aime ou qu'on croit aimer une femme, et parce que cette femme est morte !... — Allons donc ! — si le comte fait cela, c'est qu'il est fou, et je ne plains pas les fous...

— Chère mignonne, vous êtes cruelle... — murmura Robert, — ce n'est point votre cœur qui parle !...

— Peut-être, — répliqua la jeune femme, — mais à coup sûr c'est ma raison. Et puis, voulez-vous que je vous dise ? Il ne me plaît pas du tout, ce romanesque et ténébreux jeune homme ! Je me forgeais de lui, d'après votre récit, une idée très différente... Son attitude désolée et sa physionomie spectrale me paraissent du plus mauvais goût ! Je lui faisais, vous l'avez vu, une foule d'amicales avances... j'allais jusqu'à la coquetterie !... il m'écoutait à peine et me répondait des choses vagues. La pauvre Juliette de Braines, un peu légère et bien punie d'ailleurs, a dû mourir, non de remords, mais de l'ennui d'un trop long tête-à-tête.

— Lazarine ! Lazarine ! — fit M. de la Tour-du-Roy d'un ton de reproche.

— Vous trouvez que j'ai tort, — répondit la marquise. — Eh bien ! soit ! je veux être docile et garder le silence, mais je ne change rien à ma manière de voir.

— Je suis sûr que notre sœur ne la partage en aucune façon... — Est-ce que je me trompe, Renée ?

— Juger les hommes et les choses serait vraiment absurde à mon âge, — répondit la jeune fille, — aussi je m'abstiens.

— Cependant... — commença Robert.

— Je vous supplie de ne point me mettre en cause, — interrompit Renée,— je n'ai pas d'opinion et n'en veux pas avoir...

Ces mots terminèrent l'entretien.

Le marquis, attristé par ce débat et surtout par les sombres résolutions qu'il attribuait à Raoul, reprit distraitement la lecture interrompue de ses journaux.

Les deux sœurs regagnèrent leurs appartements respectifs, et Renée, s'enfermant chez elle, n'essaya plus de comprimer les larmes de colère qui pendant quelques minutes inondèrent comme une pluie d'orage son beau visage décomposé.

Cette colère peut au premier abord paraître mal justifiée; elle était cependant une conséquence logique du caractère de la jeune fille.

Pour la première fois depuis le mariage de Lazarine, qui lui causait nous le savons une si folle jalousie, Renée avait cru trouver l'occasion ardemment souhaitée, et jusqu'alors vainement attendue, de réaliser ses rêves.

On admet volontiers ce qu'on désire, et, quand les forces vives de l'âme se concentrent vers un but unique, la croyance au succès final devient une sorte de superstition. — Renée, en écoutant l'histoire du comte de Gordes et en apprenant le lendemain que la fin prématurée de Juliette de Braines venait de rendre au jeune homme sa liberté, s'était dit:

— C'est ma destinée qui me l'envoie!...— Si difficile que semble la tâche, si impossible que paraisse le résultat, je chasserai du cœur de Raoul l'image de la morte; — à la place de cette image je mettrai la mienne, et je serai comtesse de Gordes!...

Les paroles brèves mais significatives échangées entre Renée et le visiteur; la profonde et reconnaissante émotion manifestée par lui à propos d'un témoignage de sympathie; son attitude distraite tandisque Lazarine entreprenait de l'enguirlander, et ses regards qu'une attraction quasi-magnétique fixait sur la jeune fille; tout cela semblait se réunir pour changer ses espérances en certitudes.

Pendant une demi-heure Renée ne douta point et son cœur, oppressé si longtemps par l'envie, se dilata dans les joies du triomphe.

Puis, tout à coup, brusquement, sans transition, elle tomba du haut de son rêve dans la réalité.

Elle avait été sa propre dupe... le jouet de ses illusions folles !

M. de Gordes partait le lendemain ; il ne reviendrait pas ; elle ne le reverrait jamais...

Ce départ, ou plutôt cette fuite, semblait à Renée une trahison du destin, en même temps qu'une injure de l'homme dont elle convoitait la fortune et le nom...

De là sa colère, — de là ses larmes...

Pendant le reste du jour et pendant la longue insomnie de la nuit suivante, elle se trouva de la meilleure foi du monde la plus malheureuse des femmes ; accusant le genre humain tout entier des blessures faites à son orgueil; maudissant son inutile beauté et désespérant de l'avenir.

— Mieux vaudrait mourir que de vivre ainsi !... — balbutiait-elle.

Et, penchée sur le balcon qui dominait le grand canal, elle songeait presque sérieusement à chercher sous ses eaux profondes le sommeil éternel et le repos sans fin.

On n'aura point de peine à comprendre ce qui se passa dans son âme lorsque le lendemain vers trois heures, se trouvant au salon triste et brisée avec Lazarine et Robert, elle entendit le valet de chambre annoncer :

— M. le comte de Gordes.

9.

Lazarine fit un mouvement de surprise.

Le marquis poussa une exclamation joyeuse.

Renée tressaillit.

— Il revient, — se dit-elle, — lui qui voulait ne plus revenir !... — il revient malgré lui, dominé par une force supérieure à sa volonté... — il revient pour moi seule !... — je me croyais vaincue et j'étais victorieuse !...

Ce passage soudain d'un découragement sans bornes à une confiance illimitée, ébranla profondément la jeune fille. — Elle se sentit pâlir, et sa main droite, un peu tremblante, s'appuya sur son cœur pour en comprimer les battements.

L'ambition et la cupidité produisaient chez elle un trouble pareil à celui qu'aurait pu faire naître un impétueux amour.

Ce trouble n'attira ni l'attention du marquis, ni celle de Lazarine, mais n'échappa point à Raoul.

— Mon cher enfant, — s'écria M. de la Tour-du-Roy, — vos paroles d'hier ne me permettaient guère d'espérer cette visite !... Elle me rend bien heureux je vous assure...

— J'ai suivi vos conseils, — répondit le comte, — et modifié mes projets de départ.

— Vous ne retournerez pas à Florence?

— Je n'y retournerai du moins que lorsque vous aurez vous-même quitté Venise avec ces dames... —

Aussi longtemps que durera votre séjour ici, je profiterai du bon accueil que vous m'avez si gracieusement promis...

— Ma maison sera la vôtre... — répliqua le marquis, — et, je vous le répète, nous deviendrons pour vous une famille...

— Mon cher beau-frère est prophète à son insu... — pensa Renée qui venait de reprendre possession d'elle-même, et dont les lèvres ébauchèrent un vague sourire, aussitôt comprimé.

XL

A quel mobile avait obéi le comte de Gordes en renonçant au parti pris de départ et de solitude si fermement arrêté la veille ?

L'espoir ambitieux de Renée commençait-il à se réaliser ? — L'image de la jeune fille remplaçait-elle dans le cœur de Raoul l'image de la baronne de Braines ?...

Cette espérance était prématurée.

Un changement si brusque ne pouvait s'accorder avec la nature loyale du romanesque amant de Juliette.

Plus que jamais fidèle à son unique amour, Raoul s'était dit :

— Cette enfant belle et pâle offre à mes yeux presque la figure, et tout au moins la taille et la démarche de la bien-aimée que j'ai perdue... — En la

voyant à l'improviste j'ai cru, pendant quelques secondes, revoir vivante la morte adorée. — Cette indé-
cise ressemblance, existant pour moi seul peut-être,
a fait battre mon cœur plus vite... — Pourquoi m'é-
loigner sans motif du fantôme charmant d'un passé
disparu?... — Pourquoi renoncer follement à la volupté douloureuse qu'il m'est permis de goûter
encore?... — Pourquoi partir?...

Ce thème, débattu fiévreusement dans l'esprit de
M. de Gordes pendant toute une longue nuit, avait
amené cette conclusion :

— Je ne partirai pas.

Ce qui nous explique comment Raoul, qu'on
croyait bien loin, se présentait le lendemain à
l'hôtel Cavello, où nous avons vu l'effet produit par
sa présence inattendue.

Sa visite fut plus longue que celle de la veille.

M. de la Tour-du-Roy insista pour le retenir à dîner.

Il n'accepta pas.

Mais il revint le lendemain et ne déclina plus l'invitation renouvelée par le marquis.

A dater de ce jour ses visites furent quotidiennes,
et souvent, après avoir donné à Lazarine et à sa
sœur une grande partie de la journée, il leur consacrait encore sa soirée.

La présence de la jeune fille devenait pour lui, peu
à peu, un besoin de toutes les heures, non qu'il se

sentit épris d'elle, mais, par une sorte de phénomène psychologique que l'état maladif de son
âme rend facile à comprendre, il perdait de plus
en plus la notion du réel et du vrai ; la ressemblance vague s'accentuait pour ses yeux abusés ; il
en arrivait à confondre la vivante et la morte ;
Juliette de Braines et Renée lui paraissaient une
même femme...

Assurément la seconde fille de Jules Leroux, si
vive que fût son intelligence, ne se rendait point un
compte exact du phénomène moral dont nous parlons,
mais elle constatait, en frissonnant de joie, les
progrès chaque jour plus grands de son influence sur
Raoul et, après ce qu'elle avait fait déjà, ce qui restait
encore à faire lui semblait peu de chose.

Elle soutenait d'ailleurs avec une adresse con-
sommée, avec un talent de grande comédienne, le
rôle qu'elle s'était tracé et dont, à la première
minute de la première entrevue avec M. de Gordes,
elle avait joué la première scène.

Étrange fille, cette Rénée, cachant sous des apparences séduisantes une nature tout d'une pièce, complète pour le mal, et ne se rachetant, — chose rare,
— par aucun côté.

L'orgueil, l'avidité, l'envie, la sécheresse du cœur,
elle réunissait tout ; — incapable d'aimer, elle pouvait
haïr, et, blessée dans ses vanités ou dans ses intérêts,

elle devait pousser froidement les conséquences de sa haine jusqu'à la cruauté.

En outre, souverainement habile et bien autrement dangereuse que les sirènes mythologiques, elle était apte à prendre les aspects les plus divers, à s'incarner sous des formes multiples.

Tout d'abord elle avait compris que pour avoir une chance de s'emparer du comte de Gordes, dominé par un souvenir qu'il croyait impérissable, il fallait attacher sur son visage un masque de mélancolie, et déguiser la cocodette parisienne en jeune fille sérieuse et romanesque. — La métamorphose, nous le savons déjà, fut complète.

A mesure que passaient les jours, sa touchante beauté, le charme pénétrant de toute sa personne, l'aménité sympathique de son caractère d'emprunt, produisaient une impression de plus en plus vive sur le comte dont elle s'était faite la confidente.

Une autre, moins adroite, aurait cru périlleux de toucher à la blessure du jeune homme.

Renée, plus hardie, avivait volontairement cette blessure et la faisait saigner, pour en endormir ensuite la douleur par ces paroles consolantes dont toutes les femmes ont le secret.

Elle parlait de Juliette à Raoul, elle provoquait ses larmes et pleurait avec lui.

Le comte alors lui prenait les mains et les appuyait contre ses lèvres en murmurant :

— Renée, que vous êtes bonne !... — Chère Renée, vous êtes un ange !...

La jeune fille, sans résistance, abandonnait ses mains exquises aux lèvres de Raoul ; elle le regardait avec des yeux rêveurs, avec un sourire ému, et tout bas murmurait :

— Il me dit aujourd'hui que je suis un ange... — Il me dira demain qu'il m'adore...

Mais, pas plus le lendemain que la veille, M. de Gordes ne prononçait les paroles attendues.

Renée, pour qui le naissant amour de Raoul ne faisait point question, s'irritait de ce silence mais en somme s'en inquiétait peu.

— Le fantôme de cette morte s'impose encore à lui, — pensait-elle, — et le force à se taire ; mais entre les réalités de l'amour et le marbre froid d'une tombe il ne saurait hésiter bien longtemps... — il m'aime... il parlera...

Les apparences semblaient confirmer d'ailleurs la ferme croyance de la jeune fille.

M. de Gordes offrait l'attitude et les allures d'un homme qui lutte contre son cœur et qui sera vaincu.

Il se taisait en vain ; — sa manière d'être auprès de Renée ; l'expression de ses regards ; sa galanterie contenue ; les soins particulièrement tendres dont il entourait la jeune fille quand il l'accompagnait avec Lazarine dans l'une des gondoles du palais, équivalaient presque à un aveu.

Raoul aimait-il en effet?

Par moments il s'interrogeait, non sans terreur, en voyant quelle place énorme Renée prenait dans son existence...

Alors il se faisait en lui de soudaines révoltes contre cet envahissement de tout son être par une affection nouvelle.

Il se disait :

— C'est impossible!... — En oubliant, je serais un lâche!... — Mon cœur est là-bas, à Florence, sous la pierre où dort Juliette!... — Je n'ai pas le droit de trahir celle à qui j'ai donné ma vie et qui est morte pour m'avoir aimé!...

Il se maudissait de sa faiblesse; — il songeait à chercher le salut dans la fuite; — il se jurait de ne plus approcher l'enchanteresse; — il se mettait en mesure de quitter Venise le soir même.

Et, quand arrivait l'heure de sa visite quotidienne, une attraction irrésistible plus forte que sa volonté le conduisait malgré lui-même au palais Cavello, où Renée l'attendait.

Trois semaines s'étaient écoulées depuis la présentation du comte de Gordes à Lazarine et à sa sœur.

L'époque fixée pour le retour en France approchait.

M. de la Tour-du-Roy parla devant Raoul du départ imminent.

Le jeune homme pâlit, comme si l'annonce d'une catastrophe le frappait à l'improviste.

— Je savais qu'un peu plus tôt ou un peu plus tard vous deviez partir, — balbutia-t-il; — cependant le coup est rude, quoiqu'il ne soit pas imprévu... — Je vais donc retomber fatalement dans la solitude morne d'où vous m'aviez tiré et, — pourquoi vous le cacherais-je? — cette pensée me glace d'effroi...

— S'il en est ainsi, mon cher enfant, je ne vous comprends guère! — répliqua le marquis. — Rien ne vous force à rester en Italie... — Rien ne vous empêche de revenir en France avec nous!... — Ai-je besoin de vous dire que nous serions heureux de vous avoir pour compagnon de voyage?...

— Je dois rester... — répondit le comte avec l'attitude accablée d'un homme marchant au supplice.

— Croyez-moi, mon ami, — reprit Robert, — vous vous exagérez ce devoir... — Suivez un sage conseil et venez...

Raoul secoua la tête sans répondre et, pendant le reste de sa visite, qu'il abrégea, il ne put chasser la préoccupation qui l'obsédait et demeura silencieux et sombre.

La préoccupation de Renée, d'ailleurs, ne le cédait en rien à celle de M. de Gordes.

— Tous mes efforts aboutiraient-ils au néant ? — se demandait-elle. — Au moment de toucher le port vais-je échouer misérablement ?...

Lorsque Raoul eut quitté le salon, Lazarine s'écria :

— J'en reviens à ma première opinion : Ce bon jeune homme est fou à lier !... — Je le croyais guéri par nos soins, et voilà qu'un accès se déclare à l'improviste !... — Or, on sait qu' en fait de folie, les rechutes sont incurables !... — Le docteur Blanche y perdrait son latin !... — A Chaillot, le cher comte!...

Et la marquise acheva par un éclat de rire cette phrase digne de la Lazarine d'autrefois, empruntant aux gommeux de son escadron volant leur langage ultra pittoresque.

M. de la Tour-du-Roy s'étonna de cette excentricité. — Les lambris patriciens du palais Cavello s'en scandalisèrent.

Renée ne sembla même pas entendre.

Le soir venu, la jeune fille prit un grand parti.

Elle alla frapper à la porte de l'appartement du marquis.

— Entrez ! — dit ce dernier, puis il ajouta vivement: — Comment ! c'est vous, ma jolie sœur ! soyez la bienvenue ! — Aurais-je le bonheur que le but de cette visite soit de me demander quelque chose.

— Vous avez ce bonheur, mon frère... — répliqua Renée, — je viens solliciter...

— Votre requête est consentie d'avance...

— Quelle qu'elle soit ?

— Oui, quelle qu'elle soit.

— Prenez garde ! ne vous engagez pas sans savoir...

— Je ne m'engage, bien entendu, que dans la limite du possible, et vous ne pouvez, j'en suis sûr, rien désirer d'absurde... — Donc je ne cours aucun risque... — De quoi s'agit-il, petite sœur ?

— D'une chose très-sérieuse et de laquelle mon avenir entier peut dépendre... — Je vous supplie de retarder notre départ d'une semaine au moins...

— Me permettez-vous de vous demander pourquoi ?...

— Certes ! et je veux être avec vous d'une entière franchise, quoiqu'une jeune fille ne se décide point sans peine à de certains aveux... — Si nous partons tout de suite, M. de Gordes ne nous suivra pas... — Si nous restons quelques jours encore, il n'en sera plus de même...

— Il nous accompagnera ?

— Je le crois...

M. de la Tour-du-Roy sourit en reprenant :

— Et vous avez, chère petite sœur, quelque intérêt à ce qu'il nous accompagne ?

— Le plus grand intérêt du monde... — M. de Gordes partant avec nous, dans trois mois je serai comtesse de Gordes...

Le marquis sourit de nouveau.

— Ce que vous m'apprenez, — fit-il, — ne m'étonne pas outre mesure... — Il m'avait semblé remarquer entre vous et Raoul certaine entente sympathique bien naturelle d'ailleurs... — Ah çà, dites-moi, vous l'aimez donc ?...

Renée rougit jusqu'au blanc des yeux, ce qui ne l'empêcha nullement de répondre avec assurance :

— Je ne sais pas du tout si j'éprouve ce qu'on appelle de l'amour, mais le comte me plaît et je l'accepterais pour mari.

— Et, ce faisant, vous auriez raison; c'est un gentleman accompli... — Vous a-t-il adressé des aveux bien en règle ?...

— Non, certes!... Mais à quoi bon parler ? — Il n'a pu me cacher qu'il m'aimait malgré lui...

— Malgré lui, dites-vous ?

Rapidement, en quelques paroles, Renée fit au marquis l'historique de sa lutte contre Juliette de Braines, lutte terrible où la vivante avait vaincu la morte.

— Enfin, — dit-elle en achevant, — j'ai triomphé d'un souvenir, mais ma victoire est insuffisante, et pour la changer en défaite il suffirait de partir demain... — l'idée de déserter un tombeau et de suivre un nouvel amour épouvante Raoul de Gordes et lui paraît presque un sacrilége... — Vous le voyez, mon frère, il faut combattre encore, et quelques jours me suffiront pour vaincre... — Ces quelques jours, je vous les demande... — Voulez-vous me les accorder?...

— Je ne peux rien vous refuser, chère sœur de ma bien-aimée femme... Nous ne quitterons Venise que quand vous m'aurez dit : — *Il est temps! nous pouvons partir!*

LXI

Les prévisions de Renée se réalisèrent rapidement, et complétement cette fois.

L'empire de la jeune fille sur Raoul de Gordes était indiscutable et s'affermissait chaque jour.

Au bout de moins d'une semaine le comte ne se sentait plus le courage d'affronter l'isolement où le départ du marquis, de sa femme et de sa belle-sœur allait le plonger.

Brisé par les nouveaux combats qu'il venait de soutenir, et se voyant à bout de forces, il céda sans résistance au courant qui l'emportait et se déclara prêt à quitter l'Italie, à rentrer en France, à se fixer même au château de Gordes dont le nom seul, un mois auparavant, le faisait frissonner et pâlir.

En apprenant cette victoire décisive Renée tressaillit de joie.

Son triomphe lui semblait désormais certain;—
et qui donc à sa place ne l'aurait cru de même?

—Là-bas,— se disait la jeune fille, — l'influence
funèbre qui paralysait ici mes efforts ira s'amoin-
drissant toujours... — Venise est trop près de Florence!...— Le tombeau de Juliette était l'unique obstacle entre Raoul et moi... —je supprime l'obstacle en
entraînant Raoul... — Avant un mois de solitude au
château de Gordes, le comte aura mis à mes pieds son
titre et ses millions!... —J'étais jalouse de Lazarine...
c'est Lazarine maintenant qui devra me jalouser!...
— A chacune son tour... c'est justice !...

Pendant les deux ou trois journées qui précédèrent
le départ, et pendant tout le voyage, Renée complétement heureuse fut d'une beauté rayonnante et
fulgurante, — qu'on nous passe ce dernier mot; il
fait image et peint les éclairs orgueilleux jaillis-
sant à chaque regard des prunelles de la jeune fille.
— Le bonheur mettait autour de sa tête charmante
une sorte d'auréole. — Aussi longtemps que dura
cette période elle éclipsa presque Lazarine dont l'é-
clat cependant, nous le savons, bravait toute rivalité.

M. de la Tour-du-Roy admirait sincèrement sa
belle-sœur.

A l'admiration du comte de Gordes se mêlait une

indéfinissable inquiétude qui ressemblait presque à de l'effroi.

Les voyageurs arrivèrent à Orléans.

Là ils devaient se séparer.

Une lettre du marquis, un télégramme du comte, avaient prévenu le régisseur de Gordes et celui de la Tour-du-Roy.

Des voitures attelées en poste, et les omnibus des deux résidences, attendaient à la gare.

Au moment des adieux Robert prit Raoul par le bras et, l'emmenant un peu à l'écart, il lui dit avec un sourire :

— Il vous sera peut-être agréable, mon cher enfant, d'être présenté sans retard à M. Leroux, mon beau-père, et d'obtenir de lui vos grandes entrées au châ-teau des Vertes-Feuilles, où la sœur de Lazarine retournera demain... — Si cela est, disposez de moi...

— Vous prévenez mon plus cher désir... — répliqua le comte. — J'allais vous demander ce que vous voulez bien m'offrir...

— Je vais donc inviter mon beau-père à bref délai, je vous aviserai du jour convenu, vous dînerez avec nous, et la présentation aura lieu séance tenante... — C'est entendu ? vous acceptez ?

— Avec reconnaissance...

— A bientôt donc, cher comte...

H.   10

— A bientôt, mon meilleur, ou plutôt mon unique ami...

Tandis que dialoguaient les deux hommes, on avait chargé les bagages sur les omnibus respectifs. — Les postiers attelés à la calèche du marquis et à la victoria du comte agitaient leurs grelottières et frappaient le sol de leurs sabots impatients.

On se serra les mains ; on s'installa dans les voitures ; les postillons se mirent en selle et les équipages filèrent côte à côte jusqu'à une bifurcation de la route où ils prirent des directions différentes.

Ce ne fut pas sans une émotion profonde et douloureuse que le comte parcourut la distance qui le séparait du château de Gordes.

A mesure qu'il approchait de l'habitation magnifique où s'étaient écoulés les plus beaux jours de a jeunesse heureuse, et d'où l'avait chassé le noir dénouement d'un drame d'amour, ses tristes souvenirs se ravivaient en foule.

Quand sa voiture atteignit le plateau qui nous est connu, quand son regard embrassa dans le vallon, par delà les futaies, les toitures bleuâtres du château et la blanche façade de la Grangette, son cœur se serra, ses yeux se voilèrent de larmes.

Les chevaux, dont la montée rude avait ralenti l'allure, reprirent à la descente un train impétueux.

Le postillon, les excitant de la voix et de l'éperon,

faisait claquer bruyamment son fouet, comme un bon serviteur joyeux et fier de ramener dans ses domaines le maître absent depuis plus de deux années.

L'attelage lancé au galop longea pendant un instant de jeunes taillis dont la verdure naissante laissait entrevoir à travers les branches une clairière bordée de grand arbres.

Raoul détourna la tête ; un frisson courut sur sa chair ; quelques gouttes de sueur froide mouillèrent la racine de ses cheveux.

C'est qu'une sombre vision se dressait devant lui...

Cette clairière avait été le théâtre de son duel avec Henri de Braines. — Là, sur la mousse tachée de rouge, le mari de Juliette s'était abattu en lâchant son épée.

Le comte fermait en vain les yeux ; — il revoyait la figure livide du baron, et la blessure étroite et profonde d'où le sang s'échappait à flots.

La victoria, roulant toujours plus vite, passa devant la modeste grille qui fermait l'enclos de la Grangette.

Les persiennes closes aux deux étages ; les lauriers roses et les grenadiers oubliés dans leurs caisses le long de la façade, et desséchés par les froids de deux hivers et les soleils de deux étés ; les herbes folles envahissant l'allée que nul râteau n'entretenait plus,

disaient clairement l'abandon complet de cette demeure autrefois coquette et souriante.

— Maison déserte, et par ma faute!... — murmura M. de Gordes. — Le désespoir, achevant mon
œuvre, a tué le mari!... — Le remords a tué la
femme!... — Et tout ce deuil est venu de moi!...
— Je suis deux fois coupable et deux fois meur-
trier!... — Maudit soit le vertige qui m'a ramené
dans ces lieux maudits.

Ainsi pensait Raoul, mais désormais il était trop
tard pour retourner en arrière. — La voiture, après
avoir parcouru rapidement la longue avenue bordée
de châtaigniers séculaires, avait tourné dans la cour
d'honneur et s'arrêtait au bas du perron où les nombreux domestiques restés en possession de leurs pla-
ces malgré l'absence du comte, attendaient, heureux
et surpris à la fois d'un retour qu'ils n'espérait plus.

Ils s'apprêtaient à accueillir le maître par de
joyeuses acclamations, mais le voyant si pâle, si
sombre, et vêtu de deuil, ils se sentirent glacés, et
se regardant les uns les autres ils se bornèrent à
s'incliner devant lui avec un respect silencieux.

Voilà comment M. de Gordes rentra dans ses domaines.

Les deux journées qui suivirent la réinstallation du
jeune homme au château lui parurent mortellement
longues.

Seul au fond de cette immense demeure, assailli par des cauchemars qu'il ne pouvait chasser, un ennui lourd, un absolu découragement l'enveloppaient comme un suaire.

Il ne se pardonnait point d'être revenu. — Il songeait à s'éloigner encore et à mettre de nouveau de grands espaces entre lui et ce coin de terre où sa pensée évoquait des fantômes.

Enfin, le troisième jour, un piqueur à la livrée du marquis lui apporta le billet suivant :

« Cher comte,

» Mon beau-père et ses filles dînent demain jeudi à la Tour-du-Roy.

» Vous êtes annoncé et nous comptons sur vous.

» La marquise vous envoie ses meilleurs souvenirs. — Moi je vous serre les deux mains avec une affection dont vous ne doutez pas.

» Votre vieil ami,

» ROBERT. »

Ces quelques lignes produisirent sur le moral du jeune homme l'effet que la quinine produit sur les fièvres intermittentes.

Le soulagement fut immédiat. — Les hallucinations disparurent. — Raoul rentrant en possession de lui-même répondit à M. de la Tour-du-Roy qu'il

10.

était heureux et reconnaissant de son souvenir et de celui de la marquise, et qu'il se rendrait avec empressement à leur gracieuse invitation.

Le lendemain, un peu avant quatre heures, il arrivait à la Tour-du-Roy.

Un valet de chambre, — le même qui chaque jour à Venise l'introduisait dans le salon du palais Cavello, — le conduisit à la salle de billard où le beau-père et le gendre achevaient une partie chaudement disputée.

Le marquis présenta dans les termes les plus affectueux Raoul de Gordes à Jules Leroux, et ce dernier, — (que quelques mots de sa seconde fille avaient mis au courant de la situation) — lui fit un accueil particulièrement distingué.

— Nous sommes voisins de campagne, monsieur le comte, — ajouta-t-il, — et je crois presque superflu d'affirmer que, si vous me faites l'honneur de venir chez moi, vous serez reçu dans mon modeste logis des Vertes-Feuilles non moins cordialement qu'au château de la Tour-du-Roy....

Raoul répliqua naturellement qu'il s'empresserait de mettre à profit une permission si courtoisement donnée, et témoigna chaudement sa gratitude.

— Lazarine se promène dans le parc avec ses sœurs, dont l'une vous est encore inconnue ... — dit à son tour le marquis. — Je vous demande cinq ou six minutes pour achever notre partie qui touche à son terme, et nous irons rejoindre ces dames...

La jeune femme et les deux jeunes filles suivaient lentement cette allée couverte où, vers la fin du précédent automne, l'audacieux Hector et l'imprudente Lazarine se rencontraient le soir.

La marquise racontait à Jeanne les merveilles de l'Italie.

Renée n'écoutait point sa sœur. — Comme Ruy-Blas *elle marchait dans son rêve étoilé* et, regardant d'une façon presque dédaigneuse les magnificences du parc, elle pensait :

— Certes, le château de la Tour-du-Roy est une belle demeure, mais le château de Gordes, on l'affirme, est plus grandiose encore... et je serai châtelaine de Gordes...

Un bruit de pas se fit entendre sur le sable de l'allée couverte.

Renée tressaillit et se retourna.

— C'est le comte, — murmura-t-elle ensuite, — en compagnie de mon père et de ton mari...

Le groupe féminin s'arrêta, attendant les nouveaux venus.

Après l'échange des poignées de main à l'anglaise et des formules banales de politesse mondaine, Jules Leroux dit à Raoul :

— Monsieur le comte, voici Jeanne, ma troisième

fille... presque une enfant, vous le voyez, mais la meilleure enfant du monde... J'espère que vous serez bons amis...

Jeanne ainsi présentée rougit un peu, sourit, fit une révérence de pensionnaire avec la plus gracieuse gaucherie — (les deux choses ne sont point incompatibles) — en attachant sur le visage de Raoul son beau et franc regard, étincelant de candeur.

Ces yeux doux et limpides, le parfum d'innocence exquise qui s'exhalait de toute la personne de la jeune fille, éveillèrent chez le comte une sensation étrange absolument neuve pour lui.

La beauté chaste de cette vierge lui causait le trouble profond et pour ainsi dire extatique qui s'emparerait d'un croyant en face d'une apparition d'essence divine se manifestant brusquement à lui.

Un apaisement soudain de l'esprit et du cœur, un calme de l'âme, une détente des nerfs, un alanguissement délicieux de l'être entier succédèrent à cette extase.

Raoul se sentait devenir un homme nouveau ; — il ne se souvenait plus d'avoir souffert ; — à peine se souvenait-il d'avoir aimé... — Les fièvres et les douleurs du passé s'envolaient comme un mauvais rêve au moment du réveil.

Par quel pouvoir magique celle qu'on appelait *une enfant* opérait-elle un semblable prodige ?

M. de Gordes ne cherchait pas à s'en rendre compte. — Il s'abandonnait passivement aux ondes purifiantes de ce baptême inattendu.

Renée, mordue au cœur par une vague angoisse, pressentait un péril mais n'en devinait point la nature. — L'orgueilleuse fille, si fière de sa beauté, si sûre de sa victoire, pouvait-elle admettre un instant que la *Petite Cendrillon* devînt pour elle une rivale?

Étonnée et blessée de voir Raoul distrait en sa présence elle lui parla, et le tremblement de sa voix décela le trouble de sa pensée.

Cette voix, sonnant faux, rompit le charme.

M. de Gordes comprit à quel point son attitude absorbée devait paraître singulière et, redevenu sans transition l'homme du monde qu'il était toujours, il répondit à Renée avec un sourire.

— Maintenant que les présentations sont faites, — reprit la jeune fille, — donnez-moi le bras, s'il vous plaît, monsieur le comte, et venez admirer les merveilleux aspects du parc de ma sœur...

— Petite fille, — demanda Jules Leroux à Jeanne qui marchait près de lui, un peu en arrière des deux couples, — comment trouves-tu notre nouvel ami, M. de Gordes?...

— Il me semble fort bien, — répliqua Jeanne, — mais trop silencieux... — Il ne m'a pas dit un seul mot...

— Vous vous familiariserez vite, — poursuivit l'ex-banquier, — car, si je ne me trompe, nous verrons souvent le comte aux Vertes-Feuilles... — C'est un gentleman accompli... — J'ai pour lui la plus haute estime... Il a huit millions!...

XL I

Vers dix heures du soir Raoul demanda sa voiture
Jules Leroux, Renée et Jeanne passaient la nuit à
la Tour-du-Roy et ne devaient retourner aux Vertes-
Feuilles que le lendemain après déjeuner.

Les hôtes du château accompagnèrent le jeune
homme jusqu'au perron.

— Mon cher comte, — dit l'ex-banquier devenu
très-familier pendant le dîner, en donnant une dernière poignée de main à celui qu'il regardait comme
un gendre futur, — souvenez-vous que vous m'avez
promis une visite...

— Je n'aurai garde de l'oublier... — répliqua Raoul.

— Et vous viendrez bientôt, n'est-ce pas ?

— Avant la fin de la semaine j'aurai le plaisir de
vous voir...

— Bravo !... — C'est aujourd'hui jeudi... — Voulez-vous qu'il soit convenu tout de suite que samedi
prochain vous dînerez, chez moi, à la fortune du pot...
fortune bien modeste, comme la mienne?...

L'invitation était un peu brusque. — Raoul dont
elle comblait les vœux l'accepta néanmoins avec enthousiasme et, montant dans son phaéton, il prit, au
grand trot le chemin du château de Gordes.

La soirée était magnifique.

A l'horizon, la pleine lune émergeait lentement au
sommet d'un coteau, répandant ses blanches clartés
sur les campagnes endormies.

Le dressage admirable des deux steppers irlandais
permettait de ne point s'occuper de leur allure, toujours égale et soutenue.

M. de Gordes leur rendit la main et, seul enfin,
n'ayant plus ni à écouter, ni à répondre, il entreprit
de descendre en lui-même et de s'interroger ; — il
lui semblait sortir d'une sorte de somnambulisme, et
la conscience de sa situation morale lui faisait entièrement défaut.

Les obscurités vagues flottant autour de lui ne se
dissipèrent pas aussi vite qu'il l'aurait voulu, mais
peu à peu les clartés qu'il évoquait grandirent, devinrent éclatantes et Raoul, avec une stupeur dont
il serait puéril de s'étonner, se rendit compte du
véritable état de son âme, comprit que dans le

passé tout n'avait été pour lui qu'illusions, mensonges et ténèbres, et qu'il entrait seulement, à partir de ce jour, dans la lumière et dans la vérité...

L'une après l'autre s'abattirent ces idoles au pied d'argile devant lesquelles il se prosternait jadis.

Juliette de Braines tomba la première. — Le délire des sens avait forgé la chaîne rivée ensuite par la souffrance. — C'était la passion adultère, ce n'était point l'amour idéal et divin.

Renée tomba plus vite encore. — Ce que Raoul avait cru trouver en elle, ce n'était pas même une femme, c'était une ressemblance, un reflet... — Il n'en resta rien...

Et debout, ou plutôt planant sur ces ruines, Jeanne apparut rayonnante et pure, avec son corps de jeune nymphe et son âme de vierge angélique.

— C'est celle-là qu'il faut aimer ! — pensa M. de Gordes, — et je l'aime !

Il l'aimait en effet, — il lui appartenait d'une façon complète, absolue. — Un seul regard de cette enfant avait fait de lui son esclave et sa chose...

Moderne saint Paul, ébloui sur un nouveau chemin de Damas par un rayon miraculeux, ses yeux s'étaient ouverts et son cœur en même temps...

Combien alors il se félicita de cette réserve grâce à laquelle il avait évité toute imprudente démarche, toute parole compromettante.

Ne s'étant point engagé, il se trouvait libre... — libre d'agir à sa guise et de suivre sans félonie, sans déloyauté, le chemin fleuri au bout duquel il voyait le bonheur...

Après le premier moment d'ivresse, Raoul ne put néanmoins se dissimuler les obstacles qui pouvaient entraver sa marche !

La seconde fille de Jules Leroux se croyait certainement aimée. — Comment détruirait-il une croyance qu'il avait laissée naître et que son attitude avait encouragée ?

Renée n'était coupable de rien envers lui. — De quelle façon s'y prendre pour ne point blesser son cœur ou froisser son orgueil en la désabusant ?

A ces questions ardues et d'une délicatesse infinie le comte ne trouvait aucune réponse.

Fatigué de poursuivre en vain la solution du problème, il résolut de ne plus chercher et d'avoir confiance en quelque hasard favorable.

— A la grâce de Dieu ! — se dit-il avec l'égoïsme irréfléchi de l'amour. — Tout s'arrange en ce monde ; et d'ailleurs je serais étrangement fat en me figurant que Renée m'adore et qu'elle aura beaucoup de peine à se consoler de ma perte !...

Dans l'après-midi du lendemain Raoul décida qu'attendre vingt-quatre heures encore avant de revoir Jeanne était une chose au-dessus de ses forces, et que d'ailleurs, selon le code des strictes convenances, il devait une visite aux hôtes chez lesquels il dînerait le lendemain.

En conséquence il donna l'ordre de seller un cheval et partit pour les Vertes-Feuilles.

Sa présence inattendue remplit de joie Renée dont l'inquiétude, depuis la veille, avait notablement grandi.

La jeune fille n'éprouvait nul amour pour M. de Gordes, — nous le savons, — mais son ardeur à le vouloir pour mari égalait en intensité la passion la plus véhémente.

L'empressement du comte la rassura soudain.

— Hier, — pensa-t-elle, — il s'est montré froid, distrait et soucieux...— Il le regrette aujourd'hui et il accourt... — Décidément je n'ai rien à craindre...

Hélas! ce retour de confiance ne dura pas longtemps car Raoul, pendant ses quelques minutes d'entretien avec Renée qu'il avait trouvée seule au salon, affecta d'accueillir les coquettes avances dont il était l'objet, par une politesse plus glaciale encore et plus gourmée que celle de la veille.

— Je me trompais, — se dit la jeune fille —, il y a quelque chose... — Mais quoi?... — Je veux le savoir... je le saurai...— Ai-je une rivale? — Ah! si cela était, malheur à elle! — J'ai vaincu la morte!... je briserais sans pitié la vivante...

L'arrivée de Jules Leroux vint faire diversion, apportant un notable soulagement à M. de Gordes que le tête-à-tête embarrassait beaucoup.

— Soyez le bien accueilli, cher comte, — s'écria l'ex-banquier, — mais à condition que vous ne venez point nous dire aujourd'hui de ne pas compter sur vous pour demain...

— Je ne vous dirai rien de semblable... — répliqua Raoul, — je viens vous voir sans arrière-pensée d'aucune sorte...

— A la bonne heure ! — murmura Jules Leroux en regardant sa fille à la dérobée avec un demi-sourire très-expressif.

La conversation s'engagea sur des banalités, chose inévitable entre des gens dont les relations datent de la veille.

Après force méandres et détours qu'il croyait ingénieux, Raoul parvint, non sans embarras, à formuler cette question si simple :

— N'aurai-je point le plaisir de voir mademoiselle Jeanne?...

— Jeanne !... — répondit en riant le maître de la maison. — Mais certainement non, vous ne la verrez pas !... — On ne la voit jamais !... Elle est toujours dehors...

Et, le visiteur paraissant stupéfait, Jules Leroux donna quelques détails sur les mœurs vagabondes de sa plus jeune fille dont la vie se passait chez les pauvres et chez les malades ; puis il ajouta, avec une nuance de moquerie, que les infirmes et les *loqueteux* du pays la surnommaient *le bon ange...*

— *Vox populi, vox Dei !...* — pensa Raoul. — Les loqueteux ont bien raison.

En l'absence de Jeanne le jeune homme manquait le but de sa visite, aussi ne la prolongea-t-il guère, à la grande irritation et surtout au vif désappointement de Renée.

Au bout d'une demi-heure, il prit congé et se mit en selle, heureux de ce qu'il venait d'apprendre au sujet des touchantes habitudes et de l'incomparable charité de l'enfant que lui aussi, dans le fond de son cœur, appelait le bon ange.

Comme il suivait au pas l'unique et longue rue du village dont il allait atteindre les dernières maisons, il vit sortir d'une chaumière isolée et de misérable apparence une forme svelte, un costume de toile bleue fanée, un chapeau de paille sans ornement d'où s'échappait une blonde chevelure, flottant sur de gracieuses épaules.

Le comte sentit son cœur bondir.

— Bonjour, mademoiselle Jeanne... — fit-il d'une voix émue.

La jeune fille se retourna sans manifester la moindre surprise.

— Bonjour, monsieur Raoul... — répondit-elle
en s'approchant du cavalier.

Elle lui tendit sa petite main dégantée, à peine
brunie par le soleil, et fixant sur lui comme la veille
le clair regard de ses yeux ingénus, elle demanda :

— Vous venez de chez mon père ?

— Oui, mademoiselle, et j'ai beaucoup regretté
de ne pas vous voir... — M. Leroux a bien voulu
me dire que vous visitiez vos amis les pauvres, et je
souhaiterais être pauvre comme eux si la pauvreté
me donnait quelques droits à votre amitié...

— Vous n'aurez nul besoin de cela, — répliqua
Jeanne en souriant, — je ne suis point exclusive...

— Dieu fait bien ce qu'il fait... — Sans les riches,
chez qui tout abonde, les malheureux chez qui tout
manque seraient en vérité trop à plaindre... — seulement il faut être bon... vous êtes un bon riche,
n'est-ce pas ?

— Entre nous, je l'espère un peu...

— Alors nous sommes amis... — Vous retournez
à Gordes ?

— Oui, mademoiselle...

— Et moi je vais à cette chaumière que vous
voyez là-bas, à gauche, au sommet de la colli ne..
Nous suivons le même chemin... — Allons côte
à côte, si vous voulez, jusque-là...

— Si je le veux ! — répéta Raoul, — ah ! certes, oui !

Il mit pied à terre, prit son cheval par la bride et marcha près la jeune fille.

— Les habitants de cette chaumière, — poursuivit Jeanne, — sont bien à plaindre, je vous assure...
— Figurez-vous que le père, un brave homme, un charpentier, unique soutien de sa femme et de cinq petits enfants, s'est cassé la jambe l'autre jour en tombant d'un toit qu'il réparait. — Voilà toute une famille sans pain. — Je fais ce que je peux, mais mes ressources sont bien humbles... — Heureusement le docteur ne se fait pas payer. — Avez-vous un médecin attitré, monsieur Raoul ?

— Non, mademoiselle.

— Eh bien ! je vous recommande celui-là... Il est aussi savant qu'il est bon, ce qui n'est pas peu dire...
— Il se nomme Maxime Giraud, et il habite Rancey... — Mon père a été en grand danger l'automne dernier... — Le docteur Giraud l'a guéri. — Prenez le docteur Giraud...

— Je l'accepte de votre main, mademoiselle, les yeux fermés. — Seulement je dois vous prévenir que je ne suis jamais malade, — ajouta Raoul en souriant. — Les fonctions du docteur auprès de moi seront une sinécure.

— Tant pis... c'est-à-dire tant mieux... — reprit la jeune fille en riant aussi. — Mais vous pouvez le recommander à vos amis, et d'ailleurs il doit y avoir,

sur vos vastes domaines de Gordes, des infirmes
dignes de pitié... — Appelez M. Giraud près d'eux...
— il n'est pas très-riche, et, ce qu'il refuse des
pauvres, il l'acceptera de vous.

— Ah! — murmura le comte avec émotion, —
comme vos protégés ont bien raison de vous appeler
le bon ange!...

Les jeunes gens avaient atteint le sommet de la
côte et se trouvaient à deux pas de la chaumière du
charpentier blessé.

Jeanne s'arrêta.

— Me voici arrivée... — dit-elle.— Adieu, monsieur Raoul... ou plutôt au revoir... à demain...

— Ne me permettez-vous pas d'entrer avec vous?
— demanda le comte.

— Mais si... très-bien...

Raoul attacha son cheval à une branche d'arbre
et suivit Jeanne qui franchissait le seuil.

L'intérieur de la pauvre maison ressemblait d'une
façon frappante à celui de la masure de Geneviève,
aussi nous ne la décrirons point.

Un jeune homme très-brun, debout près du lit,
adressait des paroles consolantes au malade que sa
femme et ses petits enfants entouraient.

Jeanne s'écria :

— Voilà justement notre bon docteur de qui je
vous parlais... — Monsieur Raoul, je vous présente

mon ami, le docteur Giraud... — Monsieur Maxime,
le comte de Gordes...

Les deux hommes se saluèrent courtoisement
mais le médecin, en jetant les yeux sur Raoul venu
en compagnie de Jeanne qui paraissait familière
avec lui, éprouva cette soudaine et profonde angoisse
que donnent les pressentiments funestes.

Pendant quelques secondes son cœur cessa de
battre; il devina que le comte allait être son rival
heureux près de l'enfant qu'il aimait en silence et
sans espoir.

Résolu d'avance à ne pas lutter, il courba la tête.

Le sacrifice était consenti, et cette âme héroïque
en savourait l'amère volupté...

11.

XLIII

Au bout d'un instant M. de Gordes, après avoir dit au blessé quelques bonnes paroles, serra la main de Jeanne, puis celle de Maxime, et sortit de la chaumière en emmenant avec lui l'un des petits garçons.

L'enfant rentra presque aussitôt et, posant sur le lit un chiffon de papier plié en huit, s'écria :

— Papa, regarde donc, — voilà ce que le monsieur t'envoie...

Le blessé déplia le papier, l'examina d'un œil étonné, le tourna et le retourna dans tous les sens et finit par demander :

— Monsieur le docteur, qu'est-ce que c'est que ça ?

— Ça, mon ami, — répondit Maxime, — c'est un billet de banque... un billet de cinq cents francs...

A cette révélation inattendue, la femme et les enfants poussèrent des exclamations de joie.

L'homme joignit les mains et murmura :

— Dieu bénisse l'âme charitable qui nous prend en pitié !... — Il me semble présentement ne plus souffrir, puisque jusqu'au jour où le bon docteur aura fini ma guérison, mes petits ne pâtiront point... — Ah! mam'selle Jeanne, chère mam'selle Jeanne, c'est encore à vous que nous devons ça, puisque le digne monsieur était de votre compagnie... — Que le bon Dieu vous récompense, et qu'il vous donne à tous les deux le bonheur que vous méritez !..

— Pour la première fois de ma vie, — pensa Maxime, — j'envie les riches, car pour la première fois je comprends combien ils sont heureux...

Le lendemain, au moment où M. de Gordes arrivait aux Vertes-Feuilles un peu avant l'heure du dîner, Jeanne trouva moyen de se rencontrer avec lui dans le vestibule.

Elle lui saisit la main, en lui disant à demi-voix avec une grâce adorable :

— Ah! monsieur Raoul, merci de ce que vous avez fait hier! Merci de tout mon cœur !... Vous êtes bon !..,

Puis, sans attendre la réponse du comte, légère comme un sylphe elle disparut.

Le jeune homme, en entrant au salon, offrait un visage si radieux que Renée se demanda :

— Qu'a-t-il donc? — Comme il est ému! — Est-ce ma vue qui le trouble ainsi?

Elle eut bientôt la preuve qu'elle était absolument étrangère à cette expression rayonnante car M. de Gordes, reprenant sa figure soucieuse se montra cérémonieux et compassé comme la veille, et son attitude un peu contrainte ne varia ni pendant le dîner, ni pendant le reste de la soirée.

La présence même de Jeanne n'eut pas le pouvoir de le dérider, et la cause en est simple : L'hôte de Jules Leroux, sentant les yeux de Renée braqués sur lui avec persistance, se trouvait fort mal à l'aise entre les deux sœurs et se rendait compte avec effroi des difficultés de sa position.

Si peu digne d'intérêt que nous semble la seconde fille de l'ex-banquier, il nous faut cependant la plaindre car elle souffrait beaucoup.

L'édifice laborieusement construit par elle craquait de toutes parts; elle le voyait bien et s'épuisait à chercher la cause de cette catastrophe inattendue...

D'où venait la ruine de ses espérances?

Pourquoi tant de froideur succédant aux épanchements affectueux dont la signification lui semblait jadis si claire?

Et enfin, et surtout, quelle était cette rivale inconnue à qui M. de Gordes la sacrifiait?... Cette
rivale dont l'existence ne faisait pour elle aucun
doute, mais qu'elle ne pouvait deviner?...

Renée, s'épuisant en vains efforts, interrogeait le
sphinx avec une ardeur toujours croissante, et le
sphinx gardait son secret.

La rage sourde de la jeune fille eut bientôt sujet
de grandir encore.

Raoul réunit à dîner au château de Gordes le
marquis et Lazarine, Jules Leroux, Jeanne et Renée.

Cette dernière, en face des splendeurs de l'incomparable résidence, sentit sa raison vaciller dans son
cerveau troublé par l'envie.

— Tout cela devait être à moi, — se dit-elle, —
et tout cela m'échappe! — Je n'ai pas su garder
ce que j'avais conquis!

Ève la blonde, chassée de l'Éden, dut éprouver
aux temps bibliques une sensation pareille...

Deux ou trois semaines s'écoulèrent.

Le comte se montrait presque chaque jour aux
Vertes-Feuilles, et la seconde fille de Jules Leroux ne
pouvait comprendre une assiduité si peu d'accord
avec l'indifférence hautement affichée de jeune
homme.

C'est que ces visites n'étaient qu'un prétexte.

En venant chez l'ex-banquier, Raoul se donnait le

droit de parcourir tout à son aise le village et ses environs, et se ménageait ainsi la chance de rencontrer Jeanne au seuil de quelqu'une des chaumières où sa charité la conduisait.

Deux ou trois fois il eut cette chance, et put causer pendant quelques minutes avec le *bon ange* ainsi rencontré par hasard.

Une entente pleine de charme, — absolument inconsciente de la part de Jeanne, — s'établissait entre eux.

En entendant sur les cailloux de la route les pas légers du cheval de Raoul, l'enfant qui se faisait jeune fille ne s'apercevait pas que son cœur battait plus vite et que ses joues s'empourpraient à son insu.

M. de Gordes, lorsqu'il lui fut possible de constater avec une indicible ivresse ces symptômes non équivoques d'un naissant amour qui s'ignorait encore, résolut d'en finir sans retard avec une situation ambiguë dont le poids désormais lui semblait intolérable.

Il prit de bon matin la route du château de la Tour-du-Roy.

Au moment où le visiteur mettait pied à terre, le marquis se faisait présenter à la main de jeunes chevaux arrivés d'Angleterre la veille au soir.

— Vous venez déjeuner avec nous, cher comte? — s'écria-t-il en serrant la main de Raoul.

— Si madame la marquise le permet...

Lazarine se montra sur la terrasse, en peignoir et les cheveux flottants.

— Elle le permettra, gardez-vous d'en douter! — répliqua-t-elle, — soyez le bienvenu, monsieur Raoul... — je ne vous demande que dix minutes pour m'habiller...

Et elle disparut.

— En attendant, regardez mes chevaux neufs... — reprit Robert.

Le comte, en connaisseur émérite, admira les cobs noirs destinés à la voiture de parc de Lazarine, et les steppers de haute taille formant un attelage à quatre d'une distinction incomparable.

Au bout d'une demi-heure le valet de chambre vint annoncer que madame la marquise attendait au salon, où Robert et le comte la rejoignirent et passèrent avec elle dans la salle à manger.

— Mon cher marquis, — dit Raoul, non sans émotion, après le repas, — le but de ma visite est très-sérieux... — J'ai à vous faire une confidence, et je viens solliciter de vous un service... le plus grand que vous puissiez me rendre...

— Suis-je de trop? — demanda Lazarine en souriant.

— Non-seulement vous n'êtes pas de trop, madame; mais si vous n'étiez point là, je réclamerais votre présence.

— Puisqu'il en est ainsi, je reste...

— J'irai droit au but, — poursuivit Raoul. — J'ai fait le rêve de resserrer étroitement les liens d'affection qui m'unissent à vous, et de les voir devenir des liens de famille... J'aime de toute mon âme une des sœurs de madame la marquise...

— Renée ! — murmura Lazarine avec une nuance de dépit.— Vous ne m'apprenez rien, cher comte... —J'avais deviné depuis longtemps... vous ne saviez pas dissimuler...

Monsieur de Gordes secoua la tête.

— Vous vous étiez trompée cependant, madame... — répliqua-t-il ensuite. — Si charmante et si digne d'amour que soit mademoiselle Renée, ce n'est point à elle que je me suis donné... c'est à mademoiselle Jeanne...

Le visage de Robert et celui de sa femme exprimèrent un profond étonnement.

— Vous aimez Jeanne ! — s'écria Lazarine.

— Autant qu'on puisse aimer... oui, madame...

— Mais c'est une enfant !...

— Une enfant qui est un ange et qui sera comme vous la plus charmante, la plus parfaite, la meilleure des femmes... — D'ailleurs, madame, elle a dix-sept ans, et je n'en ai pas encore vingt-neuf...

— C'est juste, — répondit madame de la Tour-du-Roy en souriant, — la proportion d'âge est correcte... et, somme toute, vous avez raison de préférer Jeanne à Renée... — Pauvre René... — Entre nous, je crois qu'elle comptait un peu devenir comtesse de Gordes... qu'elle y comptait même beaucoup...

Et la figure de Lazarine rayonna de joie à la pensée de la déconvenue de sa sœur.

— Pauvre Renée... — murmura de son côté Robert, qui savait pertinemment à quoi s'en tenir sur les espérances de sa belle-sœur dont il avait reçu les confidences à Venise.

Il poursuivit à haute voix :

— Je m'étais trompé comme la marquise, mon cher comte, et je vous croyais tout à Renée... — Jeanne me semblait une petite fille... — Mais enfin elle est bonne autant qu'elle est jolie et votre choix, réflexion faite, ne pourrait étonner personne...— La chère enfant sait-elle que vous l'aimez ?...

— Je ne me serais point permis de le lui dire sans avoir d'abord l'aveu de son père...

— C'était agir en honnête homme, et je vous approuve ; mais alors vous ignorez absolument si votre amour est partagé...

— Je ne puis répondre à cette question que d'une manière un peu complexe...— Mademoiselle Jeanne, dont la candeur est angélique, ignore non-seulement l'amour, mais le sens précis de ce mot... — Donc elle ne m'aime pas encore, j'en ai la certitude absolue; mais j'ai la certitude aussi, et non moins absolue, qu'elle ne refusera point de devenir ma femme, et qu'une fois comtesse de Gordes elle ne pourra faire autrement que de m'aimer...

— A quoi reconnaissez-vous cela?

— Je ne saurais le dire... — Je le sens, je le vois, j'en suis sûr, mais il m'est impossible de l'expliquer... — J'ai la foi... — Explique-t-on la foi?

— Vous nous avez parlé d'une confidence à recevoir et d'un service à rendre, — reprit le marquis après un silence d'une minute, — la confidence est faite; quel est le service réclamé?... Il est inutile de vous dire, n'est-ce pas, que vous pouvez compter absolument sur moi...

— Si mon père vivait encore, — répondit Raoul, — je le prierais d'aller trouver M. Leroux et de lui demander pour moi la main de sa fille... — A défaut de mon père je m'adresse à vous, à vous, l'homme que j'aime et que je vénère le plus au monde, et je vous supplie d'accomplir en mon nom la démarche respectueuse d'où mon bonheur dépend.

— Cette démarche si naturelle et si honorable, pourquoi ne point vous en charger vous-même?...

— Je n'ose...

— Qu'avez-vous à craindre? — un prétendant de votre valeur n'est-il pas sûr d'avance d'être bien accueilli?

— Je me défie de moi... — Si M. Leroux, ce qu'à Dieu ne plaise, avait d'autres projets, s'il soulevait des objections, mon trouble serait tel, la présence d'esprit me ferait à tel point défaut, que je compromettrais ma cause faute de la plaider de façon suffisante.

Lazarine eut aux lèvres un sourire moqueur, et, — voyant qu'elle n'était pas observée, — haussa légèrement les épaules.

Les inquiétudes de Raoul lui paraissaient naïves, et, tranchons le mot, ridicules.

Elle savait si bien que Jules Leroux accueillerait à bras ouverts, comme un envoyé de la Providence, un gendre millionnaire et titré!!

— Enfin, — continua M. de Gordes, — je fais appel à votre affection dont j'ai reçu déjà tant de preuves! Vous m'avez dit que je pouvais compter sur elle, et j'y compte.

— Et vous avez raison! — répliqua Robert. — J'accepte le rôle que vous me confiez... Je m'en acquitterai avec conscience et, connaissant mieux que personne l'impatience et les anxiétés dont souffre un pauvre cœur éperdument épris, je ne vous ferai point languir... — Ce n'est ni dans huit

jours, ni dans vingt-quatre heures que je parlerai
à mon très-honoré beau-père... C'est aujourd'hui
même...

— Ah! — s'écria le comte rayonnant de joie, —
comment vous remercier...

— Chut! pas un mot de plus!... — interrompit
Robert.— Vous me remercierez si bon vous semble
à mon retour... quand j'aurai réussi...

Il frappa sur un timbre et donna l'ordre d'atteler,
puis il poursuivit :

— M'accompagnerez-vous ?

— Non... — Je serais trop embarrassé de ma
contenance pendant votre entretien avec M. Leroux...

— C'est juste... — attendez-moi donc ici en parlant de Jeanne avec Lazarine. — Je n'épargnerai pas
mes chevaux...

Un quart d'heure plus tard le marquis de la Tour-
du-Roy prenait le chemin des Vertes-Feuilles.

XLIV

Jules Leroux, étendu sur une chauffeuse dans sa chambre à coucher, avec l'attitude d'un homme qui s'ennuie plus que de raison, fumait une pipe à long tuyau quand on lui vint annoncer la visite de son gendre.

Il s'empressa de descendre au salon.

— Vous êtes seul, cher marquis ? — demanda-t-il, — Lazarine n'est point souffrante, j'espère ?

— Rassurez-vous, — répondit Robert, — la marquise se porte à merveille et vous envoie tout un colis de tendres souvenirs. — Si vous me voyez seul, c'est que je suis chargé d'une mission de confiance...

— Je ne viens à vous aujourd'hui ni comme visiteur, ni comme gendre, mais comme ambassadeur.

— Ambassadeur de quelle puissance ? — fit l'ex-banquier en riant.

— De notre voisin et ami commun le comte Raoul de Gordes...

— Parfait! — répliqua Jules Leroux en se frottant les mains d'un air de jubilation : — Vive Dieu! vous pouvez abattre vos cartes... je connais votre jeu...

— Qu'y voyez-vous ?

— J'y vois, parbleu! que le comte de Gordes veut épouser Renée, et que vous venez de sa part me la demander en mariage... — C'est le secret de Polichinelle!... — Je vais appeler Renée. — Elle aura le plaisir de vous répondre elle-même, et je serais terriblement surpris si sa réponse était négative...

En disant ce qui précède, Jules Leroux se dirigeait vers la porte.

M. de la Tour-du-Roy l'arrêta net par ces mots :

— Gardez-vous bien d'appeler Renée! — Vous êtes absolument dans l'erreur!...

— Je suis dans l'erreur!... — répéta l'ex-banquier stupéfait, — mais alors, de quoi donc et de qui s'agit-il ?...

— De mariage, comme vous l'avez dit, mais de Jeanne et non de Renée...

Le beau-père du marquis laissa tomber ses bras le long de son corps et sa figure prit une expression effarée, absolument comique.

— Est-ce sérieux?... — murmura-t-il.

— Très-sérieux.

— Le comte songe à prendre Cendrillon pour femme?...

— Le comte aime de toute son âme notre chère petite Jeanne et vous demande sa main par ma voix...

Jules Leroux se laissa tomber sur son siége.

— Ma parole d'honneur, cher marquis, — s'écria-t-il, — vous voyez l'homme le plus abasourdi qu'il y ait au monde !... — il me semble que je rêve éveillé ! — J'étais si convaincu de l'amour de M. de Gordes pour Renée, et Renée croit si fermement à cet amour ! — Et voilà que tout d'un coup, patatras !... c'est de la gamine que le comte veut faire une comtesse !... — L'idée me paraît renversante, extravagante, stupéfiante, et je ne puis y penser sans sourire...

— Pourquoi donc ? — répliqua Robert, — Jeanne est dans sa dix-septième année...

— C'est vrai, mais elle est si enfant que je m'étonnerais fort peu de la voir jouer à la dînette en habillant une poupée !... — Enfin il faut répondre n'est-ce pas ? et vous pensez bien que je donne-j'ai mon consentement... — Il m'aurait convenu beaucoup mieux, je l'avoue, de marier d'abord Renée, qui songe au mariage depuis longemps et dont le caractère indomptable me cause parfois beaucoup d'ennui... — Jeanne au contraire n'est point gênante... ah! grand Dieu, jamais de la vie!... — Ce pauvre agneau veut tout ce que je veux... — c'est un trésor de douceur et de docilité... — Je la laisse ici toute seule et m'en vais à Paris... Elle s'en accommode à merveille, tandis qu'en pareille occurrence Renée pousserait des cris de pintade! — Ah! certes oui! cent fois pour une, j'aurais préféré garder Jeanne! — Mais puisque je n'ai pas le choix, dites au comte que c'est entendu. — Je l'accepte pour gendre avec bien du plaisir... — Seulement je refuse de façon nette et catégorique d'apprendre la nouvelle à Renée. — Dans son premier moment de dépit elle s'en prendrait peut-être à moi, ce qu'il faut éviter! — Ma tranquillité avant tout.

— Je ferai ce que vous ne voulez pas faire, — répliqua le marquis, — mais, dites-moi, c'est Jeanne que la demande de Raoul intéresse le plus, et vous n'avez certainement nulle intention de contraindre la chère mignonne. — Ne vous semble-t-il pas à propos de la mettre au courant de ma démarche, et de la consulter?

— Assurément, c'est indispensable...

— Se trouve-t-elle en ce moment au château?...

— Cela m'étonnerait! — l'enfant est vagabonde... — Je le disais l'autre jour à M. de Gordes : — les traîne-besace et les incurables l'accaparent... —

Enfin, je vais voir, et, si elle court les champs, j'enverrai les domestiques courir après elle...

Jules Leroux quitta le salon, où d'ailleurs il rentra presque aussitôt.

Jeanne n'était point encore sortie, — elle allait venir à l'instant.

La jeune fille parut en effet au bout de deux ou trois minutes, avec le modeste costume de coutil bleuâtre qu'elle mettait habituellement pour aller visiter ses pauvres et dont Renée se moquait tous les jours.

L'excessive simplicité de cette toilette rendait Jeanne plus jolie encore et plus distinguée.

— Cher frère, — dit-elle, en embrassant M. de la Tour-du-Roy, — je suis très-heureuse de vous voir...
— Pourquoi n'avez-vous pas amené Lazarine ?

— Petite sœur, — répondit Robert, — Lazarine avait un hôte ce matin, et je ne pouvais remettre ma visite, ayant à traiter ici une sérieuse affaire très-pressée...

— Avec mon père ? — demanda Jeanne.

— Avec lui, oui, mais avec vous aussi.

— Une affaire avec moi ! — répéta la jeune fille, — une affaire sérieuse et pressée ! — Vous plaisantez !!

— Non pas! Vous en aurez la preuve — Mais

II.   12

d'abord, petite sœur, répondez, s'il vous plaît, à
cette question : — *Que pensez-vous du mariage?*

— Je n'en pense rien, n'y pensant jamais... — J'y
penserai peut-être plus tard, si quelqu'un s'avise de
songer à moi et demande ma main à mon père.

— Pensez-y tout de suite alors !— répliqua le marquis en souriant, — quelqu'un songe à vous, et la
demande de votre main est formulée depuis cinq
minutes...

Jeanne devint pourpre et baissa les yeux, mais au
bout d'une seconde elle releva la tête et se mit à rire.

— J'ai failli prendre tout cela au sérieux ! — dit-
elle ensuite avec une jolie moue. — Vous allez me
trouver bien sotte...

— Rien n'est plus sérieux que mes paroles, chère
petite sœur, — fit monsieur de la Tour-du-Roy. —
Un jeune homme que votre père et moi nous es-
timons beaucoup éprouve pour vous, depuis votre
première rencontre, une affection tendre et profonde. — Ce jeune homme croit fermement, — et
je partage cette opinion, — que son bonheur serait
assuré si vous consentiez à devenir la compagne
de sa vie, et ma conviction étant qu'avec lui plutôt
qu'avec tout autre vous avez chance d'être
heureuse, j'ai consenti à me faire son interprète et
au besoin son avocat, près de votre père et près
de vous...

Jeanne attacha sur son beau-frère ses grands yeux si purs, qui dans ce moment exprimaient une inquiétude mêlée d'un peu d'effroi.

— La réponse de mon père ? — balbutia-t-elle.

— Affirmative, — sauf, bien entendu, votre ratification formelle. — Donc tout dépend de vous... de vous seule.

— Ce jeune homme, — reprit Jeanne, — ce jeune homme au nom de qui vous parlez... quel est-il ?...

— Raoul de Gordes...

Pendant le petit discours de M. de la Tour-du-Roy la douce enfant avait un peu pâli.

Le nom du comte ramena sur ses joues les plus vives couleurs, en même temps qu'un charmant sourire revenait à ses lèvres.

— Ainsi, — demanda-t-elle, — c'est bien vrai ? — M. de Gordes veut m'épouser ?...

— C'est son ardent désir, mignonne... — Consentez-vous à devenir sa femme ?

— Mon refus ferait-il de la peine à M. Raoul ?

— Il lui causerait un chagrin profond.

— Alors, pourquoi l'affliger ? ce serait mal, n'est-ce pas ?

— Vous consentez, chère petite sœur ?

— Je consens...

— Tu seras comtesse ! — s'écria Jules Leroux, en se frottant les mains de plus belle.

Jeanne fit un geste d'insouciance.

— Oh! par exemple, — répliqua-t-elle, — cela m'est bien égal!

— Et millionnaire!... — ajouta l'ex-banquier.

— A la bonne heure! répondit la jeune fille. — Je serai contente d'être riche...

Le marquis, stupéfait de ce langage inattendu, la regardait.

Elle ajouta :

— M. Raoul paraît très-bon... et je suis sûre qu'il l'est... — Avec une fortune comme la sienne, que de bien nous ferons! — Un an après notre mariage il ne restera pas un pauvre à dix lieues à la ronde.

— Alors, petite sœur, — demanda Robert, — je puis porter à ce cher comte la bonne nouvelle qu'il attend avec une fiévreuse impatience?...

— Vous le pouvez... — Je suis décidée tout à fait... — M. Raoul me plaisait beaucoup... — Figurez-vous, mon frère, qu'il a donné cinq cents francs à Mathieu, le charpentier blessé... — Il est charitable, il est généreux... Nous serons toujours d'accord et je sens que je vais l'aimer...

Le consentement du père et de la fille étant acquis, il ne restait qu'à prévenir Renée de la terrible déception prête à fondre sur elle.

Robert de la Tour-du-Roy voulut s'acquitter sans retard de cette tâche pénible pour lui.

Jules Leroux quitta le salon avec Jeanne, à qui son titre de fiancée ne causait aucun embarras, et fit prévenir sa seconde fille que le marquis désirait la voir.

Tout en descendant pour le rejoindre Renée sentait son cœur battre avec force ; elle chassait les pensées sombres qui l'assaillaient depuis bien des jours, et se reprenait à espérer.

— Qui sait ? se disait-elle. — La rivale inconnue dont j'avais peur n'existait peut-être que dans mon esprit troublé... — Raoul luttait encore contre ses souvenirs mal éteints ... — il en a triomphé sans doute et le marquis vient me parler pour lui... — Ah ! que je sois sa femme, et je jure qu'il me payera cher les angoisses qu'il m'a fait subir !

Un seul regard jeté sur M. de la Tour-du-Roy commença la déroute de ces illusions — Robert avait donné à son visage une expression de circonstance, — il était grave et même un peu triste.

— Chère sœur, — dit-il à Renée en la faisant asseoir près de lui et en lui prenant les mains, — j'ai cru comprendre un jour, à Venise, que vous pensiez à M. de Gordes comme à un futur mari possible...

— Pourquoi non ? — répliqua la jeune fille avec

12.

hauteur. — Lazarine est marquise ! — Pourquoi ne serais-je pas comtesse?

— Assurément, et jamais la couronne aux neuf perles ne prendrait place sur un front plus charmant,— continua Robert, — si le comte de Gordes songeait à l'y mettre... — ajouta-t-il.

— Prétendez-vous qu'il n'y songe pas? — fit Renée impétueusement.

— Il y songe si peu, qu'il a demandé la main d'une autre jeune fille, que cette main lui a été accordée et que son mariage est proche.

Renée devint blanche et ses lèvres tremblèrent. — Cependant elle fit bonne contenance.

— Ah ! — balbutia-t-elle, — il se marie...

— Oui ..

— Eh bien, que m'importe?... — il est libre... — Son titre et sa fortune ont pu m'éblouir un moment, mais certes je ne l'aimais pas... — Mon ambition était seule en jeu... mon cœur est absolument calme... — Donc vous pouvez me parler sans crainte... — Qui épouse-t-il?

— Jeanne... — répondit le marquis.

Renée tressaillit comme une femme surprise à l'improviste par la vue d'un serpent.

— Jeanne? — répéta-t-elle, — quelle Jeanne?

— Votre sœur et la mienne...

Si grande était la pâleur de la jeune fille qu'elle

semblait ne pas pouvoir augmenter et pourtant elle devint plus livide encore. — On eût dit que tout le sang des veines avait rebroussé chemin vers le cœur:

— Mon enfant, ma chère enfant, — s'écria le marquis, — vous allez vous trouver mal !

Renée secoua la tête et lentement, d'une voix étrange et sourde, elle répliqua :

— Allons donc ! — N'en croyez rien, mon frère ! ai-je sujet de me trouver mal ? — Raoul épouse Jeanne... — quoi de plus naturel ? — Mes compliments à l'un comme à l'autre... mes compliments sincères. — Que leur union soit sans nuages et leurs félicités sans fin ! — Cette chère petite Jeanne, quel bonheur de la voir heureuse! — Merci, mon frère, de m'avoir avertie, car sans vous je ne saurais rien... — On se cachait de moi... c'est bizarre !... peut-être même on s'en défiait... — Ah! comme on avait tort !... — Un jour on me connaîtra mieux... — Dînerez-vous ici, mon frère ?

— Non, je retourne à la Tour-du-Roy où j'ai laissé M. de Gordes.

— Partez bien vite alors. — Ne faites point languir ce fidèle amoureux qui vous attend en comptant les minutes... Merci de nouveau et adieu, mon frère... Embrassez pour moi Lazarine.

Renée toujours livide sortit du salon, gravit les

marches de l'escalier en chancelant et en s'accro-
chant à la rampe, et s'enferma dans sa chambre.

Là, seule enfin, sans témoins importuns, elle put
donner un libre cours à l'inexprimable tempête qui
grondait dans son âme et dans son cerveau.

En proie pendant une heure à un véritable et
effrayant accès de folie nerveuse, elle se débattit sur
son lit en se meurtrissant la poitrine, en se tordant
les poignets, en déchirant ses vêtements.

Elle songeait à faire un scandale ; — à réclamer
ses droits ; — à reprocher au comte sa trahison
odieuse, sa lâche perfidie...

Tout à coup, d'une façon brusque, la réflexion
tomba comme une douche d'eau glacée sur cette
exaltation grandissante.

Renée comprit que ses droits n'existaient pas et
que le comte, ne s'étant d'aucune façon engagé avec
elle, ne pouvait la trahir...

Sa colère se calma soudain, — sa fièvre s'éteignit ;
— en même temps une haine farouche, implacable,
s'emparait d'elle et gonflait son cœur à le faire écla-
ter.

Cette haine avait pour objet non Raoul, ce qui du
moins eût offert un semblant de logique, mais
Jeanne, la candide et douce enfant que le hasard
faisait sa rivale et qui ne se doutait même pas de
cette rivalité,

— Mon absurde colère, mon inutile folie allaient compromettre l'avenir et mettre ma revanche en péril ! — se dit Renée en se relevant. — Patience, Jeanne ! patience ! — Qui sait attendre est fort ! — Le bonheur que tu me voles aujourd'hui, avant qu'il soit longtemps je te l'aurai repris ! ! !

. . . .

Six semaines plus tard, le mariage de Jeanne Leroux et du comte Raoul de Gordes recevait sa consécration dans la petite église des Vertes-Feuilles, où l'union de Lazarine et du marquis avait été célébrée l'année précédente.

Renée, demoiselle d'honneur, souriait, la rage dans l'âme.

Maxime Giraud, agenouillé derrière un pilier, au fond d'une chapelle, baissait son visage pâle et se cachait pour essuyer ses larmes...

XLV

Quittons, pour les retrouver bientôt, le comte et la comtesse de Gordes ; franchissons un intervalle de quelques mois, prions enfin nos lecteurs de vouloir bien nous accompagner à Orléans, dans les premiers jours de septembre.

Le marquis Robert avait fait, comme d'habitude, l'ouverture de la chasse au château de la Tour-du-Roy où chaque année il convoquait, pour ces fêtes cynégétiques, l'élite des veneurs du département.

Pendant une semaine la vieille résidence seigneuriale était pleine de monde, de mouvement, d'agitation joyeuse.

Dès le point du jour des coups de feu retentissaient dans le parc et dans les grands bois des environs ; puis, le soir venu, les gardes et les rabatteurs regagnaient le château chargés de gibier, et les gentlemen oubliaient leur fatigue autour de la table immense et souptueusement servie où le choc cristallin des verres et le pif paf des bouchons du Saint-Péray, du Cliquot et du vin mousseux de la Moselle, succédaient aux détonations des Lefaucheux.

L'ouverture, cette année-là, avait été plus brillante que de coutume, la marquise ayant introduit naturellement au château l'élément féminin qui manquait jusqu'alors aux réunions de ce genre.

Les femmes et les filles des invités redoublaient l'animation par leur présence.

La plupart, à l'exemple de Lazarine, suivaient les chasses à cheval, ou en voitures découvertes.

Après le dîner on dansait, et ces bals impromptus se prolongeaient bien avant dans la nuit.

M. de la Tour-du-Roy possédait, à trois ou quatre lieues de l'autre côté de la Loire, de vastes forêts très-fertiles en gros gibier et spécialement aménagées pour la plus grande joie des sporstmen.

Invariablement, du 8 au 10 septembre, le marquis aait s'installer à son hôtel d'Orléans, sans autre état de maison que son premier valet de chambre, un ou deux cochers, deux ou trois grooms, les piqueurs, la meute, une douzaine de chevaux de selle et d'attelage, et des hommes d'écurie.

Les chasses à courre commençaient immédiatement et duraient une quinzaine de jours.

Robert invitait à ces chasses quelques officiers de la garnison et quelques veneurs émérites, mais il ne donnait aucune fête et ne recevait à sa table qu'un petit nombre d'amis intimes.

Son mariage ne changea rien aux habitudes prises, si ce n'est que Lazarine se fit accompagner à Orléans par deux femmes de chambre et que chaque jour, tantôt sur sa jument *Norah*, tantôt sur *Bob*, cheval de steeple-chase d'un mérite hors ligne, elle suivit les chasses avec une ardeur sans pareille et une intrépidité sans rivale.

La saison s'annonçait à merveille.

Depuis le 1er septembre un temps fait à souhait, sans trop de soleil et sans brouillard, sans poussière et sans pluie, favorisait les disciples de saint Hubert.

Les départs ayant lieu dès l'aube n'éveillaient dans la ville qu'une faible curiosité, conbattue d'ailleurs par la paresse, mais la population presque entière guettait le moment du retour et se massait aux environs du pont de la Loire et dans la Grande-Rue sur le passage de la belle amazone et des cavaliers élégants dont les fanfares annonçaient l'approche, et de même que les gamins accompagnent jusqu'à la caserne la musique mlitaire, on suivait le cortége équestre jusqu'à la porte monumentale de l'hôtel la

Tour-du-Roy dont, au prologue de ce récit, nous avons vu le lieutenant Marcel Laugier franchir le seuil, un billet de logement à la main.

Le soir du quatrième jour, au moment où Robert rentrait dans son appartement, Dominique le vieux valet de chambre introduisit le premier piqueur.

Ce personnage important venait, selon la consigne de chaque jour, prendre les ordres du maître pour le lendemain.

M. de la Tour-du-Roy indiqua le canton de la forêt dans lequel il se proposait de chasser et désigné le lieu du rendez-vous.

Le piqueur termina l'entretien par cette question qui ne variait jamais :

— Quels chevaux monsieur le marquis montera-t-il demain ?

— *Orion* au départ, et *Black-Devil* au relais... — répondit Robert.

Black-Devil était un cheval de pur sang arriva d'Angleterre depuis quelques semaines, sauteur sans rival et d'une vitesse exceptionnelle.

Il avait gagné plusieurs prix dans des steeples de gentlemen.

Son nom : *Diable-Noir*, disait tout à la fois sa couleur et son caractère. — Sa robe d'un noir zain, c'est-à-dire sans une seule tache, offrait l'éclat bleuâtre de l'aile du corbeau. — Son caractère iras-

cible et sournois le rendait redoutable aux palefre-
niers sans cesse obligés de se mettre en garde
ontre les atteintes de sa dent ou de son pied, mais
ses prodigieuses allures et sa vigueur inouïe rache-
taient amplement les défauts de sa diabolique nature.

Difficile au montoir, il se soumettait après une
lutte de quelques instants et permettait à son cavalier d'accomplir avec lui des tours de force invrai-
semblables.

M. de la Tour-du-Roy, homme de cheval par
excellence, trouvait un plaisir de centaure à dompter
par l'énergie de sa volonté cet instrument tout à
la fois si rebelle et si souple.

Lazarine, nous l'avons dit, montait tantôt *Bob* et
tantôt *Norah*.

A sept heures du matin, le marquis et sa jeune
femme se mirent en selle et quittèrent l'hôtel,
accompagnés seulement de trois invités. — On
devait retrouver les autres à l'entrée du pont.

Les chevaux de relais, les chiens et le fourgon
des vivres étaient partis bien avant le jour.

En moins d'une heure et demie on atteignit au
petit galop le lieu du rendez-vous.

Le premier piqueur fit son rapport.

— Parfait! — dit le marquis. — Nous avons
couru successivement le cerf, le renard et le san-

glier... — Notre bonne étoile aujourd'hui nous envoie un chevreuil.

Cinq minutes après, les chiens donnaient de la voix, les trompes sonnaient le lancer et le chevreuil détalait.

Il se fit chasser pendant deux heures, le pauvre animal, avec les péripéties toujours intéressantes mais un peu uniformes que comporte cet exercice, puis les hasards de sa fuite affolée le ramenèrent à une faible distance de son point de départ, et M. de la Tour-du-Roy le *servit* d'un coup de carabine.

Quelques centaines de pas tout au plus séparaient les chasseurs du site pittoresque où le déjeuner les attendait, servi sous la voûte des grands arbres sur une table improvisée.

Un peu avant la fin du repas le premier piqueur vint dire quelques mots à l'oreille du marquis.

— Mesdames et messieurs, — fit tout haut ce dernier après avoir écouté, — Frédéric m'apprend qu'on vient de détourner un second chevreuil... — Il n'est pas beaucoup plus de midi... — Nous avons sous la main un relais de chiens et des chevaux frais... — En conséquence je propose de découpler de nouveau et de nous remettre en selle. — Il nous restera toujours plus de temps qu'il n'en faut pour revenir à Orléans avant le dîner.

« Qu'en dites-vous, madame ? qu'en pensez-vous, messieurs ?

Une acclamation unanime et enthousiaste accueillit cette motion, et Robert répondit par un signe affirmatif au piqueur enchanté.

Le déjeuner s'acheva rapidement.

Tous les convives, en quittant la table, étaient d'humeur joyeuse, — l'heureuse influence des vins de Xérès, de Léoville et de Bouzy, jointe à la perspective d'un plaisir prolongé, leur faisait trouver le bleu du ciel plus pur et la verdure des gazons plus douce.

Robert se donna la joie de prendre Lazarine dans ses bras et de l'asseoir sur Bob, puis il s'approcha d'un groom, depuis longtemps à son service, et qui tenait en main Black-Devil.

Le magnifique pur sang, bien placé sur ses quatre jambes sèches et nerveuses, l'encolure allongée, la tête haute, semblait calme et rien ne trahissait en lui l'irritabilité de caractère dont nous avons parlé...

Cependant, à de courts intervalles, de légers frissons passaient sur le satin moiré de sa robe, son grand œil inquiet semblait guetter ce qui se faisait autour de lui, et ses oreilles fines, douées d'une alarmante mobilité, tantôt pointaient en avant, tantôt se couchaient en arrière.

M. de la Tour-du Roy ne se trouvait plus qu'à quelques pas du cheval noir.

— Monsieur le marquis, — s'écria le groom, — prenez garde !...

A ce moment précis, Black-Devil se dressait comme les chevaux savants des cirques, mais avec une bien autre violence, puis, retombant sur ses pieds de devant, lançait une formidable ruade dans la direction de son maître.

Robert qui ne fut point atteint fit siffler sa cravache et dit en riant :

— Ceci, mon fils, est une gentillesse inutile qu'il te faudra payer tout à l'heure... — Tu as beau te fâcher, tu n'es pas le plus fort !...

On aurait pu croire que Black-Devil comprenait ces paroles accentuées par le sifflement de la cravache, car il fit entendre ce hennissement court et brisé qui est le cri de rage des chevaux et, s'insurgeant contre la main qui le tenait captif, il détacha coup sur coup deux autres ruades.

Robert décrivit une courbe pour s'approcher de l'animal et voulut saisir la bride.

— Monsieur le marquis me permet-il de lui adresser une observation ? — demanda le groom.

— Certainement... — Parlez, Joseph...

— Eh bien, Orion n'est pas plus fatigué que s'il sortait de l'écurie... — Je supplie monsieur le mar-

quis de le reprendre et de ne pas monter Black-
Devil aujourd'hui.

— Pourquoi cela?

— Parce qu'il a le diable au corps depuis ce
matin... — Je ne sais ce qui le taquine et quelle est
son idée, mais il est vingt fois plus méchant qu'à
l'ordinaire, c'est absolument positif.

— Que m'importe son mauvais vouloir? — Une
fois sur son dos je n'ai rien à craindre...

— Monsieur le marquis est solide, tout le monde
sait ça... Mais si le malheur veut que le cheval
énervé s'emballe, un accident arrive bien vite...

— Black-Devil a la bouche excellente. — D'ailleurs il ne s'emballe jamais... — Ses défauts sont
nombreux mais celui-là lui manque.

— Je demande pardon à monsieur le marquis,
Black-Devil a ce défaut-là comme les autres...

— Il s'emballe?

— Oui, monsieur le marquis.

— Comment le savez-vous?

— Le groom qui l'a amené d'Angleterre me l'a
dit dans son baragouin où l'on ne comprend goutte,
en ajoutant qu'il fallait se méfier beaucoup... — Le
gredin de cheval est lunatique, à ce qu'il paraît et,
pas plus tard que l'année dernière, s'étant emballé
parfaitement bien, il a roulé sur son jockey, et l'a
tué raide !

Le marquis haussa les épaules.

— Racontars d'écurie, tout cela ! — répliqua-t-il.

— Le fait, d'ailleurs, ne prouve rien... — Ce jockey, sans doute, était un enfant dont la main trop faible ne pouvait contenir un cheval vigoureux, et moi j'ai un poignet de fer...

Un aboiement se fit entendre, — puis un autre, — puis éclata la grande voix de toute la meute en un formidable unisson.

En même temps, les trompes sonnèrent.

— Le lancer, — s'écria Robert. — Que de temps perdu ! Vite, donnez la bride et tenez l'étrier...

— Monsieur le marquis va donc, malgré tout, monter Black-Devil ? — balbutia le groom.

— A l'instant.

Le ton du maître était de nature à n'admettre aucune réplique. — Le jeune homme obéit, tandis que le cheval furieux, dont il maintenait la tête à grand'peine, s'efforçait de le mordre.

Robert saisit de la main gauche la crinière et les rênes, chaussa l'étrier et se mit en selle avec une étonnante souplesse malgré les soubresauts du cheval.

— Lâchez tout ! — commanda-t-il.

Black-Devil se défendit comme un diable, ainsi qu'il le faisait toujours, mais en somme la lutte entre le cavalier et sa monture ne fut ni plus longue ni plus dangereuse que de coutume et le cheval, frémissant mais dompté, prit une allure superbe et régulière.

— Beaucoup de bruit pour rien ! — pensa M. de la Tour-du-Roy, — au fond Black-Devil est un mouton qui se déguise en diable... — Il ne s'agit que de savoir lui bien prouver qu'on est le plus fort...

XLVI

Les trompes sonnaient le *bien aller* avec un entrain magnifique, et les chasseurs s'éloignaient au galop dans une avenue qui semblait sans fin.

Lazarine montée sur Norah se trouvait à leur tête, et la rapidité de sa course faisait flotter derrière elle comme un guidon le voile de gaze verte attaché à son chapeau d'homme.

M. de la Tour-du-Roy rendit la main à Black-Devil, et il lui suffit de quelques foulées puissantes du noble animal pour dépasser le groupe de sporstmen et se trouver près de la marquise.

Tous les deux galopèrent côte à côte pendant vingt minutes. — Black-Devil et Norah s'animaient mutuellement et distançaient de plus en plus les montures moins énergiques des autres chasseurs.

13.

Au tournant d'une avenue qui se greffait sur la grande artère, un lièvre effaré vint se jeter entre les jambes des chevaux.

Black-Devil eut peur et fit un écart formidable.

Le marquis ne fut même pas déplacé, mais mécontent de cette faute il la châtia par un vigoureux coup de cravache.

Le pur sang n'avait pas l'habitude des corrections. — Celle-ci, quoique méritée, l'exaspéra ; — il bondit et, la tête basse, prit une de ces allures folles qu'aucune puissance humaine ne saurait ralentir.

— Joseph avait raison... — pensa M. de la Tour-du-Roy, — voilà ce cheval du diable emballé bel et bien... mais qu'importe ? — je connais la forêt... — ni ravins à pic, ni rochers dangereux au travers des chemins... — aucun péril d'aucune sorte... — un peu plus tôt ou un peu plus tard, Black-Devil s'arrêtera de lui-même...

Et le marquis s'abandonna, non sans y trouver une sorte de volupté, à cette vitesse de locomotive.

L'animal emporté filait comme un boulet de canon, tout droit devant lui, dans une tranchée dont la longueur excédait quinze kilomètres.

Black-Devil ne ralentissait point son allure ; à ce train il devait bientôt atteindre la lisière de la forêt.

Une vague inquiétude assaillit alors Robert.

Hors des bois et en rase campagne, des obstacles

pouvaient se présenter et des chocs devenaient à craindre...

Il aperçut tout à coup trois hommes, la hache sur l'épaule, debout et immobiles au milieu de la tranchée.

C'étaient des bûcherons que la course quasi-fantastique de ce cavalier étonnait fort et inquiétait un peu.

— Voilà le salut... — se dit le marquis, — et, lorsqu'il fut à portée de la voix, il cria de toutes ses forces : — Barrez la route, mes enfants, et arrêtez mon cheval... il est emporté !

Les bûcherons, reconnaissant M. de la Tour-du-Roy, se mirent en devoir d'obéir ; — ils s'élancèrent pour saisir la bride au moment où Black-Devil arrivait sur eux, mais le terrible animal ne leur laissa pas le temps d'agir et, pivotant avec la rapidité de la foudre, se jeta de côté dans un sentier transversal où il reprit son allure enragée.

Derrière lui les bûcherons poussaient des clameurs dont Robert ne comprit que trop tôt le sens.

A cent pas en avant, un grand arbre abattu barrait le sentier, et derrière cet arbre, à courte distance, on en voyait deux autres...

— Que Dieu me vienne en aide ! — pensa le gentil-homme, — car je suis en péril de mort...

Il ne pâlit point, il ne trembla pas, mais il éleva son âme.

Black-Devil arriva sur le premier obstacle et, sans même se rassembler, le franchit d'un bond. — Il franchit de même le second, quoique l'espace lui fît presque défaut pour prendre son élan.

Un seul tronc d'arbre restait encore, et le chemin redevenait libre, et le danger cessait d'exister...

Robert enfonça les molettes de ses éperons dans les flancs du cheval pour obtenir de lui un suprême effort.

Black-Devil s'enleva, mais ses sabots de devant heurtèrent une branche de l'arbre abattu. — Il fit panache et s'abattit sur son cavalier...

Ni l'homme, ni la monture ne se relevèrent.

Le cheval s'était tué raide en se brisant la colonne vertébrale.

M. de la Tour-du-Roy gisait sans connaissance à côté de lui.

Les bûcherons, redoutant une catastrophe à peu près inévitable, accouraient de toute la vitesse de leurs jambes.

Quand ils arrivèrent au bout de quelques minutes, ils furent convaincus que le marquis venait de rendre son dernier soupir. — Sa livide pâleur était celle d'un cadavre; un filet de sang coulait de sa bouche et mettait une tache d'un rouge sombre sur le rouge vif de son habit de chasse.

— Ce pauvre cher monsieur ne pouvait point en réchapper... — dit l'un d'eux, — il a été assommé et écrasé en même temps... — Quel grand malheur! un si brave homme! Il faudrait prévenir ses amis qui ne savent pas ce qu'il est devenu... — Je m'en charge... — Attendez-moi là, vous autres...

On entendait dans le lointain résonner les fanfares qui se rapprochaient rapidement.

Le bûcheron rebroussa chemin vers la grande avenue, tandis que ses deux camarades dégageaient les jambes de M. de la Tour-du-Roy, prises sous le corps de Black-Devil.

Lazarine fut rencontrée la première par le messager de mauvaises nouvelles; — la jeune femme avait conservé son avance et galopait avec une insouciance joyeuse.

Elle n'ignorait pas que la monture de son mari s'était emportée, mais très-audacieuse écuyère et sachant Robert cavalier de premier ordre, elle n'éprouvait aucune inquiétude.

A mesure que diminuait la distance entre elle et le bûcheron, ce dernier agitait les bras pour l'engager à se ralentir. — Intriguée par cette pantomime télégraphique, Lazarine serra la bride de Norah et la contraignit à faire halte à quelques pas du paysan dont la figure bouleversée lui parut singulière.

— Qu'y a-t-il, mon ami? — demanda-t-elle.

Le bûcheron répondit par une question.

— Est-ce que vous êtes de la compagnie de M. le marquis de la Tour-du-Roy, ma belle dame? — fit-il en tournant dans ses mains son vieux chapeau de paille bosselé et fendillé.

— Je suis sa femme.

Ne sachant plus comment mener à bien sans brutalité sa mission douloureuse, maintenant qu'il parlait à la propre femme de la victime, l'homme hésita pendant un instant.

— Enfin, — reprit Lazarine, — que me voulez-vous? — Avez-vous quelque chose à m'apprendre?

— J'ai à vous apprendre, madame la marquise, qu'il vient d'arriver un accident à votre mari...

La jeune femme tressaillit.

— Un accident grave? — s'écria-t-elle.

— J'en ai peur...

— Le marquis est tombé de cheval?...

— C'est-à-dire que son cheval est tombé sur lui...

— Mais c'est affreux cela! — Mon mari s'est-il blessé dans la chute?... se plaint-il de souffrir beaucoup?...

— Il ne se plaint nullement, n'ayant point du tout de connaissance...

— Évanoui!... — Mort peut-être!... Oh! dites-moi qu'il n'est pas mort!...

— Faudrait être médecin pour savoir... — Moi je n'y connais goutte...

— Où est-il?

— A un petit quart d'heure de chemin d'ici... dans une sente à gauche de la tranchée...

— Conduisez-moi près de lui... Hâtons-nous...

— Je suis venu tout exprès pour cela...

En ce moment les chasseurs distancés rejoignirent la marquise.

Deux paroles leur suffirent pour les mettre au fait de la nouvelle sinistre qui produisit une explosion de chagrin très-sincère. — Le marquis n'avait que des amis...

L'un des cavaliers prit le bûcheron en croupe afin de gagner du temps, et tout le monde se lança au galop dans la direction indiquée.

Sept ou huit minutes suffirent pour arriver sur le théâtre de l'accident.

A la vue du spectacle qui s'offrit à elle, Lazarine, chez qui les nerfs très excitables produisaient une sensibilité factice, fut au moment de se trouver mal.

Les paysans avaient assis sur un petit talus gazonné, et adossé à un tronc d'arbre, le corps du marquis.

Dans cette posture, ce corps inanimé paraissait plus effrayant que lorsqu'il était étendu au milieu du chemin.

Le menton s'appuyait sur sa poitrine comme à la suite de la rupture des vertèbres cervicales.

Les bras pendaient, flasques et morts.

Le filet de sang mêlé d'écume coulait toujours de la bouche entr'ouverte, et la tache d'un pourpre sombre s'élargissait sur l'habit rouge.

Madame de la Tour-du-Roy descendit de cheval avec de vrais sanglots, fit quelques pas en chancelant et se laissa tomber à genoux près de son mari, dont elle saisit les mains qu'elle pressa contre son sein et qu'elle couvrit de larmes.

— Il n'est pas mort! — s'écria-t-elle d'une voix que l'émotion rendait tremblante et méconnaissable. — S'il était mort, ses mains seraient glacées... — Elles gardent la tiédeur de la vie... — il vit!... nous le sauverons!...

Un des officiers qui suivaient la chasse possédait quelques notions de chirurgie élémentaire. — Il défit les boutons de l'habit, ceux du gilet, ceux de la chemise, il appuya son oreille contre le côté gauche de la poitrine nue et déclara qu'il entendait battre le cœur, mais que les battements lui semblaient bien faibles.

— Peut-être faudrait-il saigner le marquis?... — dit une voix.

— Je ne prendrais pas sur moi de l'essayer... —répliqua l'officier en secouant la tête. — Notre pauvre ami vient de déjeuner amplement... — une saignée pourrait le tuer net ! — la chose essentielle est de le ramener à Orléans le plus vite possible et de le confier aux médecins...

Cet avis était sage. — On résolut de le suivre sans retard.

Il n'existait qu'un seul moyen de transport : le fourgon des vivres.

Un des chasseurs se remit en selle et courut à la recherche du véhicule. — Pendant son absence on organisa avec des branches une civière sur laquelle on étendit M. de la Tour-du-Roy; puis les bûcherons, chargés de ce triste fardeau, gagnèrent la grande avenue où le fourgon arriva bientôt au trot de ses postiers harnachés de grelots sonores.

Trois heures plus tard la petite troupe, sortie si joyeuse de la ville au point du jour, y rentrait à pas lents, avec la lugubre apparence d'un cortége de deuil, et le fourgon dont la destination était si lamentablement changée franchissait le seuil de l'hôtel héréditaire de la Tour-du-Roy, y ramenant le corps ou le cadavre du dernier marquis.

Pendant ce long et pénible trajet, Lazarine avait conquis la sympathique admiration des témoins de sa douleur, dont aucun sceptique n'aurait osé révoquer en doute la sincérité, tant l'expression de cette douleur était simple et touchante.

La profonde tendresse d'une si jeune femme pour un si vieux mari paraissait admirable et chacun, *in petto*, proclamait la marquise un modèle accompli des vertus conjugales.

Le corps toujours inanimé de Robert fut monté au premier étage et placé sur son lit, puis on courut chercher des médecins.

Ils arrivèrent en toute hâte.

Lazarine, debout et pâle auprès de son mari, attendait leur arrêt avec une angoisse manifeste.

L'expression tragique de son admirable visage, les larmes tombant de ses yeux rougis, les crispations de ses mains jointes, disaient les déchirements de son âme.

Les médecins furent unanimes pour déclarer que M. de la Tour-du-Roy était vivant encore, mais que son état leur semblait désespéré. — Le poids énorme du cheval roulant sur lui avait déterminé sans doute de graves lésions intérieures, auxquelles se joignait une congestion cérébrale résultant de la violence de la chute.

On mit en œuvre les moyens les plus énergiques pour provoquer une réaction.

Ce fut en vain.

De minute en minute les battements du cœur devenaient plus faibles. — La vie diminuait rapidement.

— Madame, — dit à Lazarine le plus vieux des

médecins, — quittez cette chambre, je vous en supplie...

— Pourquoi? — demanda la jeune femme.

— Parce qu'une catastrophe est inévitable, hélas !
et qu'elle est proche...

— Je suis à ma place ici, monsieur, et j'y resterai
jusqu'au bout...

— J'admire votre courage, madame... — Je devais
vous prévenir, je l'ai fait... — Maintenant, un dernier
mot... — M. le marquis était un chrétien, je le sais...
— La présence d'un prêtre à son chevet ne vous
semble-t-elle pas nécessaire?...

Lazarine, cachant sa figure dans ses mains, répondit par un signe affirmatif.

Un quart d'heure après l'échange de ces quelques
paroles le curé de la paroisse accourait, muni des
saintes huiles.

Les prières des agonisants furent dites à voix basse
autour de la couche funèbre... — Le corps inerte
mais non glacé reçut l'extrême-onction, suivie de
l'absolution suprême...

Les battements du cœur s'arrêtèrent...

Le marquis Robert de la Tour-du Roy venait de
rendre son âme à Dieu sans avoir repris connaissance.

Lazarine était veuve...

XLVII

Pendant lés longues heures de la soirée qui suivit
ce tragique événement, la marquise fut admirable et
ne se démentit pas une minute.

Elle voulait passer la nuit dans la chambre mor-
tuaire, au pied du lit funèbre.

Il fallut les instances réunies du prêtre et des médecins pour la décider à regagner son appartement
afin d'y prendre un repos nécessaire.

Aussitôt enfermée chez elle, absolument seule et
se sachant à l'abri de tout regard indiscret, la jeune
femme cessa de se contraindre, ses larmes séchèrent
et son masque inutile désormais laissa voir en tombant la véritable physionomie de son visage.

Les traits pâlis de Lazarine exprimaient presque
la joie.

La fille aînée de Jules Leroux n'avait jamais aimé M. de la Tour-du-Roy, — nous le savons.

La vanité, l'avidité surtout, s'étaient faites les entremetteuses de son mariage. — Elle voulait une grande fortune, un titre, une haute position sociale. — Son union avec le marquis lui donnait toutes ces choses, et pour cela seulement elle avait consenti.

Avant même d'être mariée, elle faisait entrer en ligne de compte, parmi les chances heureuses que pouvait lui garder l'avenir, l'éventualité d'un veuvage à courte échéance.

— Je serai une riche veuve... — se disait-elle.

Et voilà qu'elle gagnait le gros lot à la loterie du hasard, et qu'elle le gagnait plus vite qu'elle n'aurait osé l'espérer...

Libre à vingt ans, splendidement belle, marquise et six fois millionnaire, elle pouvait prétendre à tout.

Un nouveau mariage viendrait doubler, tripler, décupler peut-être sa fortune, car elle était fermement résolue à n'épouser en secondes noces qu'un des grands dignitaires du seul monarque dont l'omnipotence est indiscutable : *Sa Majesté l'Argent.*

Lazarine savait bien qu'il ne suffirait pas de la mort du marquis pour la rendre maîtresse des millions convoités, mais elle savait aussi que Robert avait fait d'elle son idole, qu'il l'aimait exclusivement, éperdument, plus que tout au monde.

Comment admettre en de telles conditions qu'il eût omis de l'instituer, par un écrit suprême, sa légataire universelle.

Il existait un testament. — Elle en était sûre.

Elle se croyait non moins certaine que les dispositions de cet acte étaient en sa faveur.

En quel lieu se trouvait le testament?

Sans doute au château de la Tour-du-Roy, dans un meuble du temps de la Renaissance où le marquis serrait ses titres de famille et ses autres papiers importants.

Une fièvre d'impatience brûlait le sang de Lazarine à la pensée qu'un rigoureux devoir, des convenances impossibles à heurter sans scandale, la contraignaient à ne point s'éloigner d'Orléans avant la cérémonie funèbre, et que dans trois jours seulement elle pourrait courir au château, ouvrir le meuble, fouiller les tiroirs, mettre la main sur la précieuse enveloppe, en rompre les cachets, en dévorer le contenu et se dire avec une ivresse inouïe :

— Tout m'appartient !... le monde est à moi ! ...

La nuit entière s'écoula dans les accès de cette fièvre et dans les rêves qu'elle faisait naître.

Les distractions ne manquèrent point à Lazarine le lendemain.

Jules Leroux, Raoul de Gordes, Jeanne et Renée,

prévenus par des télégrammes expédiés le soir précédent, arrivèrent dans la matinée.

Ils entourèrent la jeune femme, qui reprit son
masque et se remit à jouer, avec la même habileté
que la veille, la comédie de la douleur.

L'ex-banquier, en homme éminemment pratique,
et qui d'ailleurs connaissait bien sa fille, admira la
perfection de cette comédie, mais ne la prit au
sérieux que médiocrement.

Un court tête-à-tête avec Lazarine lui ayant été
ménagé par le hasard, il en profita pour lui dire :

— Mon gendre, assurément, était un bon mari.
Tu le regrettes comme il convient, et tu fais à
merveille d'étaler tes regrets. — C'est édifiant et
du meilleur goût, mais il faut songer au solide...
Y-a-t-il un testament?

— Oui... le marquis en a parlé un jour devant moi.

— Sais-tu ce qu'il contient?

— Non, mais je le devine. Ce pauvre Robert
m'aimait tant !

Jules Leroux songea malgré lui que l'épisode
d'Hector Bégourde pouvait avoir laissé quelques
traces fâcheuses dans l'esprit du marquis, et répondit sans conviction :

— Puisque tu ne doutes pas, tant mieux.

— On croirait que vous doutez, vous, mon père !..
— s'écria Lazarine inquiète.

— Non, non... — Pourquoi diable douterais-je?...
— Toi seule est bien placée pour juger sainement
les choses... — Il ne faut t'en rapporter qu'à toi
seule...

— Ah! — dit la marquise avec amertùme, — si
M. de la Tour-du-Roy ne me laissait pas sa fortune entière ; si ce vieillard à qui j'ai sacrifié ma jeunesse m'avait trompée au point de me donner un co-
héritier, ne fut-ce que pour une faible part, ce serait odieux !... ce serait infâme ! — Mais il ne l'a pas
fait...

— Eh! certes non, il ne l'a pas fait ! — répliqua
vivement Jules Leroux. — Pourquoi prendre la
mouche à propos d'un mot en l'air... D'ailleurs, et
comme pis aller, il te resterait ton apport dotal
reconnu au contrat...

— Un million ! — murmura dédaigneusement
Lazarine. — Cinquante mille livres de rente! la
misère ! — Rien que pour mes robes de deuil, je dépenserai cela !

Les obsèques du marquis furent célébrées le jour
suivant avec une magnificence digne de son nom
et de sa richesse. — Une foule émue et recueillie
accompagna sa dépouille mortelle jusqu'au monu-
mental tombeau de famille qui se trouvait dans
le cimetière d'Orléans.

Après la cérémonie funèbre, Jules Leroux et Raoul

de Gordes offrirent à Lazarine de l'emmener soit
aux Vertes-Feuilles, soit à Gordes, ou de l'accompagner à la Tour-du-Roy.

La jeune femme se montra touchée de ces offres
affectueuses, mais répondit qu'ayant besoin de
solitude elle ne les acceptait pas.

Le père et le beau-frère ne crurent point devoir
insister. — Ils quittèrent l'hôtel et reprirent le
chemin de leurs habitations respectives.

Lazarine poussa un soupir de soulagement.

— Enfin ! — murmura-t-elle, — ils sont partis !
je puis agir...

Elle venait de donner des ordres pour son départ
immédiat, quand Dominique lui annonça que le
notaire de feu M. le marquis sollicitait une au-
dience.

— Conduisez le notaire au petit salon, — répondit
vivement la marquise, — et priez-le d'attendre. — Je
le rejoindrai dans un instant...

Me Jomard n'est pas tout à fait un inconnu pour
nos lecteurs.

Ils ont vu cet honorable tabellion, discutant avec
Robert de la Tour-du-Roy les clauses du contrat de
mariage dont la rédaction lui était confiée, défendre
de façon vigoureuse les intérêts de son client contre
son client lui-même, et s'opposer à des libéralités
qu'il jugeait inopportunes et compromettantes.

L'obstination de l'honnête notaire avait fini par l'emporter de haute lutte sur l'entraînement du vieillard amoureux.

Au moment où la jeune femme, enveloppée dans ses longs voiles de veuve : franchit le seuil du petit salon, Mᵉ Jomard, — sincèrement affligé d'ailleurs, — offrait cette physionomie de circonstance que l'on pourrait appeler *physionomie de grand deuil.*

Son visage exprimait une véritable désolation et ses yeux paraissaient humides sous ses lunettes à monture d'or.

— Madame la marquise, — dit-il en s'inclinant, — pour me permettre de me présenter chez vous en un jour aussi triste que celui-ci; pour m'autoriser à troubler par ma présence votre douleur profonde et légitime, il ne fallait rien moins qu'un impérieux devoir imposé par celui que nous pleurons et qui daignait m'accorder toute sa confiance...

— Quel que soit le motif qui vous amène, — répliqua Lazarine, — me voici prête à vous entendre... — Asseyez-vous, monsieur...

Le notaire s'inclina de nouveau, prit un siége, déploya l'ample serviette de chagrin noir qu'il portait sous son bras gauche, et en tira une enveloppe fermée par cinq cachets.

— Cette enveloppe, — fit-il, — renferme le testament de M. le marquis à jamais regretté...

Lazarine tressaillit. — Une émotion violente la secoua — Dans cette enveloppe était sa destinée...

— Ce testament olographe, c'est-à-dire écrit d'un bout à l'autre de la main du testateur, et dont j'ignore le contenu, — poursuivit Me Jomard, — m'a été remis par M. le marquis vers le milieu du mois d'octobre de l'année dernière, un peu avant votre départ pour un voyage dont l'Italie était je crois le but... — Mon noble et bien cher client, que depuis lors je n'ai plus revu, semblait à cette époque, malgré son âge avancé déjà, pouvoir compter sur un long avenir... mais hélas ! l'aveugle destin en avait décidé autrement...— La plus lamentable et la moins prévue des catastrophes est venue couper court à cette belle vie, et enlever au monde éploré cet homme de bien, ce gentilhomme accompli entre tous !...

En écoutant les fleurs de rhétorique de cette éloquence ampoulée mais émue, Lazarine crut devoir cacher sa figure entre ses mains. — Les phrases filandreuses de Me Jomard exaspéraient son impatience, mais elle ne pouvait pas et ne voulait pas le laisser voir.

Le notaire souleva ses lunettes, essuya une larme et reprit :

— Sur l'enveloppe se trouvent ces lignes, tracées par M. le marquis et suivies de sa signature :

« *Lecture de ce testament sera faite à madame la marquise de la Tour-du-Roy le jour même de mes funérailles, à moins d'impossibilité matérielle.*

« ROBERT, MARQUIS DE LA TOUR-DU-ROY. »

Ceci explique surabondamment pourquoi, l'impossibilité matérielle prévue par le regretté défunt n'existant point, je n'avais pas le droit de retarder ma visite, ne fût-ce que de vingt-quatre heures...
— Vous comprenez cela, madame ?

— Parfaitement, monsieur... — murmura Lazarine.

— L'enveloppe est scellée de cinq cachets aux armes de M. le marquis, — continua le notaire, — ces cachets sont intacts... — Je prie madame la marquise de vouloir bien s'en assurer *de visu...*

Et il tendit l'enveloppe à la jeune femme.

— A quoi bon ? — répondit-elle en la repoussant, — je m'en rapporte absolument à vous...

— Permettez-moi d'insister... — C'est une formalité bien simple, mais que je juge indispensable...

— Eh bien ! soit...

Lazarine regarda distraitement les cachets et déclara que les empreintes nettes et profondes n'avaient jamais été rompues.

— Ce notaire, — pensait-t-elle, — n'en finira jamais !... Il me fait mourir à petit feu !...

Mᵉ Jomard prit dans sa poche un canif.

— Je procède sans retard à l'ouverture, — dit-il en se servant de ce canif pour trancher avec de minutieuses précautions la partie supérieure de l'enveloppe, et en retirant par l'incision une feuille de papier pliée en quatre.

Il déplia ce papier et poursuivit :

— Madame la marquise voudra bien me permettre de parcourir rapidement cet acte avant d'avoir l'honneur de lui en donner lecture à haute voix. — Je n'ai plus mes yeux de vingt ans, et d'ailleurs, tels qu'ils sont, mes pleurs les obscurcissent ! — En de si tristes circonstances quoique l'écriture du regretté défunt me soit, j'ose le dire, familière, je risquerais fort d'ânonner, ce qui serait regrettable au plus haut point.

Lazarine ébaucha un geste d'adhésion, ou plutôt de résignation, et le notaire, assujettissant ses lunettes après en avoir essuyé les verres, se mit en devoir d'étudier les lignes tracées par M. de la Tour-du-Roy.

La jeune femme, contrainte de cacher l'irritation nerveuse que lui causaient ces interminables lenteurs, attacha ses regards sur le notaire dont les lèvres s'agitaient en produisant une sorte de murmure indistinct et monotone.

14.

Elle eut bientôt sujet de s'inquiéter car, à mesure que Me Jomard avançait dans sa lecture, l'expression de son visage devenait singulière et les dispositions qu'il épelait tout bas semblaient lui causer un étonnement voisin de la stupeur.

— Que signifie cela? — se demanda Lazarine. — D'où vient la surprise de cet homme? Quelles choses étranges et inattendues peuvent le troubler ainsi?

Son anxiété, ou plutôt son angoisse, furent de courte durée.

Le notaire releva la tête.

— Madame la marquise, — fit-il d'une voix évidemment changée, — j'ai fini et, si vous voulez bien m'accorder votre attention, je suis prêt à m'acquitter du devoir qui m'incombe.

— Je vous écoute, monsieur, — répondit la jeune femme dont un pressentiment de fâcheux augure étreignait le cœur.

XLVIII

— Je commence, — dit Me Jomard.

Et lentement, d'une façon grave et compassée, il lut ce qui suit :

> « Château de la Tour-du-Roy, le 12 du
> » mois d'octobre 1873.

> » CECI EST MON TESTAMENT

> » Aujourd'hui, 12 octobre 1873, sain de corps et d'esprit, ayant vécu autant que je l'ai pu en chrétien, en gentilhomme et en honnête homme, je recommande mon âme à Dieu et j'écris ces dispositions dernières :

> » Si, à l'heure inconnue de ma mort, il est résulté de mon tardif mariage un ou plusieurs enfants, madame la marquise de la Tour-du-Roy, que la mater-

nité je l'espère aura rendue sérieuse, sera investie
de la tutelle de cet enfant ou de ces enfants mineurs
et disposera sans contrôle du revenu des biens dont
le détail se trouve ci-joint, jusqu'au jour où les enfants devenus majeurs entreront en possession de leur
héritage. — La marquise conservera cependant un
tiers des revenus de la fortune, et elle en jouira
jusqu'à sa mort.

» Si au contraire je meurs sans enfants, comme
j'ai l'ardent désir que le nom illustré par une longue
suite d'ancêtres continue à briller du vif éclat résultant de la richesse, et comme il existe dans le Midi
une branche cadette de ma famille, je lègue ma fortune entière au représentant de cette branche, le
comte Maximilien de la Tour-du-Roy, dont l'honorable pauvreté m'est connue et que je sais père de
trois fils.

» Ce legs universel comporte les restrictions sui-
vantes :

» 1° La marquise de la Tour-du-Roy, ma veuve,
conservera pendant toute sa vie — (sauf dans le cas
d'un second mariage contracté par elle), — la jouissance pleine et entière du château de la Tour-du-Roy
et du parc dépendant de la résidence.

» 2° Les frais d'entretien du parc et du château
resteront à la charge du légataire universel et, après
lui, de ses héritiers, et les sommes nécessaires pour

faire face aux dépenses de cette nature devront être déposées à l'avance dans l'étude de mon notaire, Mᵉ Jomard, ou dans celle de son successeur.

» Mon légataire universel acquittera les legs particuliers dont le détail se trouve annexé au présent acte.

» Je nomme Mᵉ Jomard mon exécuteur testamentaire, et je le prie d'accepter pour sa collection, à titre de souvenir, deux tableaux de maîtres italiens qu'il choisira lui-même parmi ceux qui se trouvent dans ma chambre à coucher du château de la Tour-du-Roi. »

— Suit la signature de M. le marquis... — dit le notaire. — Les autres feuillets, également signés et paraphés par lui, contiennent, tracés de sa main, l'état de ses biens meubles et immeubles représentant une somme de six millions quatre cent mille francs, et le détail des legs attribués à de vieux amis, parmi lesquels je citerai le prince de Castel-Vivant qui devra recevoir un diamant de dix mille francs, et à d'anciens serviteurs... — En donnerai-je lecture à madame la marquise?...

— A quoi bon? — murmura Lazarine d'une voix faible. — Que m'importent ces choses?...

Mᵉ Jomard jeta les yeux sur la jeune femme et la vit frissonnante et presque inanimée dans le fauteuil où elle s'était assise pour écouter la lecture du testament.

Jamais prostration, jamais écrasement ne furent plus complets.

Il ne restait même pas à l'altière marquise d'énergie pour la révolte. — Sa présence d'esprit, sa force morale sombraient avec tout le reste dans le naufrage inattendu de ses ambitions.

L'avenir lui faisait banqueroute !...

Des sommets de l'opulence et du luxe Lazarine tombait à l'improviste dans cette médiocrité, qui pour beaucoup eût été la fortune encore, mais qui pour elle était la misère...

Le notaire eut pitié de l'immense angoisse qui se lisait sur le visage décomposé de la jeune veuve.

Il entreprit de la ranimer par des consolations banales et de pure courtoisie.

— Certes, madame la marquise, — dit-il, — je ne m'attendais guère à la rigueur des dispositions dernières de mon regretté client... — Je croyais fermement qu'il vous laisserait tout au moins une ample jouissance, et je m'explique mal, ou plutôt je ne m'explique pas, les motifs qui ont dicté ce testament... — Il est certain que vous semblez déshéritée, mais tout espoir est-il bien perdu ?

Madame de la Tour-du-Roy leva sur M⁰ Jomard un regard atone dont la chaleur et la vie s'étaient retirées.

— Je ne vous comprends pas... — balbutia-t-elle.
— De quel espoir parlez-vous ?...

— La volonté du testateur est positive, — reprit le notaire. — Si, à l'heure de sa mort, il est résulté du mariage un enfant, vous êtes tutrice avec la disposition des revenus, et de plus la jouissance du tiers de ces revenus vous est acquise après la majorité de l'enfant et pour toute votre vie...

Lazarine haussa les épaules.

— Est-ce une raillerie, monsieur ? — fit-elle avec amertume, — vous savez bien que mon union est restée stérile !...

— Eh ! non, madame, je n'en sais rien ! — répliqua Me Jomard, — et vous pouvez l'ignorer vous-même... — Celui que nous pleurons n'a pas succombé à quelque longue maladie... — il est mort dans la plénitude de sa santé et de sa force... — il vous aimait...

— Non ! cent fois non ! il ne m'aimait pas ! — s'écria la marquise, — ce testament est une œuvre de haine !...

— J'affirme qu'il vous adorait !... — poursuivit le notaire. — Or, rien ne prouve qu'un fruit de sa tendresse ne lui survivra point...

Lazarine releva la tête et ses yeux étincelèrent.

— Expliquez-vous ! — dit-elle vivement, — je comprends mal le sens de vos paroles.

— Ce sens est des plus clairs... — La fortune aujourd'hui paraît vous échapper, mais qui sait si la nais-

sance d'un enfant posthume ne viendra pas la remettre en vos mains... — De semblables événements
sont rares, j'en conviens, mais de loin en loin ils
se produisent. — Je pourrais vous en citer des
exemples... — le cas d'ailleurs est prévu par la
loi...

— La loi? — répéta Lazarine.

— Parfaitement, madame la marquise. — Le code
civil, titre VII, chapitre I, article 315, établit qu'on ne
peut contester la légitimité de l'enfant né trois cents
jours après la dissolution du mariage c'est-à-dire
après la mort de l'époux, et c'est en prévision de cette
éventualité qu'il est interdit à la veuve de contracter
un second mariage moins de dix mois révolus après
la dissolution du premier, — Code-civil, titre V, chapitre VIII article 228... Donc, si vous étiez en ce
moment au début d'une grossesse, chose possible
sinon probable, l'enfant venu au monde avant le
deux cent quatre-vingt-dix-septième jour écoulé à
partir d'aujourd'hui, serait indiscutablement un gage
de l'amour de M. le marquis, mon client regretté, et sa naissance établirait un droit à la libre disposition pendant vingt et un ans des revenus de six
millions quatre cent mille francs, et à la jouissance
indéfinie du tiers du revenu de ce capital.

— J'ignorais complétement ces choses, — dit la
jeune femme devenue rêveuse, — et je vous suis d'au-

tant plus reconnaissante de me les avoir apprises
qu'elles me permettent d'envisager l'avenir sous un
jour tout nouveau...

Mᵉ Jomard tressaillit et regarda Lazarine avec une
sorte d'effarement. — Il avait l'attitude et la physionomie d'un sorcier novice, stupéfait de voir appa
raître le fantôme qu'il vient d'évoquer.

— Aurais-je par hasard deviné juste? — balbutia-t-il.

— Peut-être... — fit Lazarine du geste plutôt que
de la voix.

— Madame la marquise me permet-elle de lui
demander si véritablement elle a quelque motif d'espérance... — reprit le notaire.

— Cher monsieur, — répondit sans hésitation la
marquise, — j'ai plus qu'une espérance...

— J'en suis heureux, madame la marquise, très-
heureux, je vous l'affirme, et je vous prie d'accepter
mes félicitations bien sincères...

— Je les accepte et vous en remercie...

Le notaire prit congé et Lazarine voulut le reconduire jusqu'au vestibule.

Dominique, assis sur une banquette, attendait ses
ordres ; — il se leva.

— Les voitures sont attelées, — dit-il, — et tout est
prêt pour le départ de madame la marquise.

— Faites dételer...— je ne pars plus... — répliqua la jeune femme.

Elle regagna le premier étage, franchit le seuil de la bibliothèque, explora les rayons chargés de livres et mit la main, non sans peine, sur celui qu'elle convoitait.

C'était un volume à tranches multicolores, relié en maroquin rouge et portant ce titre : *Les Codes.*

Elle emporta le volume chez elle et le feuilleta avec acharnement pour y retrouver les articles cités par le notaire, puis elle s'absorba dans une rêverie longue et profonde...

Par instants des rougeurs soudaines venaient empourprer ses joues ; une sorte d'étrange sourire se dessinait sur ses lèvres ; mais bientôt son visage reprenait sa pâleur et son immobilité marmoréennes.

Est-il besoin d'indiquer le sujet des rêveries de Lazarine et de signaler la cause de ses brusques rougeurs et de ses sourires bizarres ?

Nous ne le croyons pas.

Nos lecteurs ont compris tout d'abord l'idée audacieuse et presque folle évoquée dans l'esprit de la jeune veuve par les révélations de Mᵉ Jomard, et acceptée avec enthousiasme comme offrant un double moyen de fortune et de vengeance...

Réduire à néant, grâce à une trahison posthume, les dernières volontés du marquis, n'était-ce pas en effet la plus séduisante des vengeances pour une nature semblable à celle de Lazarine?

Aussi, elle n'hésita point.

— Cela sera! — dit-elle, — et j'irai droit au but!...

Mais avant d'arriver à ce but il fallait surmonter des obstacles énormes. — Comment s'y prendre pour ne pas se perdre, pour ne pas même se compromettre, en menant à bonne fin une aventure si effroyablement scabreuse?

Des difficultés touffues, compliquées, inextricables, surgissaient de toutes parts.

Lazarine appelait à son aide le légendaire souvenir de la belle et galante Septimanie de Richelieu, comtesse d'Egmont, tour à tour grande dame et grisette, oubliant sa noblesse dans les bras vigoureux d'un amant plébéien qui croyait adorer Toinette ou Madelon...

Il fallait suivre les traces de cette pécheresse aristocratique et se donner pour une heure, inconnue, à un inconnu.

Mais le moyen?...

La comtesse d'Egmont vivait libre en plein Paris, au milieu de l'élégante corruption du dix-huitième siècle... — Elle pouvait à sa guise louer une mansarde sous un nom d'emprunt, et, déguisée, courir aux Porcherons, le joyeux rendez-vous des beaux gardes françaises et des courtauds de boutique à la forte encolure...

Lazarine au contraire était au fond d'une province, connue de tous, cloîtrée dans son hôtel et dans son deuil, entourée de valets que la moindre démarche suspecte métamorphoserait en espions...

— Encore une fois, comment faire ?...

Tandis que la jeune veuve fatiguait son intelligence à chercher la solution du problème, expliquons brièvement les mobiles auxquels avait obéi Robert de la Tour-du-Roy, en écrivant le testament que nous connaissons.

Nos lecteurs n'ont point oublié les légèretés de Lazarine pendant les fêtes qui suivirent immédiatement le mariage.

Ils se souviennent mieux encore des angoisses causées au marquis par la découverte inattendue de ce que Jules Leroux appelait l'épisode d'Hector Bégourde.

La cuisante irritation du vieillard amoureux était d'autant plus intense qu'il la concentrait en lui-même, et ne laissait rien échapper de ce qui se passait dans son âme.

Il en arrivait à se dire que sa jeune femme, absolument dépourvue de cœur, de sens moral, et parfois de dignité, ne méritait ni la tendresse profonde, ni l'estime d'un galant homme et que, si le veuvage la rendait libre, elle ferait un déplorable usage de son indépendance reconquise.

C'est sous l'empire de ces navrantes convictions et au moment d'emmener Lazarine en Italie, que M. de la Tour-du-Roy avait tracé les dispositions suprêmes où sa profonde défiance éclatait à chaque ligne.

Il n'admettait pas que sa veuve pût se réjouir de sa mort, railler sa mémoire et, grâce à d'absurdes libéralités, étaler à Paris un luxe scandaleux.

Mais pendant toute la durée du voyage, et aussi après le retour dans le Loiret, la marquise fut irréprochable et modifia ses allures à tel point qu'elle ne semblait même plus frivole.

Un changement si brusque n'était pas sans motifs. Désireuse plus que jamais d'obtenir ce qui lui avait été refusé l'année précédente, un hôtel et une installation à Paris, Lazarine agissait en conséquence.

M. de la Tour-du-Roy, toujours épris quoiqu'il en eût, ne demandait qu'un prétexte pour s'illusionner de nouveau. — Il ne mit point en doute la transformation de sa femme.

— J'ai été trop sévère... — se dit-il. — Sa grande jeunesse était son excuse... — Elle agissait en enfant gâté, et mon imagination grossissait mal à propos des inconséquences sans gravité réelle... — Je récrirai mon testament...

Cette résolution arrêtée, M. de la Tour-du-Roy, — ainsi que le font beaucoup de vieillards, — remit chaque jour au lendemain pour la réaliser.

Les semaines se passèrent, puis les mois, et le marquis fut surpris par la mort avant d'avoir modifié l'acte dont le notaire d'Orléans avait reçu le dépôt.

Rejoignons Lazarine.

Quarante-huit heures s'étaient écoulées depuis la cérémonie funèbre.

Madame de la Tour-du-Roy, voyant qu'elle n'arrivait point à édifier un plan raisonnable et pratique, commençait à se décourager.

— Faudra-t-il donc courber la tête? — murmurait-elle avec colère. — Devrai-je accepter ma défaite et renoncer à la revanche entrevue?

Pour la centième fois peut-être elle s'interrogeait ainsi, quand un bruit inexplicable attira son attention.

Elle s'approcha d'une fenêtre, écarta la guipure du rideau de vitrage, et fut surprise de voir dans la cour de l'hôtel un jeune officier à cheval discutant de façon très-vive avec Dominique.

Un instant après le vieux valet de chambre, le visage bouleversé, se présentait devant Lazarine.

— Qu'y a-t-il? — lui demanda-t-elle.

— Madame la marquise, c'est un officier... un lieutenant de hussards...

— Eh bien !..., que veut-il, cet officier?..

— J'ose à peine l'apprendre à madame la marquise... il vient loger ici...

— Loger ici !... — répéta la veuve.

— Oui, madame la marquise... et malheureusement c'est son droit... — Les employés de la mairie ont eu l'indignité de lui donner un billet de logement pour l'hôtel de la Tour-du-Roy !... — Je n'ai pas voulu prendre sur moi d'obéir... — Que faut-il faire ?

— Il faut loger cet officier... — Donnez-lui l'appartement aux tapisseries qui se trouve au-dessus de celui-ci... — Mettez-vous à son entière disposition... — Prenez ses ordres pour les heures des repas et dites-lui pourquoi la maîtresse du logis ne pourra pas lui faire les honneurs de sa table...

Dominique, que la présence d'un intrus dans l'hôtel en de telles circonstances scandalisait profondément, s'éloigna la tête basse pour remplir sa mission.

Un peu plus tard Lazarine montait à l'étage supérieur par un escalier dérobé communiquant avec son cabinet de toilette, ouvrait une porte condamnée, entre-bâillait deux lourdes pentes de tapisserie servant de portières, et jetait un long regard sur le lieutenant endormi...

Quand elle redescendit, au bout de cinq minutes,

l'ivresse d'un succès probable faisait étinceler ses prunelles.

Le hasard se déclarait son allié... — L'impossible se réalisait...

Nos lecteurs savent le reste.

. . . .

. . . .

Au point du jour la marquise quittait l'hôtel, emportant un secret que personne au monde, croyait-elle, ne pourrait deviner jamais...

Deux heures après ce départ furtif le lieutenant Marcel Laugier savait que sa maîtresse d'une nuit, la prétendue Mariette, trahie par un portrait, se nommait en réalité Lazarine, marquise de la Tour-du-Roy.

Brusquement affolé d'amour pour cette patricienne fantaisiste, il se demandait : — *Faut-il la fuir ou la poursuivre ?...* Et se répondait : — *Il faut la revoir !... Je l'adore !...*

XLIX

Un intervalle d'un peu plus de sept mois s'était écoulé depuis la mort du marquis Robert de la Tour-du-Roy, ce qui nous amène aux premiers jours de mai de l'année 1875.

Le mois d'avril avait été à la fois humide et chaud.

Sous la double influence des pluies et du soleil la végétation s'était développée d'une façon hâtive et merveilleuse, et les vertes campagnes du Loiret étalaient avec une splendeur incomparable leur parure printanière.

Le château de la Tour-du-Roy, isolé dans son parc, se trouvait à plus d'un kilomètre de la première maison du village auquel il donnait son nom, et ce village lui-même, enrichi et agrandi par les libéralités des châtelains successifs, se composait

15.

de deux cents maisons de bonne apparence, entourées de petits jardins bien cultivés où des fleurs communes, aux vives couleurs, réjouissaient le regard.

Point de mares d'eau stagnante sur la voie publique; point de fumiers entassés devant les portes des étables.

Partout l'ordre et la propreté, indices de l'aisance et du bien-être.

La plus importante maison du village, après la mairie et le presbytère, était l'auberge, construction assez vaste, soigneusement crépie et badigeonnée, située sur la place ou champ de foire, et faisant face à la mairie.

Au-dessus de la porte se balançait une enseigne de zinc pittoresquement découpée et qui, les jours de vent, menait grand tapage.

Sur cette enseigne peinte en bleu vif se lisaient ces mots en lettres dorées :

AU CHEVAL BLANC

—

RICHARD

AUBERGISTE

CAFÉ — BILLARD

Loge à pied et à cheval

Un animal quasi-fantastique dont, il était difficile

au premier coup d'œil de déterminer la nature, occupait le point central de l'enseigne et figurait le cheval blanc.

Au rez-de-chaussée se trouvait la cuisine, très-grande comme toutes les cuisines des auberges de campagne, une salle à manger, et un café pourvu du billard promis par l'enseigne.

Ce billard était un *sabot* à la plus vieille mode; une myriade de reprises grossièrement faites changeaient son drap en guipure; — il n'en constituait pas moins pour l'établissement du père Richard une *attraction* de premier ordre.

Le logement de l'aubergiste et de sa femme, et quatre ou cinq chambres meublées avec une simplicité toute primitive, occupaient le premier étage.

Les deux servantes couchaient au dessus, dans une sorte de grenier.

Le garçon d'écurie, — un petit bossu aux jambes torses, — avait sa soupente dans l'étable où vivaient en paix deux belles vaches.

Derrière la maison s'étendait un jardin garni en partie de tonnelles pour les buveurs amis du grand air, des liserons, des vignes vierges et de la *bière de Mars*.

Un jeu de quilles, un jeu de tonneau et une escarpolette, vulgairement nommée *balançoire*, se

partageaient le reste du terrain et ne contribuaient
pas peu à faire à l'auberge du Cheval blanc la réputation d'un véritable paradis terrestre, fertile en
plaisirs de toute sorte.

Le père Richard, — on le nommait ainsi quoiqu'il
n'eût pas d'enfants, — propriétaire et cuisinier de
l'auberge et maître du café, prospérait. — Il avait
la vogue.

Et si l'on se demande en quoi peut consister la
vogue dans un village de cinq cents âmes, et quels
sont les moyens d'y faire fortune, nous répondrons
ceci : — La clientèle du café se composait non-
seulement des paysans du village qui venaient y
prendre leur *gloria* en lisant *le journal,* mais encore
des domestiques du château, très-nombreux nous
le savons, attirés par l'absinthe et par le billard, et
dépensant une notable partie de leurs gages en
consommations jouées au piquet.

Ce n'est pas tout.

Le père Richard avait été attaché jadis à la maison du marquis Robert, en qualité de premier aide
de cuisine. — Il ne manquait point de mérite, et
possédait alors l'ambition légitime de devenir cuisinier en titre.

Un petit héritage lui ayant permis de quitter le service, de se marier et d'acheter l'auberge, il s'était fait
rapidement une réputation sérieuse et passait dans

le pays pour un *chef* absolument de premier ordre.

Les bourgeois aisés des environs venaient, en partie de plaisir, manger chez lui des dîners fins commandés à l'avance, et parlaient ensuite avec enthousiasme des plats succulents qu'on leur avait servis.

Richard se connaissait en vins.

Il avait une cave célèbre à dix lieues à la ronde, où se trouvaient, non des grandes crûs d'un placement impossible, mais de vieux vins de Bourgogne, de Bordeaux et de Touraine, bien choisis, bien soignés, d'une qualité supérieure et d'un prix modéste.

Dans la saison des chasses le ci-devant aide de cuisine ne pouvait suffire à loger tous ceux qui sollicitaient de lui une hospitalité fort peu écossaise, et l'on voyait au Cheval blanc — (comme au royaume des cieux) — beaucoup d'appelés et peu d'élus.

On dédoublait alors les matelas des lits, — chaque chambre recevait alors deux dormeurs.

Le billard lui-même changeait de destination et se transformait en un vaste lit de camp sur lequel trois infortunés cherchaient le sommeil et ne le trouvaient point sans peine.

C'était le beau moment de l'auberge qui, chaque soir, retentissait du joyeux tapage du choc des verres, et des chansons grivoises; les chasseurs saluaient par des hourras prolongés l'apparition de ces inénarrables salmis de perdreaux et de ces prodigieux civets de lièvre que maître Richard accommodait comme personne.

Au commencement de mai 1875, un peu avant la tombée de la nuit, une petite voiture de louage, venant d'Orléans, s'arrêta devant la porte du *Cheval blanc*.

Toutes les chambres étant vides, l'arrivée d'un voyageur devait constituer pour l'aubergiste une véritable bonne fortune.

Aussi le bruit de ferrailles du véhicule et le claquement du fouet du cocher attirèrent-ils sur le seuil de la maison maître Richard lui-même, portant le traditionnel costume du *maître-queux* moderne, le béret blanc, la veste blanche, et le tablier blanc, retroussé sur le ventre.

Cet aubergiste, âgé de quarante-cinq ans environ, offrait une bonne figure, large et réjouie, où la prospérité se lisait dans les petits yeux brillants et dans l'ampleur des joues rubicondes.

La voiture de louage était une sorte d'antique cabriolet de forme réjouissante, très-haut sur ses deux roues, avec une capote ronde et poudreuse dont les compas soudés par la rouille ne pouvaient plus se plier.

Derrière cet échantillon bizarre de carrosserie antédiluvienne était attachée par des cordes une grande valise de cuir fauve, une boîte carrée de bois blanc

et deux étuis contenant, l'un un parasol de taille
gigantesque, l'autre un de ces chevalets portatifs dont
les artistes se servent en voyage, et qui ne tiennent
pas beaucoup plus de place qu'une grosse canne
quand ils sont fermés.

Un jeune homme, assis sous la capote à la gauche du conducteur, mit pied à terre.

C'était un grand et beau garçon, de tournure mili-
taire, portant de longues moustaches brunes.

Il paraissait avoir vingt-sept ou vingt-huit ans. —
Son visage pâle, aux joues amaigries, aux prunelles
étincelantes, offrait une rare distinction, mais exprimait une mélancolie profonde et une sorte de souffrance morale et d'inquiétude indéfinissable.

Le costume très-soigné du nouveau venu consistait
en un *complet* de drap gris, qui mettait en valeur
l'élégance de la taille et la désinvolture cavalière de
la tournure.

Un petit chapeau de fantaisie, de la même nuance
que les vêtements, des gants gris perle et des bot-
tines vernies, complétaient un ensemble qui parut
absolument satisfaisant à maître Richard.

Aussi s'empressa-t-il d'ôter sa toque de coutil blanc
et d'appeler sur ses grosses lèvres son plus obséquieux sourire.

— Pouvez vous me loger, monsieur l'aubergiste?
— demanda le jeune homme.

— Parfaitement, monsieur... — répondit le propriétaire du Cheval blanc. — J'ai plusieurs belles chambres au premier étage... — Monsieur choisira...

— Peu m'importe... je me trouverai toujours bien... — Faites détacher ma valise et les autres objets, je vous prie, et qu'on les porte dans l'une de ces chambres...

L'aubergiste appela une servante et donna des ordres, puis il reprit :

— Monsieur compte-t-il passer quelques jours à la Tour-du-Roy ?

— C'est possible... cela dépend... — Je suis artiste et je viens faire des études de paysage d'après nature dans ce pays où le pittoresque abonde, m'a-t-on dit à Orléans... — Si l'on n'a point exagéré, mon séjour se prolongera sans doute...

— Oh ! alors, — s'écria l'aubergiste, — monsieur restera chez nous certainement des semaines et des mois... — nos environs sont magnifiques... — tous les ans il nous vient des peintres de Paris comme monsieur... car monsieur est de Paris... cela se voit à la tournure...

Le jeune homme n'ayant point jugé convenable de répondre à cette question déguisée, maître Richard poursuivit :

— Monsieur prendra pension chez moi ?

— Sans doute...

— Monsieur sera content... — Mes prix sont modérés... — Ma cave ne craint point de concurrence, et, quant à ma cuisine, je puis affirmer qu'elle possède dans le pays une réputation bien établie et des plus légitimes... — Monsieur n'en doutera point quand il saura que j'ai été premier coadjuteur du chef de feu M. le marquis de la Tour-du-Roy, et que j'ai fait plusieurs fois l'intérim au château... — Monsieur en doutera moins encore quand il aura goûté quelques-uns de mes plats...

La servante coupa court à l'accès de lyrisme de son maître en venant annoncer que la chambre n° 1 était prête.

— Si monsieur veut me suivre, — dit l'aubergiste, — je vais le conduire...

Les deux hommes traversèrent la cuisine, gravirent les marches d'un escalier de bois un peu raide, et franchirent le seuil de la chambre n° 1 dont la porte se trouvait dans le couloir du premier étage juste en face de l'escalier.

— C'est la plus belle... — fit maître Richard, — vue sur la place et sur la mairie... — Les jours de foire, rien n'est plus gai...

La chambre numéro 1, quoiqu'elle fût la plus belle de la maison, ne brillait point sous le rapport du luxe, ni même sous celui du confortable.

Un petit papier grisâtre à fleurs bleues, qui valait bien dix sous le rouleau, couvrait les murs.

Quatre lithographies coloriées, représentant des scènes pathétiques empruntées au vieux mélodrame : *Trente ans de la vie d'un Joueur*, et encadrées de baguettes de bois noirci, représentaient la décoration artistique.

Sur la cheminée de bois peint en marbre se voyait une pendule de zinc, veuve de son mouvement, entre deux de ces vases en porcelaine commune, dorés et peinturlurés, comme on en gagne aux tourniquets des boutiques foraines.

Quatre chaises foncées de paille, une table de sapin, une commode de noyer difficile à ouvrir et plus difficile encore à fermer, et un lit de bois blanc à rideaux de calicot jaune ornés d'une *grecque*, composaient le mobilier.

Il convient d'ajouter que le lit avait une paillasse au lieu du sommier, et sur cette paillasse deux maigres matelas aussi plats que des galettes.

Le jeune homme jeta sur tout cela un regard insouciant qui prouvait soit une préoccupation profonde, soit un complet détachement des choses de la terre.

— Cette chambre me conviendra très-bien,— dit-il.

L

— Monsieur prendra, s'il le veut, ses repas dans la salle à manger particulière... — commença l'aubergiste.

— Cela m'est égal, — répondit le jeune homme.

— Mais monsieur y sera seul, car en ce moment nous n'avons personne,— poursuivit maître Richard. — Monsieur mangerait plus gaiement dans la salle du café, sur une petite table... Au moins ainsi il entendrait causer et pourrait se croire encore dans un restaurant de Paris.

— Servez-moi où vous voudrez.

— A quelle heure monsieur dînera-t-il?

— Quand vous serez prêt.

— Dans une petite demi-heure alors... Cela convient-il à monsieur?

— Parfaitement.

L'aubergiste se retira, enchanté de ce voyageur qui paraissait satisfait de tout et dont le séjour au Cheval blanc aurait sans doute une assez longue durée.

Le jeune homme, resté seul, s'approcha de la fenêtre qu'il ouvrit.

La nuit tombait. Déjà quelques étoiles commençaient à scintiller dans l'azur assombri du ciel.

L'auberge était bâtie sur le point le plus élevé du village ; on apercevait depuis ses fenêtres, par-dessus les toits des maisons qui lui faisaient face, de grandes masses de verdure que la naissante obscurité faisait paraître noires comme de l'encre.

— Voilà sans doute les futaies du parc... — murmura le nouveau venu, — et derrière ces futaies le château de la Tour-du-Roy... — ELLE est là... — Entre ELLE et moi il n'y a plus qu'un espace facile à franchir... — je LA verrai peut-être demain...— A cette pensée mon cœur se gonfle et ma poitrine devient trop étroite...

Disons-le tout de suite, ce voyageur dont l'arrivée au Cheval blanc réjouissait le père Richard, n'était autre que Marcel Laugier, le lieutenant de hussards, le héros de l'aventure du prologue de ce récit.

Nous le savons déjà Marcel, en quittant Orléans, emportait un souvenir qui ne devait pas s'effacer.

Ce souvenir, comme la tunique de Déjanire brûlant la chair du centaure Nessus de mythologique mémoire, allumait dans ses veines et dans son cerveau une flamme inextinguible.

Une bonne fortune banale avec une fille de rien, — si merveilleuse qu'eût été d'ailleurs la beauté de cette fille, — n'aurait laissé qu'une trace éphémère dans sa mémoire, comme tant d'autres amourettes de garnison dont les héroïnes oubliées ressemblaient aux vagues fantômes qui peuplent les longues insomnies...

Mais il n'en était point ainsi.

A peine aurait-il osé dans un salon mondain faire une cour discrète et respectueuse à cette grande dame, dont il était devenu l'amant d'une façon si étrange et si invraisemblable ...

Sans cesse, à toute heure, nuit et jour, l'image ardente de la patricienne le poursuivait, s'attachait à lui, l'obsédait, ne le quittait plus.

Éperdument épris, dominé par une sorte de délire, il s'abandonnait sans résistance à l'idée fixe qui mène à la folie.

Il songeait sérieusement à briser sa carrière pour se rapprocher de la marquise de la Tour-du-Roy...

Il se disait, il se répétait, qu'en elle était désormais toute sa vie...

Il se demandait à quoi bon vivre si elle ne devait plus lui appartenir ?

Et pourquoi ne lui appartiendrait-elle pas de nouveau? — Veuve et libre, pourrait-elle contester des droits librement donnés par elle?

Pourquoi ne serait-elle pas sa femme?

Certes il existait un abîme entre le lieutenant obscur et la grande dame immensément riche, mais la grande dame, en se livrant au lieutenant, n'avait-elle pas comblé cet abîme?...

Toutes ces questions, toutes ces pensées, bouillonnaient et tourbillonnaient sans trève dans le cerveau surexcité de Marcel.

Le jeune homme se consumait à petit feu dans sa garnison de Vesoul.

A mesure que le temps passait, que les mois succédaient aux mois, sa tête s'égarait de plus en plus, sa bonne et franche nature s'aigrissait, son caractère devenait provoquant, agressif, intolérable...

Ses camarades, qui jusqu'alors l'avaient adoré, ne le reconnaissaient plus, commençaient à le trouver impossible et haussaient les épaules en parlant de lui.

— Positivement Marcel Laugier devient fou! — se disaient-ils entre eux. — C'est dommage, car c'était un brave garçon et un bon officier...

Son changement physique allait de pair avec sa métamorphose morale.

Sous l'influence de la fièvre lente qui le minait incessamment ses joues se creusaient, un large cercle de bistre se dessinait autour de ses paupières, une lueur étrange s'allumait dans ses prunelles.

Son colonel, qui lui portait l'intérêt le plus vif, lui prit un jour le bras et lui dit d'un ton affectueux :

— Mon cher lieutenant, vous êtes malade...

— Mais, colonel... — murmura le jeune homme.

— Ne niez pas ! vous êtes malade... — Cela saute aux yeux... — Est-ce de corps ou d'esprit ? je l'ignore et je ne vous interroge point. — Les causes de votre souffrance ne regardent que vous... — Ce que je sais, c'est qu'il faut vous guérir... — Sollicitez un congé de six mois... — J'appuierai votre demande... — Un voyage, des distractions, des plaisirs, rétabliront en vous l'équilibre momentanément détruit, et vous nous reviendrez mieux portant que jamais...

Pour Marcel, ce congé si gracieusement offert c'était la possibilité de revoir la marquise.

Il accepta la proposition avec enthousiasme et reconnaissance, et chercha les meilleurs moyens de mettre à profit l'heureuse chance qui s'offrait à l'improviste.

Aller droit au château et se présenter à la jeune veuve était impossible, pour une foule de raisons qui se devinent sans qu'il soit nécessaire de les énumérer.

Il fallait trouver autre chose. — il le trouva sans peine et son plan, fut bientôt fait.

S'occupant de peinture dans ses moments de loisirs rien ne lui serait plus facile que de se faire passe pour artiste.

Il irait s'installer avec sa boîte à couleurs et son chevalet dans une auberge quelconque du village de la Tour-du-Roy qu'il savait voisin d'Orléans; là, sous prétexte de faire des études de paysage, il passerait sa vie à travers les champs, aux alentours du parc, sur le bord des chemins, et sa bonne étoile lui permettrait certainement de rencontrer la marquise un peu plus tôt ou un peu plus tard, et de lui parler sans la compromettre.

Un tel plan offrait, par sa simplicité même, des probabilités de réussite.

Aussitôt en possession de son congé, Marcel Laugier partit pour Paris; fit faire des vêtements civils dont il se trouvait fort dépourvu; supprima son ruban rouge; gagna Orléans; s'adressa sans hésiter au concierge de l'hôtel où, sept mois auparavant, il avait goûté un si prodigieux et si incompréhensible bonheur, et le questionna.

Ce concierge, ne l'ayant vu qu'en uniforme, n'eut garde de le reconnaître et lui répondit que madame la marquise se trouvait présentement à son château de la Tour-du-Roy.

Marcel mit cent sous dans la main du brave homme, et le pria de lui permettre de visiter, en sa qualité d'artiste parisien, les objets d'art réunis dans lés appartements de réception et dont il avait entendu parler avec beaucoup d'éloges.

Le concierge accorda sans difficulté cette faveur qui,— nous l'avons appris par le vieux Dominique, — ne se refusait jamais aux étrangers et, prenant les clefs de l'hôtel, il conduisit le lieutenant au rez-de-chaussée dont il s'empressa d'ouvrir les fenêtres et les volets.

Marcel on le devine n'avait qu'un but : revoir ce merveilleux portrait de Lazarine peint par Chaplin et que nous avons décrit au début de ce récit.

Aussi son examen dans les premiers salons fut-il superficiel et de pure forme, ce qui ne laissa pas d'étonner un peu son guide, mais aussitôt qu'il eût pénétré dans la pièce en rotonde et soulevé d'une main tremblante la toile verte cachant le tableau toujours placé sur son chevalet, il s'absorba dans une contemplation, ou plutôt dans une adoration que le concierge ne tarda pas à trouver longue.

Mais comme il avait reçu cinq francs, il ne dit mot et laissa le visiteur s'extasier tout à son aise.

Cette extase eut un terme cependant.

Marcel, emportant dans son âme un brasier dont la vue de l'image presque vivante de Lazarine avait encore avivé l'ardeur, quitta l'hôtel et se mit en quête d'une voiture de louage qui pût le conduire à la Tour-du-Roy.

Il tomba sur le singulier véhicule que nous avons mis sous les yeux de nos lecteurs et dont le cocher se trouvait, par hasard, connaître le village, et l'auberge du Cheval blanc

Le lieutenant fit prix avec le cocher et partit aussitôt.

Nous assistions à son arrivée.

Un peu moins d'une-demi heure après l'installation du jeune homme dans la chambre n° 1, maître Richard envoya l'une des servantes le prévenir que le dîner l'attendait.

Marcel descendit, trouva son couvert mis dans le café et ce couvert avait fort bonne mine.

La petite table, recouverte d'une nappe bien blanche qu'éclairaient deux bougies, offrait un aspect réjouissant avec sa soupière fumante, ses assiettes de vieille faïence à coqs et ses deux bouteilles revêtues d'une poussière vénérable attestant le grand âge de leur contenu.

L'ex-coadjuteur du cuisinier en chef du marquis Robert se tenait debout auprès de la petite table.

— J'espère que monsieur sera content, — dit-il. —

J'ose d'ailleurs promettre à monsieur que, n'étant point pris au dépourvu, je ferai mieux demain...

— Je suis toujours content... — répliqua Marcel.

— Tant pis ! — s'écria maître Richard.

— Pourquoi tant pis?

— Monsieur étant trop facile à servir, il n'y aura point de mérite à le satisfaire, et je le regrette...

Malgré sa préoccupation le lieutenant ne put s'empêcher de sourire et se mit à table.

Jamais menu improvisé ne fut plus attrayant dans sa simplicité.

Le potage était une croûte au pot dans un bouillon couleur d'or, accompagnée d'une soucoupe remplie de parmesan râpé.

A ce potage une friture de petites truites succéda, puis un ris de veau au jus et aux queues d'écrevisses, puis une omelette aux champignons, un poulet de grain rôti, flanqué d'une salade, et enfin un gâteau de cerises conservées, d'une physionomie et d'une odeur tout à fait engageantes.

Le vin était un vieux beaujolais dépouillé et devenu couleur de rubis pâle avec des reflets jaunes grâce à dix ans de bouteille.

Maître Richard fit observer qu'il tenait à la disposition de son hôte du bordeaux, du bourgogne et du vouvray, dont il pouvait lui garantir la finesse et le bouquet.

Marcel, tout en cassant des noisettes, déclara qu'il n'avait jamais mieux dîné et que le beaujolais lui paraissait exquis.

L'aubergiste radieux enleva le dessert et posa devant le jeune homme une tasse de café bouillant et un petit flacon d'eau-de-vie.

Le lieutenant tira son porte-cigares.

— Mon hôte, — dit-il, — acceptez un de ces *cilindrados*, je vous prie, et causons un instant... — J'ai quelques renseignements à vous demander...

— Je suis aux ordres de monsieur... — répondit maître Richard.

LI

Quoi qu'eût dit le propriétaire du *Cheval blanc* de l'animation toute parisienne de son café, l'établissement champêtre ne se recommandait, ce soir-là, que par le calme le plus absolu.

Deux paysans attablés dans un coin devant une bouteille de bière, et discutant à voix basse les clauses d'un marché, en composaient momentanément l'unique clientèle.

Ces conditions de solitude presque absolue et de silence relatif étaient on ne peut plus favorables à l'entretien que Marcel Laugier désirait avoir avec l'aubergiste.

— Je suis artiste, je vous le répète, mon cher hôte, — commença le lieutenant, — et je viens ici dans le but de travailler d'après nature... Me faudra-t-il

16.

aller bien loin pour rencontrer des points de vue dignes de l'attention d'un paysagiste?

— Vous trouverez ça de tous les côtés et sans vous déranger beaucoup... — répliqua l'aubergiste. — Notre village est quasiment au milieu des bois, comme vous n'avez pas manqué de vous en apercevoir en venant d'Orléans. — Le pays fourmille de grands arbres vieux comme le monde, de grosses roches et de petits ruisseaux, et je me suis laissé dire que messieurs les peintres recherchaient ces sortes de choses pour en faire des copies sur leurs tableaux...

— Ceux qui vous ont affirmé cela ne vous trompaient pas... — Avez-vous des ruines pittoresques dans les environs?

— Des ruines?... — répéta maître Richard.

— J'entends par là des châteaux du temps passé, abandonnés, démolis aux trois quarts et couverts de lierre...

L'aubergiste secoua la tête.

— Pour ça non, à ma connaissance du moins, — répliqua-t-il. — En fait de château nous n'avons que celui de la Tour-du-Roy qui, grâce à Dieu, n'est point démoli et ne le sera pas de sitôt, car il est aussi solide que s'il était neuf, quoiqu'il ne date point d'hier...

— On m'en a parlé comme d'une habitation très-
belle...

— Magnifique, monsieur... — Il n'y a, dans le
Loiret, que le château de Gordes qui puisse piger
avec le nôtre... et Gordes est à six lieues d'ici...

— On m'a vanté le parc également...

— Ah ! c'est un parc comme on n'en voit guère !...
Cinquante hectares, monsieur, clos de murs!... —
et des futaies, des allées couvertes où il fait sombre
en plein midi, des pièces d'eau, des statues, des
kiosques et tout ce qui s'en suit... — Un paradis
terrestre !

— Pensez-vous qu'il me sera permis de le parcourir?

— Quant à cela, monsieur, je le dis tout net, n'y
comptez pas...

— Pourquoi donc? — Généralement les artistes et
les étrangers sont admis, sur leur demande, à visiter
des parcs aussi remarquables que celui dont il
s'agit...

— Je le sais bien, et c'était aussi comme ça du
temps de feu M. le marquis... — le gardien chef
du pavillon d'entrée avait l'ordre de laisser passer
les gens comme il faut qui désiraient jeter un coup
d'œil...

— Et, maintenant?...

— Depuis sept mois que madame la marquise est

veuve, il y a une consigne sévère et sans exceptions... — Ordre absolu de refuser la porte à qui que
ce soit... — Madame vit dans une retraite absolue...

— Oh! absolue...

— Oui, monsieur... tout ce qu'il y a de plus
absolu... — Madame la marquise ne reçoit que
M. Leroux son père, ses deux sœurs, et M. le comte
de Gordes, son beau-frère... et encore de loin en
loin... pas très-souvent...

— Madame de la Tour-du-Roy, sans doute,
regrette beaucoup son mari?

— Il faut croire... — M. le marquis avait cependant quarante et des années de plus que sa femme,
mais c'était la crème des hommes... — Madame
l'aimait certainement, et l'on peut dire qu'elle
mène une vie exemplaire et ne songe ni peu ni
beaucoup à profiter de sa liberté, comme feraient
tant d'autres à sa place... C'est même flatteur et bien
consolant pour défunt M. le marquis...

— Madame la marquise est toute jeune?

— Pas vingt ans, monsieur.

— On cite sa beauté...

— Sur ce sujet-là, monsieur, on n'en dira jamais
assez... — Madame la marquise est plus jolie que
tout ce qu'on peut imaginer de plus beau... — Je ne
lui trouve qu'un défaut pour mon goût personnel,
c'est qu'elle a les cheveux couleur de cuivre...

Mais il y a des gens, et beaucoup, à qui ça plaît...

— Aimez-vous ça, les cheveux rouges, vous monsieur, qui êtes artiste?...

— Cela dépend de la tête sur laquelle ils sont placés... — répliqua Marcel. — La Vénus du Titien est rousse...

— Je ne connais ni ce monsieur ni cette dame, — murmura l'aubergiste.

— Enfin, — reprit le lieutenant, — j'espère juger par mes propres yeux de cette beauté que vous dites si merveilleuse...

— Comment cela? — Pour en juger il faudrait voir madame...

— Sans doute.

— Et vous ne la verrez pas.

— Je ne la verrai pas chez elle, assurément, mais je puis la voir ailleurs...

— Où donc?

— Sur la grande route, dans sa voiture, à l'heure de sa promenade... — Si exclusif que soit l'amour de madame de la Tour-du-Roy pour la solitude, elle doit cependant, j'imagine, franchir quelquefois les limites de son parc...

— Eh bien, monsieur, c'est ce qui vous trompe...
— Si vous étiez venu il y a cinq ou six semaines, vous auriez eu peut-être la chance de rencontrer

madame conduisant ses poneys, mais présentement elle ne sort plus du parc...

— Plus jamais?...

— Jamais! Jamais!... Et il y a pour cela de bonnes raisons...

— Lesquelles?

— Ordonnance du médecin...

— Cette jeune femme est souffrante? — s'écria Marcel.

— Comme le sont généralement les personnes dans sa position. — La grossesse est très-avancée, et le mouvement est défendu...

En entendant ces deux mots : *la grossesse*, le jeune homme eut un éblouissement : il lui sembla sentir en plein cœur une violente commotion électrique.

— Madame la marquise est grosse !... — bal- butia-t-il d'une voix changée.

— Oui, monsieur... et certainement elle en a le droit !... — Il y a sept mois que M. le marquis est mort... — l'enfant viendra donc au monde dans les détails voulus par la loi... et s'il plaît à Dieu, et que ce soit un garçon, le nom de la Tour-du- Roy ne s'éteindra pas... — Pauvre M. le marquis, aurait-il été heureux! — Un petit bébé, c'était son rêve... — C'est ça qui l'aurait rajeuni !...

Maître Richard aurait pu continuer indéfiniment.

Marcel n'écoutait plus, ou pour mieux dire il avait cessé d'entendre.

Il s'absorbait dans sa pensée. — Une lueur douteuse commençait à éclairer pour lui les mystérieuses ténèbres de l'aventure d'Orléans.

Il se répétait :

— Elle est grosse !... — si l'enfant qu'elle porte dans son sein était mon enfant et si elle n'en pouvait douter, un lien indissoluble nous attacherait l'un à l'autre, et vainement elle tenterait de le briser !...

L'aubergiste parlait toujours à son auditeur inattentif.

Tout à coup Marcel releva la tête et prêta de nouveau l'oreille.

Une phrase de maître Richard venait de l'arracher brusquement aux pensées qui l'absorbaient.

Voici cette phrase :

— Monsieur peut imaginer sans peine le désappointement de l'héritier lorsqu'il a reçu la nouvelle de cette grossesse inattendue... — Quelle tuile !.. — Je ne le connais pas, mais en songeant à sa figure je ris malgré moi...

— L'héritier? — répéta Marcel, — il y avait un héritier?

— Oui, monsieur...

— Madame la marquise n'était donc pas légataire universelle de son mari?...

— Non, monsieur...

— Et comment cela?...

— C'est très-compliqué et la chose a surpris bien du monde, car on croyait généralement que monsieur laisserait tout à madame dont il était très-amoureux... — Eh bien, non! — Il y avait un testament, et par ce testament feu M. le marquis, prévoyant le cas où il viendrait à mourir sans enfants, donnait sa fortune à un parent éloigné, un certain comte de la Tour-du-Roy qu'on n'a jamais vu dans le pays, si bien qu'il ne restait à madame que sa fortune personnelle et la jouissance du château...

— Est-ce possible?... — murmura le lieutenant.

— C'est possible et certain, — reprit l'aubergiste.

— M. Jomard, le notaire d'Orléans, avait lu le testament à madame dès le lendemain de la mort si malheureuse de M. le marquis... Il en a parlé à quelques personnes, et, petit à petit, la chose s'est répandue... un mois après, tout le monde était au fait... — Madame la marquise est très-aimée... on trouvait le testament fort injuste car enfin, quand une jeune fille belle comme le jour épouse un homme qui pourrait être son grand-père, et se conduit bien avec lui, elle a le droit de compter

n'est-ce pas, que son mari ne la déshéritera point
au profit de gens qui sont presque des étrangers?

— Monsieur est-il de mon avis?

— Sans doute.

— Aussi, quand on a su la grossesse, on s'est
réjoui sincèrement et les jeunes filles de la commune sont allées, en manière de félicitation, porter
à madame la marquise, au château, un bouquet de
toute beauté.

Marcel se trouvait, moralement, dans la situation
d'un homme ivre.

Il sentait sa tête tourner.

La flamme des deux bougies placées sur la petite
table lui paraissait décrire autour de lui de grands
cercles d'où s'échappaient des fourmillements d'étin-
celles.

Il quitta sa chaise.

— Monsieur va se coucher déjà? — demanda l'aubergiste.

— Je suis un peu fatigué... — répondit le jeune
homme. — Merci de vos renseignements, mon cher
hôte; — ils me démontrent jusqu'à l'évidence que le
pays est des plus pittoresques... — J'y comptais
bien d'ailleurs, et je m'en réjouis...

— Monsieur se mettra-t-il au travail dès demain?...

— C'est probable.

— Faudra-t-il procurer à monsieur un gamin du pays pour porter son attirail ?...

— Oui, mais un peu plus tard... — Je veux d'abord explorer la campagne en simple promeneur, afin d'y chercher des points de vue...

— Quand monsieur aura besoin du gamin, monsieur me préviendra la veille.

— C'est entendu.

— Monsieur déjeunera-t-il avant de commencer sa tournée ?

— Je n'en sais rien encore... — Peut-être sortirai-je de grand matin... — Dans ce cas je serais de retour vers onze heures...

— A la volonté de monsieur... — Le couvert sera mis pour son retour...

Le verbiage obséquieux du père Richard et ses questions multipliées fatiguaient étrangement Marcel dont la pensée était ailleurs.

— Bonsoir, mon hôte... — dit-il en prenant une des bougies et en se dirigeant vers la porte.

Il se croyait libre, mais l'aubergiste ne l'entendait point ainsi et considéra comme un devoir de l'accompagner à sa chambre afin de s'assurer par ses propres yeux que rien d'essentiel ne lui manquait.

Cette petite revue passée, l'hôte trop attentif souhaita le bonsoir à son tour et se retira.

— Enfin !... — murmura le lieutenant.

LII

Lorsque Marcel se trouva seul, la plus violente tempête à laquelle le cerveau d'un homme ait servi de théâtre se déchaîna sous son crâne.

Cette lueur vague d'abord dont nous avons signalé l'apparition au moment où pour la première fois l'aubergiste parlait de la grossesse de Lazarine, devenait une lumière éclatante.

Le lieutenant, saisi d'une colère mêlée de dégoût, se rendait compte du rôle étrange joué par lui à Orléans sept mois auparavant.

Les mobiles auxquels avait obéi madame de la Tour-du-Roy apparaissaient d'une façon claire et brutale à son esprit désabusé.

La grande dame déguisée en servante qui lui avait appartenu dans la chambre aux tapisseries du vieil hôtel, n'était ni une femme exaltée prise d'un soudain caprice, ni une Messaline, ni une folle...

C'était bien pis que cela ! — c'était une créature avide, foulant aux pieds toute dignité, toute pudeur ! — n'ayant ni le respect d'elle-même, ni le respect du mort à peine refroidi dont elle portait le nom, et se livrant à un inconnu dans un intérêt de fortune !

Entre cette patricienne et une fille, quelle différence y avait-il ? — se demandait Marcel ; et il se répondait : — La différence du prix et point d'autre !...

La patricienne comme la fille avait vendu son corps, l'une pour gagner quelques écus, l'autre pour sauver des millions... — l'une pour du pain, — l'autre pour du luxe...

Certes ce n'était pas la fille qui méritait le moins d'indulgence !...

Dans les transports de sa rage folle contre l'action odieuse dont il avait été le complice inconscient, le jeune homme se dit que le mépris avait tué l'amour dans son cœur, qu'il exécrait désormais la marquise et qu'il partirait le lendemain sans même avoir tenté de se rapprocher d'elle...

Il se dit cela de bonne foi, et il le crut ce qui, pour un officier de hussards, prouvait un grand fond de candeur.

Est-ce que jamais, chez un homme, le mépris a tué l'amour?... — Est-ce qu'on ne voit pas chaque jour des passions folles, conduisant jusqu'au crime ou jusqu'au suicide, inspirées par des femmes qui ont connu toutes les hontes et roulé dans toutes les boues ?

En se persuadant qu'il n'aimait plus et qu'il voulait fuir, Marcel comptait sans l'ardeur de sa nature ; il comptait sans le côté matériel des tendresses exclusivement sensuelles que la beauté plastique et la volupté seules ont fait naître...

Après un long et formidable combat entre le mépris et l'amour, le mépris fut vaincu...

L'idée que la marquise, au moment où elle tombait dans ses bras, ne voyait en lui qu'un moyen, devint un excitant, une sorte de piment diabolique pour sa passion malsaine.

Il se jura de prendre sa revanche et de donner des sœurs à cette nuit unique dont les souvenirs brûlaient son sang...

Il se jura de posséder de nouveau son étrange maîtresse et de la contraindre à se donner encore, mais non plus par calcul et par intérêt cette fois...

Marcel, qui s'était endormi très-tard à la suite de ces combats énervants, ne se réveilla qu'au grand jour.

Sa première pensée en ouvrant les yeux fut celle-ci :

— Je l'aime malgré tout ! — **Malgré** tout, je l'adore, et plus que jamais je veux la revoir !...

La revoir ! — Oui. — Mais comment?

Se présenter au château ? — Il n'y fallait pas même songer.

Madame de la Tour-du-Roy ne recevait personne, sauf son père, ses sœurs et son beau-frère, et n'admettait aucune exception à cette règle générale... — Le père Richard l'avait affirmé la veille au soir.

Assurément l'exception n'aurait pas lieu pour lui.

A quoi bon essayer une démarche condamnée d'avance ?

Ou la marquise ne se souviendrait point du nom de Marcel Laugier, — qu'elle n'avait peut-être jamais su ! — ou ce nom lui rappellerait une heure de sa vie qu'à coup sûr elle souhaitait oublier.

Dans un cas comme dans l'autre les portes resteraient closes, et plus encore dans le second que dans le premier.

Le prétexte même manquait à Marcel pour tenter d'arriver jusqu'à la jeune veuve qu'il était censé ne point connaître et qui faisait volontairement autour d'elle une solitude absolue.

En se heurtant à l'inflexible consigne il aurait l'air d'un fou, et le valet chargé de l'éconduire sourirait ironiquement.

Et cependant il voulait voir la marquise, — il voulait lui parler, — il le voulait à tout prix !

Mais encore une fois, comment?

Marcel, tout en faisant sa toilette, formulait dans son esprit les réflexions qui précèdent et se posait la question que nous venons de reproduire.

Faute d'une solution plus pratique il se répondit par un geste signifiant clairement :

— A quoi bon s'inquiéter d'avance ?... — Le hasard n'abandonne point ceux qui se fient à lui... — il me viendra en aide!...

Vers huit heures du matin le jeune homme quitta l'auberge du Cheval blanc...— sans même interroger le père Richard tant la direction à suivre lui semblait indiquée, et il prit le chemin conduisant à la grille du parc, — grille flanquée de deux pavillons décrits par nous au début de ce récit.

De là on apercevait la façade du château dont les feux du soleil levant métamorphosaient les vitres en réflecteurs éblouissants. — Une lumière crue et presque aveuglante papillotait sur la grande masse architecturale où les années avaient mis leur patine incomparable.

Marcel ne pouvait songer, — quant à présent du moins, — à voir cette grille s'ouvrir devant lui.

Il fit halte et contempla longuement l'imposant

édifice dont les murs de pierre de taille lui ca-
chaient la femme adorée.

— Si seulement, — murmura-t-il, — sa robe flot-
tante m'apparaissait sur la terrasse lointaine... —
C'est impossible... il est trop matin. — Les grandes
dames, à cette heure, sont encore endormies...

Ajoutant une foi naïve au préjugé bourgeois
qui défend aux femmes du monde d'être levées de
grand matin, le lieutenant se remit en marche avec
l'intention bien arrêtée de côtoyer la muraille
d'enceinte et de trouver quelque moyen de s'intro-
duire dans le parc, sinon avec effraction tout au
moins avec escalade, et il s'enfonça sous bois,
résolûment.

Il n'eut pas besoin d'aller bien loin pour rencontrer ce qu'il cherchait.

A un kilomètre environ de la grille, et dans un endroit où le fourré très-épais mettait le jeune homme
à l'abri de tous les regards, deux arbres aux troncs
noueux poussaient forts rapprochés l'un de l'autre,
mais l'un dans le parc, l'autre dans le bois, séparés
seulement par la muraille.

Un peu au-dessus du chaperon de cette muraille
leurs fortes branches s'enchevêtraient.

Rien n'était plus facile que d'arriver jusqu'à ces
branches, les nœuds de l'écorce et les rejets vigoureux offrant des points d'appui sans nombre.

— Commé j'avais raison, — pensa le lieutenant, — de compter sur le hasard... — Le voilà qui m'offre une échelle... — C'est d'un heureux présage.

Il se mit aussitôt en devoir de grimper, et il atteignit facilement les grosses branches formant une sorte de plancher, sur lequel il se tint debout.

Depuis cet observatoire aérien il dominait le parc mais il n'en voyait presque rien, la végétation très-épaisse empêchant ses regards d'arriver jusqu'aux parties découvertes.

Au-dessous de lui l'allée de ceinture s'allongeait en droite ligne, assombrie par les rameaux unis de la double rangée de tilleuls séculaires formant une route de verdure.

Sans hésiter, sans même réfléchir Marcel, se suspendant par les deux mains à une branche, sauta sur le sable de cette allée et la suivit en se dirigeant vers le château.

C'était assurément une action imprudente au premier chef, et le jeune homme jouait gros jeu.

Il avait chance d'être surpris par un garde ou par quelque valet; — comment alors expliquer sa présence dans une enceinte absolument close et dont les portes ne s'ouvraient point?

Ses intentions, qu'il lui serait impossible d'expliquer, sembleraient à bon droit suspectes, et de fâcheuses conséquences pouvaient résulter de sa folie.

17.

Il savait cela très-bien, mais il se défendit de penser au péril.

Il possédait d'excellentes jambes ; — en cas de surprise il prendrait la fuite, — se dit-il, — et dans ce parc immense, plein de taillis et de massifs, il trouverait certainement moyen de donner le change à ceux qui lui donneraient la chasse, de leur faire perdre sa trace et de sortir comme il était entré...

D'ailleurs il comptait sur son étoile, de même qu'il avait compté sur le hasard...

Le hasard s'était montré favorable... — L'étoile ne l'abandonnerait pas.

Cependant il marchait avec précaution, se dissimulant derrière les troncs d'arbres, prêtant l'oreille, prêt à battre en retraite au moindre bruit inquiétant.

Mais à cette heure matinale la solitude était complète. — On n'entendait que les murmures lointains des cascades, les hennissements des chevaux de sang dans les paddoks, et les gazouillements des myriades de petits oiseaux mis en gaieté par le printemps et par le soleil...

Au bout d'une centaine de pas, et au moment où l'une des ailes du château devenait visible au bout du tunnel de verdure, Marcel arriva à un rond-point. De vieux tilleuls formaient le cercle autour d'une construction rustique très-élégante dans sa simplicité voulue.

C'était une sorte de maisonnette en sapin verni,

ciselée comme un chalet d'étagère. — La porte ouverte laissait voir l'intérieur, composé d'une seule
pièce.

Le lieutenant jeta un coup d'œil derrière lui pour
bien s'assurer que personne n'approchait, et tranquille à cet égard, il franchit le seuil.

L'unique pièce, entièrement tendue de cretonne
grise et rose et éclairée par deux grandes fenêtres à
petits carreaux sertis de plomb, avait pour meubles
de larges divans, un fauteuil immense, un piano, et
une table ronde recouverte d'un tapis des Indes.

Sur le piano, une partition toute ouverte...

Sur la table ronde une boîte à ouvrage, une tapisserie commencée, les journaux de la veille et les
quatre ou cinq derniers romans publiés à Paris.

A côté de ces journaux et de ces volumes, une
petite glace à main, dont le cadre et le manche
d'ivoire vert offraient des sculptures délicates

Marcel tressaillit.

Il était impossible de s'y méprendre, le hasard, qui
décidément se constituait son protecteur, venait de
l'amener droit au gracieux *buen retiro* où la marquise de la Tour-du-Roy, solitaire, ennuyée, passait une partie de ses journées et partageait un
temps qui lui semblait bien long, entre les travaux
d'aiguille, la lecture et la musique.

Le cœur du lieutenant bondit.

LIII

Véritablement cette pièce, pour un homme éperdument épris et d'imagination vive, était pleine de
Lazarine...

La petite glace à cadre d'ivoire gardait comme un
vague reflet du visage de la jeune femme...

La tapisserie commencée semblait tiède encore
du contact de ses mains charmantes...

Les touches du piano que ses doigts avaient pres-
sées vibraient encore...

Un indéfinissable parfum, — *odor di femina*, — sa-
turait l'atmosphère...

Marcel s'agenouilla dans le grand fauteuil ;— ses
lèvres cherchèrent sur le dossier la place où la tête
de la marquise s'était appuyée si souvent... — Elles
y trouvèrent un autre parfum, plus distinct, celui

des cheveux couleur de feu qu'elles avaient caressés jadis...

Une demi-heure s'écoula dans les folies d'une muette extase, puis le lieutenant réfléchit qu'il savait ce qu'il voulait savoir; que rien désormais ne pouvait l'empêcher d'obtenir de madame de la Tour-du-Roy une entrevue sans témoins; qu'il était au moins inutile de compromettre la situation par une plus longue imprudence, et qu'il fallait sans perdre une minute regagner l'auberge du Cheval blanc, sauf à revenir dans l'après-midi si le courage lui faisait défaut pour attendre au lendemain.

En conséquence il quitta le pavillon ; reprit en sens inverse le chemin déjà parcouru ; sortit du parc comme il y était entré ; et suivit la muraille d'enceinte pour arriver à la grande route.

La demie après dix heures sonnait à l'horloge du château.

Un phaéton bien attelé et conduit par un homme jeune encore et d'une parfaite élégance venait au grand trot.

Marcel, au moment où ce phaéton le dépassait, admira la beauté des chevaux, la correction de leur allure, et trouva sympathique la figure du gentleman.

L'attelage fit halte devant la grille. — Le valet de pied descendit du siège de derrière et sonna. — Le

concierge sortit de son pavillon, salua respectueusement et s'empressa d'ouvrir.

Le phaéton fila dans l'avenue.

Une jalousie violente mordit au cœur le lieutenant.

Sa première pensée fut que le visiteur matinal si
bien accueilli devait être un prétendant à la main de
la belle veuve, et un prétendant favorisé puisqu'à
coup sûr il serait reçu.

Désireux d'éclaircir à l'instant ses soupçons il hâta
le pas, et il arriva près de la grille un peu avant que
le concierge eût fini de la refermer.

— Mon ami, — lui dit-il, — je vous serais reconnaissant de vouloir bien m'apprendre quel est ce
monsieur qui a de si beaux chevaux?

Le concierge regarda d'un air surpris le curieux
qui le questionnait ainsi.

Marcel lui mit un louis dans la main et obtint, avec
un grand salut, cette réponse :

— C'est M. le comte de Gordes, le mari de la plus
jeune sœur de madame la marquise...

Le lieutenant, soulagé d'un poids énorme par ces
quelques mots, remerçia et reprit le chemin du village.

Le père Richard l'attendait sur le seuil de l'auberge.

— Et bien! monsieur l'artiste, — s'écria-t-il, —
êtes-vous content de votre promenade?...

— Très-content... — répliqua Marcel. — J'ai trouvé ce que je cherchais... et mieux encore...

— Allons, voilà qui va bien !... — Le couvert est mis... Le repas est prêt... — Monsieur déjeunera quand il voudra...

— Tout de suite, alors...

Laissons le jeune homme se mettre à table, et suivons le comte de Gordes ou plutôt précédons-le de quelques minutes.

Madame de la Tour-du-Roy, étendue sur une chaise longue dans le petit salon voisin de la salle à manger, portait son deuil de veuve d'une façon rigoureusement exemplaire, mais qui néanmoins n'excluait point toute coquetterie.

Un peignoir très-ample et flottant, en cachemire noir brodé de jais, dissimulait sa taille un peu alourdie par la grossesse, et montait jusqu'à son cou.

Les manches larges, ouvertes depuis la saignée, laissaient voir ses bras ronds et ses poignets d'une forme exquise.

La sévérité de ce costume allait bien au visage de Lazarine, toujours aussi beau, plus beau peut-être, car sa pâleur intéressante, la teinte faiblement azurée estompant avec une délicatesse infinie le contour des paupières, enfin l'expression rêveuse des prunelles alanguies, lui donnaient un charme nouveau.

Un peigne d'ivoire mordait ses cheveux relevés

très-haut dont il avait peine à contenir les flots opu
lents, et par le contraste des couleurs avivait leu
fauve éclat.

Lazarine lisait une des lettres que le facteur venai
d'apporter avec les journaux.

Cette lettre, datée de Paris, était de Jules Leroux

Voici ce que l'ex-banquier disait à sa fille :

« Te voilà veuve depuis sept mois passés, m
chère petite marquise; l'époque de tes couches ap
proche, et je t'assure qu'il est grandement temps d
prendre un parti sérieux.

» J'ai approuvé, j'ai admiré ta conduite, qui a dî
produire dans le département du Loiret, et mêm
au delà une excellente impression.

» T'enfermer à ton âge au château de la Tour-du-
Roy; y passer sept mois dans une profonde solitude
ne recevant âme qui vive, ne te permettant pas l
plus innocente distraction, c'est exemplaire, c'es
superbe!... — Mais il y a temps pour tout...

» La mort de ton mari t'a rendue libre ; — la naissance de ton enfant te rendra riche... — Il faut s'occuper dès à présent de faciliter l'entrée dans la vie
de cette progéniture bienfaisante...

» Veux-tu suivre un conseil? un bon conseil? un conseil paternel ? un conseil absolument désintéressé?...

» Oui, n'est-ce pas?

» Eh bien! écris-moi de te louer, ou ce qui serait

préférable, de t'acheter un hôtel, et de le faire meubler par Lebel-Girard dont tu connais le bon goût et l'activité, et qui se surpassera pour nous satisfaire...

» Tout serait prêt au besoin dans trois semaines...

» La mieux suspendue de tes voitures te mènerait au pas à Orléans...

» Tu monterais dans un coupé-lit.

» A la gare de Paris où je t'attendrais, une autre voiture non moins suspendue te conduirait, non moins au pas, à ta nouvelle demeure. Là tu t'installerais sans fatigue et jusqu'au jour de l'accouchement, les *princes de la science* viendraient te visiter matin et soir, modifiant au besoin ton régime selon les nécessités de la situation qui peut fort bien n'être plus demain ce qu'elle était hier, ou ce qu'elle est aujourd'hui...

» Si au contraire tu t'obstinais à rester à la Tour-du-Roy, les princes de la science n'arriveraient qu'au dernier moment, ce qui serait fâcheux à tous les points de vue...

» De plus, après ta délivrance l'isolement ne tarderait guère à te sembler intolérable, et rien n'est plus malsain que l'ennui.

» Sans compter, chère petite marquise, que voulant être le paternel témoin de tes heureuses couches. il me faudrait quitter momentanément Paris où je suis fort occupé, et ça me désobligerait au-delà du possible...

» Conclusion : Écris-moi vite... Écris-moi par le retour du courrier, et dès demain je me mets en quête de l'hôtel demandé.

» Je t'embrasse avec toute la tendresse imaginable et j'ai hâte d'être grand-père, — ce qui cependant ne me rajeunira pas...

» JULES LEROUX. »

« *P. S.* — Je suis sans nouvelles récentes du château de Gordes.

» Dans la dernière lettre qu'elle m'a écrite — (il y a de cela plus de six semaines) — ma petite comtesse disait avoir été souffrante, mais paraissait n'attacher aucune importance à son indisposition, d'où il résulte que je ne suis point inquiet.

» Le jeune ménage vient certainement te voir de temps en temps.

» En me répondant parle-moi de ta sœur et de son mari.

» Sont-ils toujours épris l'un de l'autre comme des tourtereaux? — Passent-ils encore leur temps à se roucouler des choses tendres ?

» Tu sais qu'ils en étaient ridicules !...

» Et Renée?... que devient Renée?...

» Jeanne paraissait enchantée de sa sœur et m'en

faisait le plus grand éloge. — Assurément j'en suis ravi, mais entre nous j'en suis encore plus étonné...

» Comment Renée, dont toi et moi nous connaissons à fond le caractère indomptable et la nature envieuse, Renée que personne n'épouse malgré sa très-réelle beauté, peut-elle vivre en bonne intelligence avec le comte et la comtesse?...

» Cela m'est à coup sûr bien commode et je m'en applaudis tous les jours, mais l'énigme n'en reste pas moins insoluble pour moi.

» Ou il y a sous ce calme apparent quelque mystère que personne ne voit et qu'on découvrira plus tard, ou bien par un miracle on m'a changé ma fille Renée... — Et je n'ajoute aux miracles qu'une foi très-incomplète...

» Au revoir, chère petite marquise, et comme on croit toujours ce qu'on espère, j'ajoute avec confiance : — A BIENTÔT ! »

Lazarine avait achevé.

Elle remit tranquillement dans son enveloppe la lettre paternelle et la jeta sur la table.

— Pas bête et très-gentil, papa ! — murmura-t-elle en souriant, — mais c'est l'ange de l'égoïsme !... — il me veut à Paris non pour moi, mais pour lui!... — il y a sous roche quelque anguille qui s'appelle *Tata* ou *Nana*... — l'anguille tient au cœur de papa, et ça le gêne de se déplacer... — Puis il voudrait me voir une maison, bien certain que ce serait une maison amusante... — Eh bien, pourquoi ne pas le satisfaire? — Peut-être, après tout, voit-il juste... — J'ai fait mon temps... — J'ai donné l'exemple, et la province est édifiée... — Rien ne me retient donc plus ici, et rien ne m'empêche de partir. — Je répondrai demain : « — *Fais ton bonheur, papa. — Achète et meuble! — Quand tout sera prêt, écris ou télégraphie, et je partirai séance tenante!* »

Au moment où Lazarine prenait cette décision, le vieux valet de chambre Dominique, ouvrant la porte, annonça :

— M. le comte de Gordes.

Et Raoul entra dans le petit salon en s'écriant :

— Surtout, chère sœur, ne vous levez pas pour me recevoir!... Je vous en voudrais mortellement!

Il franchit l'espace qui le séparait de Lazarine, se pencha vers elle et l'embrassa sur les deux joues.

Madame de la Tour-du-Roy lui serra les mains avec une effusion sincère. — Elle avait pour le jeune comte une réelle sympathie et une fraternelle affection.

— Vous venez déjeuner avec moi ? — demanda-t-elle.

— J'arrive à onze heures moins cinq minutes tout exprès pour cela...

— Soyez cent fois le bienvenu... — Mais pourquoi êtes-vous seul? — Il fallait amener Jeanne et Renée.

Une expression vaguement soucieuse se peignit sur le visage de M. de Gordes, qui répondit :

— Ah! je l'aurais voulu , mais machère Jeanne est un peu souffrante...

— Quoi! encore?— fit la marquise étonnée et attristée.

— Mon Dieu, oui... encore !... — Elle allait absolument bien... — je croyais tout fini, et voici que depuis trois jours elle est retombée de nouveau...

— Rien de grave, au moins? — reprit Lazarine.

—Non, certes!... — Si j'avais la moindre inquiétude, serais-je ici ?...

LIV

— Mais enfin, — poursuivit madame de la Tour-du-Roy, — à quelle cause attribuez-vous cette rechute?...

— Je ne saurais le dire, — répliqua M. de Gordes; — je vois l'effet, mais la cause m'échappe absolument...

— En quoi consiste le malaise de Jeanne?

— La chère enfant, dont vous connaissez la nature vaillante et l'infatigable vivacité, est prise tout à coup de faiblesse comme une convalescente à la suite d'une longue maladie... — son sommeil agité ne la repose point... — l'appétit lui fait défaut... — des frissons brusques succèdent à des chaleurs soudaines...

— Souffre-t-elle beaucoup?

— Non, grâce au ciel... — Son état est plutôt énervant que douloureux...

— Êtes-vous bien sûr, mon cher beau-frère, — demanda Lazarine avec un sourire, — que nous ne sommes point en présence des premiers symptômes d'une grossesse?

— Oui, malheureusement, j'en suis sûr.

— Que dit le médecin?

— Il ne dit rien, par l'excellente raison qu'il n'est pas venu...

— Pourquoi donc? — s'écria Lazarine. — Il faut le faire appeler.

— Oui, certes, il le faudrait, mais Jeanne ne veut pas entendre parler du docteur... — Elle affirme que sa souffrance est absolument passagère, et qu'à condition de ne point s'en occuper elle s'en ira comme elle est venue, toute seule... — Dans la crainte d'inquiéter la chère enfant je n'ose passer outre, et j'obéis, bien malgré moi.

— Jeanne est-elle triste?

— En aucune façon... — Rien au monde ne peut influer sur son caractère toujours égal, toujours facile, toujours adorable... — Non-seulement elle ne songe ni à s'attrister, ni à se plaindre, mais encore elle plaisante au sujet de sa faiblesse... — Bref, c'est un ange! — Elle a toutes les qualités, tous les charmes toutes les vertus...

— Ah! — répliqua Lazarine, — je le sais bien, et je me souviens que jadis, en ma qualité de jeune mon-

daine un peu folle, je la trouvais même trop parfaite !...

— Mais, chère sœur, vous aussi vous êtes parfaite !... — affirma Raoul avec galanterie.

La marquise secoua la tête et répliqua en riant :

— Très-joli, le compliment, mais peu sincère ! —
Ah ! je me connais, je sais ce que je vaux, et d'ailleurs la perfection absolue n'est pas du tout le but
où j'aspire... — Laissez donc de côté mes divers
mérites et parlez-moi de Renée... Êtes-vous toujours content de cette chère amie?

— Ah! je le crois bien !... — s'écria Raoul, —
Renée est de tout point admirable !...

— Peste ! — fit la marquise avec une involon-
taire ironie, — quel enthousiasme !...

— Elle en est digne ! — reprit le comte. — Il est
impossible de pousser plus loin la simplicité, la
douceur et l'abnégation!

— Voyez un peu comme on se trompe ! — répliqua Lazarine, — je la croyais fortement sujette à
trois péchés capitaux qui sont précisément l'antipode
des vertus que vous vantez en elle ! — Ce qui ne m'empêchait pas de l'aimer de tout mon cœur...

— Et ces péchés? — demanda Raoul.

— L'orgueil, la colère et l'envie...

— Chère sœur, vous la jugiez mal et vous chan-
geriez d'opinion, je vous assure, si maintenant vous

viviez auprès d'elle... — Rien ne saurait vous donner
une idée de son tendre dévouement à Jeanne... —
Depuis que ma chère mignonne est un peu souffrante
Renée ne la quitte pas une minute; elle se prodigue;
elle se multiplie... — J'éprouve pour elle une profonde reconnaissance, je l'avoue, en la voyant si
bien aimer celle que j'aime plus que tout au monde...

— Vous avez un moyen bien simple de lui prouver cette reconnaissance.

— Quel moyen?

— Cherchez-lui un mari.

— C'est inutile... — Elle ne veut pas se marier..

— Allons donc!

— Je vous l'affirme...

— Comment le savez-vous?

— Elle me l'a dit...

— A quel propos?...

— Je lui parlais du vide que son absence laisserait
dans notre maison, le jour où son mariage la sépa-
rerait de nous... — Elle m'a répondu : *Mon frère, ce
vide n'existera pas...* — *Je ne me marierai jamais!...*

— Et, — reprit Lazarine stupéfaite, — vous a-t-elle
expliqué les motifs de cette résolution soudaine?...

— Non... — J'insistais pour les connaître... —
Elle m'a fait comprendre que mon insistance
serait inutiie

— Prodigieux!... — s'écria la marquise, — ce que

vous m'apprenez me cause une stupeur d'autant plus
grande que Renée, j'en suis sûre, n'avait en aucune
façon la vocation du célibat... — J'ajouterai même,
au risque de vous paraître indiscrète, que là-bas, à
Venise, elle vous trouvait fort à son gré et cachait
mal son désir très-vif de devenir comtesse de
Gordes...

Raoul, involontairement, rougit.

— Illusion pure... — murmura-t-il. — Je n'ai rien
vu de pareil...

— Soit ! — reprit Lazarine, — je me serai trompée...

Elle ajouta tout bas :

— Ceci doit cacher quelque chose... — La métamorphose de Renée m'est suspecte.

Le comte, un peu embarrassé par les dernières
paroles de sa belle-sœur, avait hâte de changer de
conversation.

— Avez-vous des nouvelles de votre père ? — demanda-t-il.

— Oui... — j'ai reçu ce matin une lettre de lui. —
J'achevais de la lire au moment où vous êtes arrivé.

— Il va bien ?

— Parfaitement. — Il me parle de Jeanne et se
plaint de votre silence...

— Je lui écrirai demain.

— Il m'engage à ne point m'éterniser dans la solitude et me propose de louer ou d'acheter pour moi un hôtel à Paris... — Il ajoute qu'il regarderait comme une chose peu prudente de faire mes couches à la Tour-du-Roy, et il appuie cette opinion sur des raisonnements fort concluants...

— Et vous êtes tentée de suivre son conseil ?..

— Mon Dieu, oui... quoiqu'il doive m'en coûter beaucoup, je vous assure, de m'éloigner de mes sœurs et de vous, surtout au moment où Jeanne est souffrante...

Le maître d'hôtel ouvrit à deux battants la porte de la salle à manger et rompit l'entretien en prononçant avec dignité cette phrase :

— Madame la marquise est servie...

Monsieur de Gordes resta jusqu'à trois heures au château.

Comme il allait remonter en voiture Lazarine lui dit :

— Embrassez tendrement pour moi Jeanne et Rénée, mais Jeanne surtout... Écrivez-moi souvent pour me donner des nouvelles de notre chère petite malade, et revenez me voir avant mon départ probable, par conséquent avant trois semaines...

Raoul promit et s'éloigna.

La marquise restée seule fit un tour dans la partie découverte du parc, au milieu des parterres en fleurs, mais ne se dirigea point du côté de l'allée sombre conduisant au pavillon dont nous avons décrit l'intérieur.

Tout en marchant avec lenteur, la tête penchée, la physionomie rêveuse, elle pensait, et sa pensée se formulait à peu près ainsi :

— Oui, certes, ce changement soudain de Renée et cette haine du mariage, si brusquement venue, ne sont point naturels !... Je la connais, ma chère sœur ! — S'il est au monde une chose impossible, c'est qu'elle borne ses ambitions à vivre auprès du mari d'une autre, dans une demeure qui n'est point la sienne ! — Son attitude et ses paroles sont une comédie ! Elle a une volonté ! Elle a un but ? Elle a un plan ! — Qu'a-t-elle résolue ? Où va-t-elle ? l'énigme est insoluble ! je cherche et je ne trouve pas...

Pendant à peu près une demi-heure Lazarine réédita ce monologue avec des variantes qui n'en changèrent que la forme et non le sens ; puis, fatiguée par une causerie très-longue dont elle avait perdu l'habitude, elle remonta chez elle et ne ressortit plus.

Marcel Laugier, après avoir passé toute l'après-midi dans le parc, blotti derrière un énorme tronc d'arbre, poste d'observation d'où il surveillait la porte du pavillon, dut renoncer à toute espérance d'entrevue pour ce jour-là, et regagna l'auberge du Cheval blanc

Le lendemain après déjeuner, c'est-à-dire vers midi, le lieutenant, qui ne voulait point exciter la défiance du père Richard, mit son attirail de boîte à couleurs et de chevalet sur le dos d'un petit garçon raccolé par l'aubergiste, et fit porter ces outils du métier d'artiste dans une partie du bois voisine de la muraille d'enceinte et de l'endroit favorable à l'escalade.

Là il renvoya le gamin en lui enjoignant de revenir à quatre heures du soir ; il s'installa et commença rapidement à brosser une étude d'arbre, se préoccupant de l'*effet* beaucoup plus que du détail.

Il tenait à avoir quelque chose à montrer en rentrant à l'auberge.

En face d'une esquisse fraîchement peinte, il serait mpossible de soupçonner le motif véritable de sa présence à la Tour-du-Roy.

Marcel avait calculé très-logiquement que la marquise ne devait point fréquenter le pavillon avant les heures chaudes du milieu du jour.

En conséquence, il attendit et c'est à deux heures seulement qu'il abandonna son travail et qu'il s'introduisit dans le parc, grâce à cette échelle végétale complaisamment disposée par la nature.

Comme la veille il se cacha derrière un tronc d'arbre et il attendit.

18.

Vingt-cinq ou trente minutes s'écoulèrent, et l'allée sombre demeura déserte.

— Peut-être est-ELLE arrivée déjà... — se dit le jeune homme.

Et, à la façon des Thugs voulant surprendre dans leur sommeil les cipayes de la Compagnie des Indes, il se glissa lentement à travers les massifs les plus épais, évitant de faire du bruit en écrasant les branches mortes, ou de donner l'éveil en agitant les rameaux sur son passage.

Il arriva ainsi à dix pas du rond-point dont le pavillon occupait la partie centrale.

En face de lui se trouvait une des deux larges fenêtres aux petits carreaux sertis de plomb.

Il traversa l'espace vide, s'approcha de cette fenêtre, jeta un regard dans l'intérieur et tressaillit.

La marquise était là.

Il la voyait de trois quarts, vêtue de son peignoir brodé de jais, très-pâle et splendidement belle sous les torsades épaisses de sa chevelure cuivrée.

Elle était assise, ou plutôt presque étendue dans le grand fauteuil à dossier renversé qui semblait fait pour le sommeil.

L'une de ses petites mains effilées, d'une blancheur de cire, pendait le long de l'accotoir du meuble profond.

L'autre reposait sur ses genoux à côté d'un livre ouvert.

Lazarine ne lisait pas.

Ses grands yeux aux prunelles immobiles, fixé s vers un point toujours le même, assurément ne re - gardaient rien.

Madame de la Tour-du-Roy s'absorbait dans une de ces rêveries où l'âme isolée du corps retourne vers le passé et s'envole vers l'avenir...

LV

— A quoi donc pense-t-elle ainsi? — se demanda Marcel.

Lazarine pensait, comme chaque jour, à l'immense ennui qui depuis son veuvage tombait sur ses épaules ainsi qu'une chape de plomb, dans ce grand château dont les inflexibles convenances l'obligeaient à tenir les portes closes...

Elle se disait que la fortune acquise au prix de sept mois d'une telle vie serait chèrement payée...

Elle comptait avec un frisson d'impatience les semaines, les jours et les heures qui devaient s'écouler encore jusqu'à l'expiration de son deuil, jusqu'à la naissance de son enfant...

Puis le mirage changeait de nature et l'avenir se montrait souriant.

Elle se voyait délivrée de toute contrainte, maîtresse des millions du marquis, libre de se plonger sans frein dans le tourbillon des plaisirs bruyants, d'éblouir Paris par sa beauté et l'étonner par son luxe...

Au moment où Marcel, immobile et muet, attachait sur elle un long regard chargé d'amour, une image traversait les rêves de la marquise... l'image de ce jeune officier, si naïf en ses étonnements, si beau, si plein d'ardeur, qui l'avait tenue dans ses bras en murmurant : — *Mariette, je t'adore!...*

Pendant une ou deux secondes un sourire indéfinissable souleva les coins de sa bouche... — puis elle secoua la tête; un nuage passa sur son front; sa figure devint dédaigneuse...

Lazarine chassait la chimère un instant caressée.

— En avant! — pensa Marcel. — Je tremble, mais il faut oser!

Il quitta la fenêtre, tourna le pavillon et se dirigea vers la porte entr'ouverte avec une émotion profonde mais en même temps avec la décision froide du soldat qui marche à l'assaut, sachant bien qu'il y peut laisser sa vie.

Madame de la Tour-du-Roy entendit un bruit léger.

Elle leva la tête et vit en face d'elle, l'homme dont elle venait de repousser le souvenir.

— Je deviens folle ou je rêve... — se dit-elle. —
lui! ici! — Tout est possible, excepté cela !

Il n'y avait cependant ni rêve, ni folie... — l'impossible se réalisait...

Marcel fit un pas en avant et s'inclina.

Lazarine devint pâle comme une femme qui va
mourir...

Un frisson courut sur sa chair; elle crut qu'une
défaillance allait la terrasser...

Mais l'énergie, — nous le savons, — ne manquait
point à la fille aînée de Jules Leroux...

Elle réagit vigoureusement contre la stupeur mêlée d'effroi qui la paralysait à demi; et d'un ton hau-
tain, d'un air glacé, elle demanda :

— Qui êtes-vous, monsieur?... Comment avez-vous
pu pénétrer dans mon parc, et d'où vous vient l'audace d'arriver jusqu'à moi?...

Marcel interrogea au lieu de répondre.

— Ainsi, madame la marquise, vous ne me reconnaissez point?... — fit-il.

— Comment pourrais-je vous reconnaître ? —
répliqua — Lazarine, je ne vous connais pas...

La jeune femme débutait mal.

En voulant se déguiser trop, elle se trahissait.

Jamais elle n'aurait adressé la parole avec cette
roideur dédaigneuse à un étranger de bonne mine
fourvoyé dans son parc...

Le lieutenant se sachant reconnu s'irrita de cet insolent accueil.

— Je n'ai pas eu l'honneur, j'en conviens, d'être présenté de façon officielle à madame la marquise, — répondit-il ironiquement, — mais néanmoins je ne suis point suspect... — mademoiselle Mariette me connaît et répondrait au besoin de moi...

Un tressaillement nerveux secoua Lazarine de la tête aux pieds, ce qui ne l'empêcha pas de répéter d'un ton moqueur :

—Mademoiselle Mariette? Qu'est-ce que c'est que mademoiselle Mariette, s'il vous plaît, monsieur ?

— La première femme de chambre de madame la marquise... — fit Marcel avec un sang-froid parfait.

Lazarine joua l'indignation.

— Une servante ! — s'écria-t-elle. — Vous osez vous recommander auprès de moi d'une servante !...

Le lieutenant s'inclina de nouveau.

— Une servante, — reprit-il, — dont le portrait se trouve à Orléans, dans un des salons de votre hôtel, et fait face au portrait de feu le marquis de la Tour-du-Roy, n'est pas une servante ordinaire !... La recommandation de cette servante a bien son mérite, je pense, et mademoiselle Mariette ne me refusera pas la sienne quand je la lui demanderai au nom des souvenirs d'une nuit qu'elle ne peut avoir oubliée...

Toute autre, à la place de Lazarine, se serait

avouée vaincue, mais la jeune femme voulait aller jusqu'au bout.

Elle se leva vivement, avec un geste d'épouvant incomparablement mimé, et se jeta derrière son fau teuil comme pour placer ce meuble ainsi qu'une barricade entre elle et le nouveau venu.

— Que craignez-vous donc, madame? — lui de manda Marcel.

— Pardonnez-moi, monsieur... — balbutia-t-elle vec un trouble de commande... — Je ne voudrais point vous offenser... mais, hélas ! c'est plus fort que moi... — j'ai peur des fous... horriblement peur...

Le lieutenant sourit.

— Et vous pensez que je suis fou?... — reprit-il.

— Vous l'êtes assurément autant qu'on le puisse être... aussi vous voyez que je tremble... — Ne bou gez pas, monsieur! n'approchez pas!... je vous en supplie... sinon j'appelle au secours... je crie à l'aide de toutes mes forces...

— Alors vos gens viendront, madame? — interro gea le jeune homme.

— Oui, monsieur, car ils sont à portée de la voix... — je l'ai voulu ainsi par prudence... — Vous voyez que j'avais raison...

— Et, une fois là, que feront-ils ?

— Ils vous mettront simplement dehors, et prendront de sages mesures pour éviter le retour et les conséquences d'un nouvel accès de folie...

En entendant Lazarine parler ainsi, en la voyant continuer sa comédie avec un si prodigieux aplomb d'impudence, Marcel sentait une colère froide s'emparer de lui et grandir.

Non-seulement cette femme qui s'était offerte et donnée, le reniait audacieusement, et lui disait en face : — *Je ne vous connais pas !* Mais elle se moquait de lui sans pitié, elle le raillait, elle le bafouait.

Le lieutenant pouvait accepter la souffrance et subir la haine, mais l'idée de servir de jouet à la marquise soulevait en lui des tempêtes.

Ridicule devant Lazarine! — Ah! cela, non!... jamais!...

Il oublia pour un instant son amour et, comme le fauve acculé qui tient tête aux chiens, il résolut de rendre coup pour coup.

— Madame la marquise, — dit-il d'une voix toujours basse, mais qu'on sentait vibrer sourdement, — je vous défie d'appeler vos valets.

— Vous me défiez? — répéta Lazarine.

— Je vous défie! oui, madame.

— Et vous croyez que ce défi m'arrêtera?

— J'en suis sûr.

— Et pourquoi m'arrêterait-il?

— Parce que vous avez peur...

II.   19

Lazarine haussa les épaules.

— Peur de vous? — demanda-t-elle avec un regard écrasant.

— Peur de moi, oui, madame... ou plutôt peur de l'homme qui sait tous vos projets, qui connaît tous vos plans, et qui d'un mot peut les déjouer...

La marquise sentit les gouttes d'une sueur froide perler à la racine de ses cheveux.

Son infernal aplomb craquait, prêt à crouler.

— Que voulez-vous dire? — balbutia-t-elle. — En vérité, monsieur, je ne vous comprends pas...

— Si, madame, vous me comprenez! — reprit le lieutenant avec force. — Votre mari venait de mourir... — On vous avait lu le testament... — Faute d'héritier direct la fortune énorme du marquis était perdue pour vous... — Il fallait aviser, et sans perdre de temps!... — Mon régiment passait... — Le hasard m'envoya chez-vous... — Mon étoile fit le reste!... — Si grande dame que vous soyez, si modeste soldat que je sois, j'ai été votre amant, madame, et vous ne ferez pas chasser par vos valets le père de l'enfant que vous portez dans votre sein!...

En prononçant ces paroles Marcel, sans même le savoir, avait haussé la voix.

Lazarine, vaincue cette fois, se sentit incapable de soutenir désormais le rôle qu'elle s'était imposé.

Elle étendit vers le jeune homme ses mains suppliantes, en balbutiant d'une voix à peine distincte :

— Plus bas... au nom du ciel !... plus bas...

— Eh ! madame,— répliqua Marcel,— vous voyez bien que vous avez peur, et cependant, je vous le jure, vous n'avez rien à craindre de moi !...

Un silence suivit ces derniers mots.

La marquise, plus maîtresse d'elle-même en réalité qu'en apparence, réfléchissait sur la direction nouvelle qu'il importait de donner à l'entretien.

Elle commençait à comprendre qu'elle venait de faire fausse route avec une dangereuse imprudence en risquant d'exaspérer Marcel, sans savoir jusqu'où la colère pouvait entraîner le jeune homme.

Or, le scandale était la chose du monde que dans sa position si effroyablement délicate Lazarine devait le plus éviter.

Le lieutenant l'avait bien dit, il suffirait d'un mot pour anéantir ses projets et pour désorganiser ses plans.

Donc il fallait gagner du temps, calmer l'orage né par sa faute, et s'assurer à tout prix la complicité de l'homme qu'elle avait cru si fermement ne jamais revoir et qu'un hasard inexplicable remettait en face d'elle.

Lazarine ne pensait d'ailleurs qu'au présent.

Elle ne s'inquiétait point de l'avenir, se sachant très-capable, dès que serait venu le moment propice, d'écarter de sa route un importun, un *gêneur*, quand bien même ce *gêneur* aurait sur elle dans le passé des droits incontestables.

Nullement éprise de Marcel Laugier, elle se promettait de ne lui point accorder de droits nouveaux dont, sans le moindre doute, il tenterait d'abuser.

Elle n'ignorait pas qu'une femme adroite peut trouver moyen de contenter longtemps l'homme le plus exigeant, rien qu'avec des promesses vagues, des regards alanguis, des sourires engageants, des serrements de doigts tendres et discrets, et autres menus suffrages de même nature et de mince valeur.

Mettant aussitôt en pratique cette théorie, elle leva ses grands yeux sur Marcel avec une expression pleine de douceur, d'humilité et de repentir.

En même temps elle murmurait :

— J'ai été coupable, mon ami, mais je me repens... pardonnez-moi...

Marcel saisit avidement la petite main tendue vers lui, et reçut au cœur une commotion violente en touchant la chair adorée... —Il devint pâle et chancela.

— Ainsi donc,— balbutia-t-il,— je ne suis plus un fou... un étranger... un ennemi?... vous daignez me reconnaître?..

LVI

Lazarine fit une moue coquette, alanguit encore
son regard, et murmura :

— Vous êtes cruel !...

— Moi ! ! — s'écria le lieutenant.

— Oui, vous...

— Qu'ai-je donc fait ?...

— Vous m'avez demandé, d'un ton plein d'amertume, si je daignais enfin vous reconnaître...

— Ma question est bien naturelle, puisque depuis
que je suis là vous me traitez en inconnu...

— Je vous avais reconnu pourtant dès le premier
moment, dès le premier regard... et j'avais pour cela
de bonnes raisons...

— Alors je comprends moins que jamais... — commença Marcel.

Il s'interrompit.

— Mon attitude, n'est-ce pas? mon dédain simulé? ma colère feinte? — acheva Lazarine.

— Oui...

La marquise soupira.

— Ignorez-vous, — murmura-t-elle, — qu'on ne doit pas s'en rapporter toujours au témoignage de ses yeux ou de ses oreilles... — Il est des choses qu'il faut deviner... — Dans les circonstances difficiles, les femmes disent souvent par instinct le contraire de ce qu'elles pensent... — Comment ne savez-vous point cela!

— Mais pourquoi me mentir? — Pourquoi me repousser avec un tel mépris?...

— Pour vous décourager... pour vous contraindre à quitter la place...

— Ah! — murmura le jeune homme douloureusement, — vous voyez bien que vous me haïssez!...

Lazarine haussa les épaules en baissant les yeux.

— Vous voulez donc me contraindre à tout dire?... — demanda-t-elle d'une voix émue.

— Oui, dites, je vous en supplie! — Quels que soient vos sentiments, j'ai le droit de les connaître... — Oh! madame, ne me cachez rien...

— Depuis le jour déjà lointain dont je ne puis parler sans rougir, — commença la marquise, — vous êtes un sujet pour moi de préoccupation constante...

— Ainsi, c'est vrai, vous ne m'aviez point oublié ?...
— interrompit Marcel.

— Quand un homme, ne fût-ce qu'une heure, a
joué dans la vie d'une femme le rôle que vous avez
joué dans la mienne, est-ce que cette femme peut
oublier ?...

— Et vous pensiez à moi ?...

— Souvent... presque toujours...

— Avec tendresse ?

— Avec inquiétude... avec effroi... — J'étais sous
l'obsession d'une pensée constante, celle-ci : — Le
hasard pouvait vous mettre sur ma trace, — que je
croyais cependant bien cachée, — et nous placer
de nouveau en face l'un de l'autre...

— Eh ! bien, madame, qu'importait cela ? qu'aviez-
vous à craindre ?...

— De vous, rien sans doute... Mais tout de moi-
même...

— Comment ?...

— Votre souvenir me causait un grand trouble...
— poursuivit Lazarine qu'une force irrésistible
semblait pousser à des aveux enivrants pour son
auditeur. — Je voulais le chasser, il s'imposait à moi,
menaçant mon repos, agitant mon sommeil... — Si
votre souvenir m'absorbait de cette façon, qu'aurait
donc fait votre présence ?...— Je sentais le danger ;
aussi quand, tout à l'heure, vous m'êtes apparu,

j'ai tenté de vous éloigner à tout prix et par tous les moyens... — Il faut me pardonner... j'avais peur.

— Peur de moi? de moi qui vous adore et qui voudrais mourir pour vous! — s'écria Marcel. — Ah! madame!

— On ne raisonne pas l'épouvante... je vous répète que j'avais peur...

— Et maintenant?

— Maintenant les faits accomplis triomphent et ma résolution ne peut rien contre eux... — Je m'étais juré de rester à jamais une étrangère pour vous... et vous êtes là, près de moi! — C'est qu'il était écrit que vous rentreriez dans ma vie, malgré tout et malgré moi-même... — Je suis vaincue! — Que ma destinée s'accomplisse... — Je ne lutterai plus contre elle...

— Ainsi, — s'écria Marcel avec une exaltation facile à comprendre, — vous n'aurez plus peur de moi?...

— Je tâcherai... — répliqua Lazarine.

— Vous consentirez à me recevoir?

— Il le faudra bien...

— Vous me permettrez de vous dire que je vous aime?

Lazarine leva les yeux sur le jeune homme et l'enveloppa d'un regard chargé de voluptueuse langueur; puis ses paupières s'abaissèrent de nouveau, mettant sur les joues pâlies l'ombre de leurs longs cils.

Et d'une voix faible comme un souffle elle murmura :

— Ai-je le droit de vous le défendre ?...

Le lieutenant affolé d'amour se laissa tomber à genoux près du fauteuil où madame de la Tour-du-Roy venait de se rasseoir, et s'emparant des deux mains qu'elle ne songeait point à lui refuser, il les dévora de baisers.

— Voyons, mon ami, relevez-vous... — dit la marquise au bout d'un instant, — prenez ce siége, asseyez-vous près de moi, et causons raisonnablement...

— Mais vous ne me retirerez pas vos mains?

— Non, si vous êtes sage...

Marcel ayant obéi, une causerie intime s'engagea entre cette jeune femme et ce jeune homme qui se trouvaient dans la situation la plus étrange, à coup sûr, que le hasard, cet ingénieux romancier, ait jamais inventée.

Lazarine portant dans son sein un enfant dont Marcel était le père, ignorait tout de celui à qui elle avait appartenu. — Elle ignorait jusqu'à son nom, prononcé devant elle à Orléans par le vieux Dominique mais oublié aussitôt après.

Elle le questionna sur lui, sur sa famille, sur son passé, sur ses espérances d'avenir.

19.

Elle voulut savoir comment il avait appris que la camériste Mariette et la marquise de la Tour-du-Roy étaient une même femme.

Elle ne se fatiguait pas plus de le questionner qu'il ne se lassait de lui répondre, et quand enfin sa curiosité fut satisfaite, elle se dit avec une satisfaction vive :

— Positivement, j'ai eu de la chance !! — Il y avait lieu de parier quatre-vingt-dix-neuf contre un que, n'ayant pas le choix, je tomberais plus mal !!

Marcel, après avoir donné de façon très-ample tous les détails demandés par Lazarine, voulait commencer un duo d'amour...

Mais la marquise l'arrêta dès les premiers mots et, regardant l'heure à la petite montre de bois noir qui portait ses initiales et sa couronne en argent, lui dit :

— Il se fait tard... — Nous allons nous quitter, mon ami...

— Déjà !!

— Il faut que je rentre, puisque voici le moment où j'ai l'habitude de rentrer...

— N'êtes-vous pas libre ?...

La jeune veuve répliqua par un intraduisible mouvement d'épaules accompagné de ces paroles :

— Est-ce qu'une femme dans ma position est jamais libre ?... — Les valets, vous le savez bien, sont au-

tant d'espions donnés par la fortune... Si les miens
font trêve à leur espionnage, c'est dans la conviction
intime que je ne cache absolument rien... — Qu'ils
soupçonnent un mystère aujourd'hui, qu'ils flairent
un secret, et demain ils seront à l'affût... — L'absolue
régularité de mes habitudes est mon unique sauve-
garde... — Vous comprenez cela, n'est-ce pas?

— Je le comprends... je n'insiste plus, et je pars...

— Vous voilà comme je vous veux...

— Je serai toujours ainsi... Maintenant, un dernier mot... — Quand vous reverrai-je? — Demain,
n'est-ce pas, et à la même heure qu'aujourd'hui?

Lazarine leva les bras vers le plafond, avec une
expression de stupeur inouïe.

— Ah! çà mais, vous perdez la tête, mon pauvre
ami!... — s'écria-t-elle. — Est-ce que vous parlez
sérieusement de me revoir ici?

— Mais, — balbutia Marcel très-déconcerté, — il me
semble...

— Eh! bien, il vous semble mal! — interrompit la
marquise. — Avez-vous juré de me compromettre!!...

— Cependant, avec beaucoup de prudence... avec
des précautions infinies...

— Belle prudence! jolies précautions! — Installer
votre chevalet dans les bois, sous prétexte de peinture à l'huile!... — Abandonner ledit chevalet! —
Escalader mes murs! — Ramper comme un voleur

pour venir me trouver dans ce pavillon! — Il y a là de quoi me perdre, et cent fois plutôt qu'une, et mille fois plutôt que cent! — Grand merci!...

— N'en parlons plus... — murmura le lieutenant, non sans un peu de confusion.

— Oui, c'est cela, n'en parlons plus!!

— Mais il existe un autre moyen...

— En vérité!! — Lequel, s'il vous plaît?...

— Le plus simple de tous... — Arriver par la grande porte, en me faisant annoncer bien haut... — Point de mystère, donc, rien de suspect...

— Vous déraisonnez de plus en plus!! — répliqua Lazarine avec impatience. — Qu'avez-vous fait de votre bon sens?... — Comment ne réfléchissez-vous pas que la marquise de la Tour-du-Roy, enfermée dans son deuil et dans sa solitude, et ne recevant âme qui vive, ne peut faire exception à cette règle générale pour le lieutenant Marcel Laugier, descendu à l'auberge du Cheval blanc en qualité d'artiste nomade?? — Je crois pourtant que c'est assez clair!!

— Mais alors, que deviennent vos promesses? — demanda le jeune homme désolé et découragé. — Vous ne pouvez me recevoir ni en cachette, ni au grand jour!! — Donc vous me bannissez de votre présence! Donc, tout à l'heure, vous n'aviez qu'un but : m'abuser par un faux espoir impossible à réaliser!...

— Ingrat! — répondit la marquise; — vous m'accusez encore au moment où je songe à vous faire un sacrifice énorme...

— Un sacrifice! — répéta Marcel — Quel sacrifice?...

— Vous mériteriez de ne rien savoir ; mais je suis bonne et j'ai pitié de vous... — Écoutez-moi donc... — J'avais résolu de ne quitter ce château qu'à l'expiration de mon deuil... — Je comptais accoucher ici... — Ma famille est instruite de cette résolution, et je croyais que rien ne m'en ferait changer... — J'avais compté sans vous... — Votre présence bouleverse mes projets...

— Quels sont-ils à présent? — fit Marcel avec anxiété.

— Je vais écrire aujourd'hui même à mon père, qui est à Paris, et le prier de me préparer le plus tôt possible une installation quelconque... — Aussitôt que je saurai, grâce à lui, où reposer ma tête, je partirai... — Aucune surveillance gênante n'entravera ma liberté d'action dans la grande ville où l'on a trop à s'occuper de soi pour s'occuper des autres, et je pourrai vous recevoir sans me compromettre...

— Et, — demanda le lieutenant ivre de joie, — sera-ce bientôt?...

— Je vous ai dit : — *le plus tôt possible*...

— Mais encore...

— Eh bien ! mettons trois semaines...

— Comme c'est long !! — Trois semaines sans vous voir, puisque vous êtes inflexible ! — D'ici là, que vais-je devenir ?

— Vous allez, dès demain, trouver un prétexte de départ, quitter l'auberge du Cheval blanc et partir pour Paris où vous m'attendrez patiemment... — Vous serez prévenu de mon arrivée par un mot sans signature... — A propos, où logerez-vous ?...

— Habituellement je descends au Grand-Hôtel...

— Eh bien ! agissez comme de coutume... — C'est au Grand-Hôtel que je vous adresserai ma lettre... — Et maintenant adieu, ou plutôt au revoir... — Partez vite !!

FIN DES FILLES SANS DOT.

F. Aureau. — Imprimerie de Lagny.

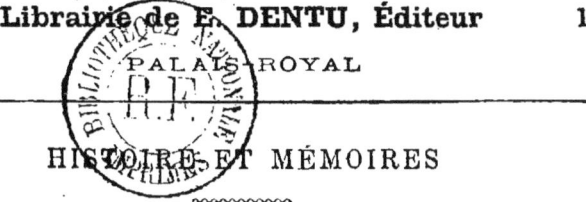

PALAIS ROYAL

HISTOIRE ET MÉMOIRES

(Collection grand in-18 jésus)

D'Albanès Havard. — Voltaire et madame Du-
châtelet. 1 vol . . . . 3 fr.

Ancelon. — La vérité sur la fuite de Louis XVI.
1 vol. in-8° 7 50

Madame V. Ancelot. — Un salon de Paris. 1 vol.   5 »

Philibert Audebrand. — Souvenirs de la Tribune
des Journalistes. 1 vol . . . . 3 »

Eugène d'Auriac. — Histoire anecdotique de l'in-
dustrie française. 1 vol. . . . . 3 »

Ed. de Barthélemy. — Les amis de madame de
Sablé. 1 vol. in-8° . . . . 6 ».

Fr. de Barghon. — Mémoires de madame Élisa-
beth. 1 vol. in-8° . . . . 4 »

Le comte Beugnot. — Mémoires 1783-1815. 2 vol.
in-8° . . . . 12 »

Baron Bignon. — Souvenirs d'un diplomate. 1 vol.   3 50

Marquis de Boissy. — Mémoires, 1791-1866. 2 vol.
in-8° . . . . 10 »

Honoré Bonhomme. — Louis XV et sa famille 1 vol.   3 50

P. de Bourgoing. — Souvenirs d'histoire contem-
poraine. 1 vol. in-8° 7 50

Champfleury. — Souvenirs de jeunesse. 1 vol. . .   3 50

L'abbé Cognat. — Histoire de Clément d'Alexandrie.
1 vol. in-8° . . . . 6 »

F. Combes. — Histoire de la diplomatie européenne.
2 vol. in-8° . . . . 15 »

J. Danielo. — Conversations de Chateaubriand.
1 vol. in-8° . . . . 6 »

Nerée Désarbres. — Deux siècles à l'Opéra. 1 vol.   3 »

Desmaze. — La Sainte Chapelle du Palais de Justice.
1 vol. . . . . 5 »

De Foucault. — Mémoires sur les événements de
1830. 1 vol. in-8° 2 50

HISTOIRE ET MÉMOIRES

(COLLECTION GRAND IN-18 JÉSUS)

HISTOIRE ET MÉMOIRES

(COLLECTION GRAND IN-18 JÉSUS)

Jh. Russel. — Essai sur le gouvernement britannique. 1 vol. in-8 . . . .   7 »

Saint-Amand. — Les femmes de Versailles. 1 vol.   3 50

Marius Topin. — L'homme au masque de fer. 1 vol.   3 50

Viennet. — Histoire de la puissance pontificale. 2 vol. in-8° . . . .   10 »

Eug. Vignaux. — Mémoires sur Lamoignon de Malesherbes. 1 vol. in-8°. . . . .   5 »

H. de Villemessant. — Mémoires d'un journaliste, 4 vol . . . .   12 »

Ed. Werdet. — Souvenirs de la Vie littéraire. 1 vol.   3 50

De Valfons. — Souvenirs du marquis de Valfons. 1 vol 3 50

HISTOIRE LITTÉRAIRE ET ARTISTIQUE

Bonnassies. — Les Spectacles forains. . . . . . .   4 »

A. Cantaloube. — Eugène Delacroix. 1 vol. . . .   2 »

Cenac Moncaut. — Littérature populaire de la Gascogne. 1 vol. . . . .   4 »

Champfleury, — Histoire de la caricature antique. 1 vol. . . . .   5 »

  —   Histoire de la caricature au moyen âge et sous la Renaissance. 1 vol.   »

  —   Histoire de la caricature sous la République et l'Empire. 1 vol.   5 »

  —   Histoire de la caricature moderne. 1 vol. . . . .   5 »

  —   Histoire de l'imagerie populaire. 1 vol . . . .   5 »

  —   Histoire des faïences patriotiques. 1 vol . . . .   5 »

Guy de Charnacé. — Causeries sur mes contemporains. 1 vol. 3 50

HISTOIRE LITTÉRAIRE ET ARTISTIQUE

(COLLECTION GRAND IN-18 JÉSUS)

Alfred Delvau. — Histoire des barrières de Paris.
1 vol. 4 50
Desnoiresterres. — Les Cours galantes. 4 vol. . . . 12 »
Léon Escudier. — Souvenirs de littérature musicale.
2 vol. . . . . 6 »
Paul Foucher. — Les coulisses du passé. 1 vol. . . 3 50
Victor Fournel. — Ce qu'on voit dans les rues de
Paris. 1 vol 3 50
—   Les spectacles populaires et les
artistes des rues. 1 vol. . . . 3 50
Ed. Fournier. — La comédie de Jean Labruyère.
2 vol . . . . 6 »
—   Histoire du Pont-Neuf. 2 vol. . 6 »
—   L'esprit des autres. 1 vol. . . . 3 »
—   L'esprit dans l'histoire. 1 vol. . 3 »
Ed. et J. de Goncourt. — L'amour au XVIIIᵉ
siècle. 1 vol. . . . . 5 »
A. Grenier. — A travers l'antiquité. 1 vol. . . . . 3 »
Jules Janin. — La fin d'un monde et le neveu de
Rameau. 1 vol. 3 50
Auguste Lepage. — Les cafés politiques et litté-
raires. 1 vol. . . . . 2 »
A. Michiels. — Histoire des idées littéraires.
2 vol. in-8º. . . . . 12 »
Ch. Nisard. — Des chansons populaires. . . . . . 10 »
Ch. Poisot. — Histoire de la musique en France. 1 vol. 4 »
M. de l'Orchestre. — Les soirées parisiennes. 1 vol. 3 50

CURIOSITÉS LITTÉRAIRES ET POLITIQUES

Olympe Audouard. — La femme depuis six mille
ans. 1 vol. 3 50
Barbey d'Aurevilly. — Les quarante médaillons de
l'Académie. 1 vol. . . . . 2 »

CURIOSITÉS LITTÉRAIRES ET POLITIQUES
(COLLECTION GRAND IN-18 JÉSUS)

Jules Clère. — Les hommes de la Commune, 1 vol.   2   »

L. de Coulanges. — Les préfets de la République.
1 vol.   2   »

Paul Cère. — Les populations dangereuses. 1 vol. .   3 50

Gustave Chadeuil. — Les mystères du Palais. 1 vol.   2   »

Léonce Dupont. — La Comédie républicaine. 1 vol.   3   »

Georges d'Heilly. — Dictionnaire des pseudonymes
du jour. 1 vol.   6   »

Alphonse Esquiros. — Le Bonhomme Jadis. 1 vol.   3   »

    —   Les Vierges folles. 1 vol. . . .   3   »

Paul Fontoulieu. — Les églises de Paris sous la
Commune. 1 vol. 3 50

Meuzey. — Curiosités de la cité de Paris. 1 vol. . .   3 50

A. de Lassalle. — L'hôtel des Haricots. 1 vol. . .   3   »

Louis Loire. — Bibliothèque des curieux. 2 vol. .   4   »

Firmin Maillard. — Les journaux pendant le siége
et la Commune. 1 vol . .   3   »

    —   Les affiches pendant la Com-
mune. 1 vol   3   »

De Najac. — Madame est servie. 1 vol.   3   »

Moreau Christophe. — Le monde des coquins.
2 vol.   6   »

Ch. Narrey. — Ce que l'on dit pendant une contre-
danse. 1 vol.   3   »

Ed. Rodrigues. — Le carnaval rouge. 1 vol. . . .   3   »

Saint-Edme. — La science pendant le siége de
Paris. 1 vol.   3   »

Tissandier. — Les ballons pendant le siége de Paris.
1 vol.   3   »

Gourdon de Genouillac. — Les mystères du blason. 1 vol.   3   »

Champfleury. — L'hôtel des commissaires-priseurs.
1 vol.   3   »

CHASSES ET VOYAGES

~~~~~~~~~

(COLLECTION GRAND IN-18 JÉSUS)

Eugène d'Arnoult. — Voyage du Géant. 1 vol. in-32 . . . . 1 »
Olympe Audouard. — Les Mystères du sérail. 1 vol. 3 50
— L'Orient et ses peuplades. 1 vol. . . . . . 5 »
— Les Mystères de l'Égypte, 1 vol. . . . . . 5 «
— A travers l'Amérique. 2 vol. . . . . 7 »
Alfred d'Aunay. — Les Prussiens en France. 1 vol. 3 50
Fr. Béchard. — De Paris à Constantinople. 1 vol. . 2 «
A. Behaghel. — L'Algérie. 1 vol. 3 50
Raoul du Bisson. — Les Femmes, les Eunuques et le Soudan. 1 vol. 3 50
A. Blaize. — Voyage à la recherche d'un soldat du pape. 1 vol . . . . 2 »
Cenac Moncaut. — L'Espagne inconnue. 1 vol. . . 3 «
Duc de Chartres. — Souvenirs de voyage. . . . . 3 »
Du Couret. — Les Mystères du Désert. 2 vol. . . . 7 »
Louis Deville. — Une Aventure sur la mer Rouge. 1 vol. 3 50
— Une Excursion dans les Cornouailles. 1 vol. 2 »
— Une Semaine sainte à Jérusalem. 1 vol. . . 2 »
Domenech. — Voyage dans l'ancienne Ichnusa. 1 vol. . . . . 3 »
Durand-Brager. — Deux mois de campagne en Italie. 1 vol. . . . . 3 »
J. D'Estourmel. — Souvenirs de France et d'Italie. 1 vol . . . . 4 »
Octave Feré. — Les Régions inconnues. 1 vol. . . 3 »
Mathieu de Fossey. — Le Mexique. 1 vol. in-8°. . 5 »
L. Gabryel. — Danube, Nil et Jourdain. 3 vol. . . 6 »
Ermanuel Gonzalès. — Les Danseuses du Caucase. 1 vol. 3 50
A. Grenier. — La Grèce en 1863. 1 vol. . . . . . 3 »
Abert Hans. — Queretaro. Souvenirs d'un officier. 1 v. 3 50

CHASSES ET VOYAGES

(COLLECTION GRAND IN-18 JÉSUS)

Louis Jacolliot. — Voyage au pays des Bayadères, 1 vol. . . . . 4 »
— Voyage au pays des perles. 1 vol. . . . . . 4 »
— Voyage au pays des éléphants. 1 vol. . . . 4 »
— Voyage aux ruines de Golconde. 1 vol. in-8°. 6 »
Madame Louis Jacolliot. — Trois mois sur le Gange. 1 vol. . . . . 4 »
Justin Jourdan. — Atlas-guide des Pyrénées. 1 vol. 5 »
Lestrelin. — Les Paysans russes. 1 vol. . . . . . . 3 »
Melek-Anâm. — Trente ans dans les harems d'Orient. 1 vol. 3 50
Mutrecy. — Journal de la campagne de Chine. 2 vol. in-8°. . . . . 12 »
Jules Patouillet. — Trois ans dans la Nouvelle-Calédonie. . . . . 3 »
Florian Pharaon. — Le Caire et la haute Égypte. 1 vol. in-fol. . . . . 100 »
Major Poussin. — Les États-Unis d'Amérique. 1 vol. in-8°. 3 50
Jules Rémy. — Voyage au pays des Mormons. 2 vol. in-8°. . . . . 20 »
J.-P. Ferrier. — Voyages et Aventures en Perse. 2 vol . . . . 7 »
Madame Edgard Quinet. — Sentiers de France. 1 vol.. . . . . 3 50
R. Semmes. — Croisières de l'Alabama et du Sumter. 1 vol.. . . . . 3 50
Ubicini. — Les Serbes de Turquie. 1 vol. 3 50
L. Colet. — L'Italie des Italiens. 4 vol. . . . . . . 14 »
Tissot. — Voyage au pays des milliards. 1 vol. . . . 3 50
J. Claretie. — Les Prussiens chez eux. 1 vol. . . . 3 »
L. d'Amezevil. — Les Chasseurs excentriques. 1 vol. 3 »
Vicomte Louis de Dax. — Nouveaux souvenirs de chasse et de pêche. 1 vol. 9 50
Charles Diguet. — Tablettes d'un chasseur. 1 vol. 3 »

CHASSES ET VOYAGES

(COLLECTION GRAND IN-18 JÉSUS)

A. Deyeux. — Le Vieux chasseur. 1 vol. in-32. . . .   1 »

J. Chassaing. — Mes chasses au lion. 1 vol. . . . .   3 »

Jules Gérard. — Le Mangeur d'hommes. 1 vol. .   3 50

Hiéron. — Epsom, Chantilly, Bade. 1 vol. . . . . .   2 »

Vicomte de la Neuville. — La Chasse au chien
d'arrêt. 1 vol 3 50

B.-H. Revoil. — Bourres de fusil. 1 vol. . . . . . .   3 »

    —   Mémoires du baron de Crac. 1 vol. . . .   3 »

    —   Histoire des chiens. 1 vol. in-8° . . . . .   6 »

Léonce de Curel. — L'Art et les plaisirs de la
chasse au lièvre. 1 vol. . . . .   3 »

Jourdeuil. — La Pêche du dimanche. 1 vol. in-32 .   1 »

Ch. Viel. — Nouveau Code du chasseur. 1 vol.
in-32. . . . .   1 50

F. Aureau. — Imp. de Lagny.

www.ingramcontent.com/pod-product-compliance
Lightning Source LLC
Chambersburg PA
CBHW070326030726
47505CB00004B/1103